我心飞翔

一位残疾人中医专家的
传奇人生

赵立志　著

华夏出版社
HUAXIA PUBLISHING HOUSE

图书在版编目（CIP）数据

我心飞翔：一位残疾人中医专家的传奇人生 / 赵立志著 . -- 北京：华夏出版社有限公司，2024.1

ISBN 978-7-5222-0595-3

Ⅰ . ①我… Ⅱ . ①赵… Ⅲ . ①纪实文学－中国－当代 Ⅳ . ① I25

中国国家版本馆 CIP 数据核字（2023）第 234295 号

我心飞翔：一位残疾人中医专家的传奇人生

著　　者	赵立志	
责任编辑	蔡姗姗	
责任印制	周　然	

出版发行	华夏出版社有限公司	
经　　销	新华书店	
印　　刷	三河市少明印务有限公司	
装　　订	三河市少明印务有限公司	
版　　次	2024 年 1 月北京第 1 版　　2024 年 1 月北京第 1 次印刷	
开　　本	710 mm×1000 mm　1/16 开	
印　　张	15.25	
字　　数	209 千字	
定　　价	78.00 元	

华夏出版社有限公司　　网址：www.hxph.com.cn　电话：（010）64663331（转）

地址：北京市东直门外香河园北里 4 号　邮编：100028

若发现本版图书有印装质量问题，请与我社营销中心联系调换。

吉林有个赵立志

——长篇纪实文学作品《我心飞翔》

世上有奇缘，这话我信。

2022 年年初，我与沈阳市残疾人作家协会主席互致问候时，他突然问我："你知道我的当家子赵立志吗？"我以为是他的亲属，只好如实道来："我不知道。"他笑道："我也不知道，但他有一部长篇小说正在网上连载，很有影响。"又过了些时日，中国肢残人协会原副主席给我打电话再次提及赵立志，说他是一名中医专家，"厨师玩上了兵法"，其长篇小说《我心飞翔》出手不凡，很令人感慨，说罢，就把电子稿转发给了我。我当时正忙，说心里话，真的没有太当回事儿。

可是新冠疫情严峻，我宅在家里。于是，我想见识一下赵立志，遂在手机中翻出他的大作。先是浏览，后是细读，竟在不知不觉中读完了这部长篇纪实小说。老实说，作为黑龙江省残疾人作家协会主席，我也被这部作品深深地吸引住了，二位同仁的推荐和评价还是比较中肯的。没有想到的是，后来我竟因公踏上了吉林这座城市的土地，并且在一次重要的公务活动中意外地见到了赵立志同志。这不就是世上的奇缘吗？

以文会友，离不开作品这个媒介。我主动和新结识的文友赵立志聊起了《我心飞翔》，他话很少，谦虚有加，回答问题只用几个字。我据其言谈和表情判断，赵立志同志肯定是一个性格鲜明的人。记得阅读这部纪实小说时，我感受着作家在娓娓道来中的生动描述，尽管没有刀光剑影的故事情节和大起大落的细节刻画，但他的经历分明就像磁石吸铁般令我神往，让我情不自禁地非要读下去不可，而且很多故事让我产生了联想、产生了思考、产生了共鸣。我想，这应该就是艺术创作的神奇魅力吧！

记得中国残联前主席张海迪曾经说过："即使翅膀断了，心也要飞翔。"这句话鼓舞过无数残疾人自强不息，取得骄人的业绩。作为8500万残疾人当中的一员，赵立志用"我心飞翔"为主题和书名，就是要把此书的励志功能放在首位，用亲身历练的人生实践再现往日的艰辛岁月，特别是通过参加高考和学习中医这两个重要情节，把亲人、领导和同志们对残疾人的理解与帮助淋漓尽致地表现出来，但也不回避社会现实及种种弊端。如此，使广大读者尤其是残疾人读者深受感动，亦是情理之中的必然。

"把心交给读者！"这是我国著名作家巴金的一句名言，用在赵立志身上也是恰如其分的。他在承担中医院院长责任的同时，饱蘸心血写作此书，最主要的目的就是感恩党和社会、感谢所有帮助过他的人。40多年来，他用银针和中草药救治了22万多名患者，使其中的绝大多数患者都恢复了健康，从而拯救了成千上万个家庭。这不就是他用学到的知识和技能为社会做贡献吗？写作的技巧固然重要，但对人生与社会的真切感受和深刻理解才是最重要的，更是作家写作成功的秘诀。因此，我才郑重地向广大读者推介此书，并坚信读者朋友一定会开卷有益！

是为序。

代英夫

2022 年 6 月 4 日于吉林市港威商务酒店

（本文作者系中国作家协会会员、国家一级作家）

001

2007 年 10 月，国庆节刚过的北京还沉浸在节日的气氛之中。天安门两侧观礼台的几十万盆鲜花争奇斗艳，在阳光下显得分外妖娆，再环顾四周美丽壮观的建筑，我的心里涌上一阵暖意——祖国啊，我也是您的儿子啊，虽然我的身体不好，但是，对您的热爱并未因此而减少一分。

我来到这里可不单单是为了逛风景，而是因为"世界针灸学会联合会成立 20 周年暨世界针灸学术交流大会"即将在北京召开，而我是这次盛会的一分子。会议就定在 10 月 20—22 日举行，所以，我放下手头的工作来到了北京。

2007 年，作者参加世界针灸学术交流大会

世界针灸学会联合会总部设立在北京，联合会的终身名誉主席由我国著名的针灸专家、中国中医科学院著名教授王雪台担任，会长和秘书长也都由中国人担任。

世界针灸学会联合会在针灸学研究与实践方面是很有影响力的，这次学术交流大会的召开，具有里程碑意义！

这次大会有来自全世界100多个国家的代表参加，代表着当代世界针灸学术的先进水平。这次大会的盛况在世界针灸学领域绝对是空前的。出席大会的代表有1500多人，其中来自我国的代表占了百分之五十。会议总共收集到论文2000篇。可是受客观条件所限，能在大会上进行交流的论文只有20篇。能在这么高级别的针灸学术交流会上宣读自己的论文，那将是无上荣光。

而我竟因为《一针治疗流行性腮腺炎临床体会》这篇论文，获得在大会上与名家高手交流的机会。当我得知这一消息时，震惊之余自然是抑制

作者与外国学者在一起

不住的高兴与紧张。

夜晚来临，我躺在床上辗转反侧，一会儿浮想联翩，一会儿又担心发言时会因为紧张而语无伦次。那一夜，我才知道了什么叫失眠、什么叫折磨。

其实我是个很健谈的人，在中学时期曾经在上千人的大会上做过演讲，也主持过全校的会议，但是它们根本无法跟这次学术交流大会相提并论。这一夜，我绞尽脑汁反复盘算设计，把上台时可能发生的每一个细节都想得很仔细。

据我了解，参加这次大会的有时任全国人大常委会副委员长蒋正华、许嘉璐，有世界教科文组织前总干事中岛宏先生，有国家中医药管理局局长，还有世界及国内著名的针灸专家。对于我来讲，他们都是我的前辈、我的老师，我能不激动、兴奋、紧张吗？

大会总会场设在北京国际会议中心的二楼一号会议大厅。大会开始，我被安排在第八个发言，前几位是来自中国中医科学院针灸研究所和上海针灸研究所以及日本、美国的针灸专家、教授。当大会主持人宣布我上台发言时，我的心激动得仿佛要跳出我的胸腔，于是我默默地念叨着："别紧张！只是学术交流，又不是上刑场。"这么自我安慰着，心里才稍稍平静一点。我慢慢地一跛一跛地走上了主席台，向大家鞠躬致意后来到发言席前开始我的发言。我相信我的声音是洪亮的，语速也是适度的。读完了我的论文，我一摸额头，汗津津的。

也许是对我的专业太热爱、太熟悉了，我竟然一下变得心平气和、从容不迫起来。专家们对于我的宣读似乎都很满意，这一点我是从他们的脸色以及代表们的掌声里体会出来的。

这掌声太鼓舞我了，它是对我这样一个身有残疾的针灸学者的肯定，是对我在临床第一线努力工作、刻苦钻研的肯定。

我太留恋这掌声了，以至于我回到住所时它还一直回响在我耳畔。

参加这次大会，我既紧张，又难以按捺心中的激动、浮想联翩，这对于我的针灸学术工作是一种莫大的鞭策……

002

我于1957年出生在吉林省吉林市郊区大屯公社孤家子大队一个普通的农民家庭。我的家乡坐落在松花江边，背靠蕴藏着"西团山文化遗址"基因的猴石山，是一个山清水秀的地方。

爸爸妈妈结婚的第二年就有了我，当时家里虽然清贫，但是我的到来给这个家庭带来了无尽的欢乐和勃勃生机。据老人们说，那时候我们这个三口之家充满了欢乐，我就像一个玩具一样，被爸爸妈妈搬来弄去，爸爸每天收工回来都要看一看我，亲一亲我的小脸蛋儿。我们家虽然不富裕，但是日子过得充实快乐。我的表现一点也不比同龄的孩子差，一岁半时就能说两个字以上的词汇，并且能独立行走；三岁时，就什么话都能说了，见到老太太就叫奶奶，见到小伙子就叫叔叔，很讨邻居们的喜欢。

其中，有个我叫他"小黑叔叔"的邻居非常喜欢我，每当他下班回来时，我都会一边叫喊着"小黑叔叔！小黑叔叔！"，一边飞快地跑过去，紧紧地抱住他的脖子，用力地亲他的嘴巴。我们两家的关系非常融洽，小黑叔叔经常留我在他家吃晚饭。

俗话说：天有不测风云，人有旦夕祸福。我生了一场病，但是病愈之后留下了更为严重的麻烦，那就是我的右腿不听使唤了，我再不能像淘气的小马驹那样欢蹦乱跳了，跛足而行将是我一生的走路姿态。母亲为此不知流了多少泪水。关于当时的情况，妈妈回忆说，医生诊断我为感冒，打了一针，我哭闹一阵之后就睡着了，醒来以后就怎么也站不住了。妈妈把我扶起来后刚一撒手我就倒下了，她又让我靠着墙壁站着，我不动还好，稍微一动就会倒下，还哭闹不止。爸爸妈妈认准我是被打针打坏了，于是第二天就抱着我找到了给我看病的那个卫生所的医生。

这位医生从来也没遇到过这种情况，只是一个劲地安慰我的爸爸妈妈："没事的，没事的，可能是打针疼的，害得孩子不敢站着。明天，我领着你们去找我的老师会诊，看看是怎么回事。"第二天，这位医生领着我们一家三口来到吉林市医院儿科，找到了他的老师即这里的儿科主任。主任详细地询问了发病的过程并为我做了相应的检查之后，对爸爸妈妈说："这个孩子得的是'脊髓灰质炎'，俗称'小儿麻痹症'。这是一种消化道传染病，开始的时候都有发烧症状，和感冒差不多，按感冒治疗后，就进入'敏感期'，所以孩子就哭闹不止，随后就进入'瘫痪期'。现在这个孩子出现的患肢不好使的情况，表明他已经进入瘫痪期。不要怕，这个病还是能够治疗的，孩子会慢慢恢复的，可以在后期求助于中医和针灸治疗。"

邻居们听说后都过来看望我，他们投来同情的目光，以此来安慰我的爸爸妈妈。有些好心的邻居主动介绍，哪里有好中医，哪里有好的针灸医生……

每当爸爸妈妈听说哪里有好的医生或好的治疗方法时，都不辞辛苦地抱着我前往治疗。记得妈妈曾经对我说过，我在接受治疗时，真是受尽了"折磨"。由于我年纪小，不懂事，自然不会配合治疗，而是连哭带闹，妈妈的泪水不知流了多少……

经过半年多的精心治疗，我终于可以站起来行走，但还是留下了终身的残疾——小儿麻痹后遗症。

　　身体有残疾的人，往往心里都有一种压抑感，特别是在年轻的时候。因为社会上总有那么一些人会歧视甚至取笑残疾人，使得广大残疾朋友的心灵受到伤害。我在童年时就经常被一些不懂事的顽皮孩子辱骂为"瘸子""拐子""胡萝卜崽子"。每当听到这些骂声，我的心里就像刀剜似的，特别不好受，但是又打不过他们，只得把怨恨埋在心底。有压迫就有反抗，我也想向他们证明我不是好欺负的。由于自身的状况，追赶是不可能的，于是我就用撇硬土块的办法报复他们。天长日久，我竟然练就了一手神奇的"飞镖"技术，一般在二三十米的距离内都能打中他们。时间长了，他们也知道我的倔强和本事，也就与我和睦相处了。往后再听到这样的骂声，多数是在陌生的地方，遇到这种情况时，我通常是沉默的，因为反抗只能招来更大的伤害。这种侮辱虽说是个别的，但是在我幼小的心灵里留下了深深的阴影。每当我听到"瘸子"两个字时，心里就极其痛苦。既然有刀子朝自己刺过来，自然就有反击的时候，于是我因为这两个字而和别人打架就成了必然。

　　在家里，我是大哥，要担负起保护弟弟、妹妹们的职责，对于一个身有残疾的人来说，这何等艰难。

　　记得 1973 年农历正月的一天，两个弟弟到家门前冰冻的江面上玩冰爬犁，而我则像往常一样只能待在家里看书或者摆弄无线电。没多久小弟弟就哭着跑了回来，原来他受了我家后院邻居家的一个小客人的欺负。那个小客人比我两个弟弟大得多，只比我小一岁，他也到江面去玩。他是来做客的，自然没有自己的冰爬犁。他也不跟我的弟弟商量，就极其霸道地抢占他们的冰爬犁。我两个弟弟自然抢不过他。我一边安慰着小弟弟，一边跟着他来到了江边。我大声叫那个人把爬犁还回来，可是他根本不买我的账。在平地上我都得跛足而行，更别说在冰面上了，爬犁在冰面上如同离弦的箭，岂是我追得上的？万般无奈之下，我只得站在岸边上等着了。终于，他玩够了，把我弟弟的爬犁扔了。我两个弟弟兴奋地往冰面的中心处跑去，而我的内心则充满了内疚：弟弟把我这个大哥当作靠山，而我除了站在这里望冰兴叹还能做什么？我恨自己无能，同时也对那个小子充满了愤恨，所以当他走到我跟前时，我就跟他理论起来。他上下打量了我几眼，不屑一顾地边走边说："瘸了吧唧的，咋呼啥！就玩了，你能怎么的?！"我听到这里，只觉得怒火中烧，大吼道："有能耐你别走！"他果然走了回来，不是悔过也不是道歉，而是更加放肆地挑衅，他的目光里充满了藐视与不屑。"不走！你能把我怎么样？"他说。这时，我心里盘算：让他走近点儿，再走近点儿，出其不意攻其不备，给他来个突然袭击。

他果然一步步向我走来，不等他动手，我突然发起了进攻：我的两只手快速向他的双腿伸去，双手一合拢就抱住了他的双腿，用头部顶住他的上身；双手用力往回拉，头部向前顶，一下子把他顶翻。我顺势骑在了他的身上，把他一阵猛揍，一直打到他喊"服了"为止。看着他灰溜溜地跑回亲戚家，我的心里充满了一种从未有过的快意，这一回算是出了口恶气。后来听他的亲戚说，他叫李江，在江南那片是个有名的小混混，我心里不禁产生一丝后怕。正常人看见他都头疼不已，躲得远远的，何况我一个走都走不快的残疾人。

俗话说：冤家路窄。这话一点也不假。夏天的一个下午，我和一位同学到江南公园游玩。当我们刚刚走入公园的一条林间小路时，树林里就传出一个喊声："哎，你过来！"循着喊声看去，只见从树林中的一棵大树后面走出一个人，我定睛一看，啊！这不是李江吗？这时候回避是不可能的，我的头脑中飞快地想着对策。

"哎呀！你不是李江吗？你好吗？你认识张臣吗？"我好像什么事也

没发生过一样大方地问。

他说："认识，跟你有什么关系？"

"他是我二叔。"我故意套近乎地说。

他说："是你二叔？"

我说："是的，真是！上次的事，真是对不起，'大水冲了龙王庙，一家人不认一家人了'。我回来后，张臣把我一顿好说，说你们还是亲戚呢！今天见面，我向你道歉了！大人不见小人怪，请你多多原谅！"

李江听我提到了张臣，又诚心地道了歉，就把手里握着的石头扔到了树林里。

他说："张臣是我二舅，今天要不是你提他，我砸扁你的头！"

说完这句话后，他向树林里招了招手，这时我才看到从树林里的大树后面走出十多个人，这些人出来后都跟着李江走了。

过了这么多年，我回想起来，还真有点后怕。当时，我要是不冷静机智地对待，不提到张臣和向李江赔礼道歉，后果真的不堪设想。可是话说回来，如果我是一个健全人，还会发生江边和眼前这档子事吗？残疾的躯体要为没有残疾的心付出怎样的代价？

我在童年时期活泼好动，非常淘气，和邻居家的小朋友们玩耍时，从来没把自己当作残疾儿童，而是像健全的小朋友们一样下河抓鱼、上树掏鸟窝、抓蝈蝈、弹玻璃球、推铁圈等。虽然艰难，但是我都做到了，并且不甘落后。

吃榆树钱儿在我的童年时期绝对是一件有诱惑力的事情。春天一到，不等榆树的叶子长满，成串的榆树钱儿就挂满了枝头。于是我们就爬到高高的榆树上面，把榆树钱儿一把一把撸下来放进嘴里，或者干脆把树枝折下来，坐在树下稳稳当当地吃个够。

榆树钱儿其实就是榆树的种子，在树上长着一串一串的；单个形状就像一枚枚铜钱，所以人们把它叫作榆树钱儿。它刚长出来的时候是绿色的，然后慢慢呈黄绿色，吃起来口感很好，甜甜的；等到成熟落下来时就呈黄白色，自然也就吃不得了。现在的孩子，尤其是城里的孩子自然是无法体验这个事情的，但是对于我们这个年龄段的人来说，榆树钱儿挂满枝头绝对是春天里最美的风景。

吃榆树钱儿不单单是为了充饥解馋，也是一种野趣，所以，我们才乐此不疲。为了能多吃到一些，就得自己爬上树去摘，于是我练就了一身不次于《小兵张嘎》中嘎子的本领。由于我的腿不正常，所以我的手及臂锻炼得十分发达。我双手抱着树干往上用力，然后用那只好腿蹬着树干往上挪一下，反复地做这个动作，一会儿高高在上的榆树钱儿就成为我的战利品了。

烤青蛙也是极有趣的事情。那时候不管是松花江边，还是草丛里、稻田里，青蛙多的是，傍晚走在路上时，还得提防踩到它们呢。在物质相对匮乏的年代，填饱肚子尚且不易，何况是烧烤这样的美味呢。

抓住青蛙后，先卸下它的大腿，再将皮扒下来，用车辐条制成的钎子串上。这时候，负责捡柴火的小伙伴早把火生起来了，然后在青蛙肉上撒点从家里带来的食盐。烤熟的青蛙腿可真是美味啊！

常言道：乐极生悲。正是烤青蛙腿这件饶有野趣的事情，竟引来了一场火灾。

那是1965年5月的一天，风和日丽，万里无云，阳光照射在大地上，春天的气息温暖着万物。大人们都到地里干农活去了，学生们也都上学去了。只有家庭妇女和老人们在家闲聊着，学龄前的小朋友们蹦蹦跳跳，各自玩耍着。

我有两个小伙伴，他们是堂兄妹，一个叫张三笠，7岁，男孩；一个叫张丫，6岁，女孩。男孩家紧邻我家，女孩家和男孩家相邻，他们两家房子的中间是柴草棚子，里边装满了烧柴。这天上午，他们结伴到江边抓青蛙，并模仿我们那样烤青蛙吃。妹妹张丫跑回家里取火柴时，她的妈妈看到了，问她："你拿火柴干什么？"张丫撒谎道："我大娘要用。"

说完她就跑出了房门，直奔柴草棚子而去。

他们把火点着后，正要烤青蛙大腿，突然，烤青蛙的火焰引燃了旁边的柴草，火势迅速蔓延，很快整个柴草棚子就燃烧起来，顿时浓烟滚滚，火光冲天，几公里以外都能看到。

不一会儿，大火已经把张三笠家的房子引燃。刚才张丫回家取火柴时，妈妈就有点怀疑，等她反应过来去追女儿时，大火已经着起来了！

当她看到大火已经烧到她家房子时，就坐在地上大哭。这个女人被这突如其来的大火惊呆了，她光顾着哭了，家里的东西什么也没抢救出来。

刚着火时，我在江边上玩，当我回头往家看时，发现张三笠家的房子着火了。我放下手里玩的东西，迅速往家里跑，边跑边喊："着火了！着火了！快来救火呀！"

这时，在地里忙着农活的村民们看到屯子里着火后，就都放下手里的农活，迅速跑回屯里救火。当时我们全屯只有两口水井，而且离着火的张家都很远，这就给救火带来了极大的困难。他们有的跑回自己家把水缸里的水拎来，有的跑到屯东边的井打水，有的跑到屯西边的井去挑水，但是人们意识到救火的水源明显不足。有聪明的年轻人跑到后边的大道上去拦截拉沙子的大卡车，让车开到距离着火的房子最近处，用沙子来救火。我家的泔水是用来喂猪的，但是救火要紧，最终泔水缸被舀得干干净净！与此同时，有的人跑到了两公里之外的大队部打电话报警。

大家同心协力，多种方法并举，终于在消防车来到之前，把大火扑灭了。

但是，张三笠家的房子被烧得面目全非，不能住人了。

经过消防队的同志调查，人们才知道这次火灾的原因。消防队召开了现场会议，告知人们要吸取这次火灾的教训，注意防火，教育自己的孩子不要玩火。

在村里和乡亲们的全力帮助下，张三笠家盖起了新房，但是这次火灾的教训是深刻的。

爸爸于 1936 年出生在吉林省舒兰县（现舒兰市）溪河镇的大西崴子村。当时他们家很富有，有八间青砖起脊的大瓦房，正四合院，四周有高高的院墙，古式大门楼，门框上方有防雨的雨搭，门的四周镶嵌着铜角，门上有叩打用的铜环，门前还有两只威武雄壮的大石狮子；还有很多对外出租的土地，在舒兰县溪河镇街里有饭馆，在永吉县（现吉林市龙潭区）乌拉街街里有油坊和当铺。太爷爷在当地是很有名气的富绅。

1944 年之前，爸爸非常受宠，过着小少爷的生活，有一个男保姆照顾着，要啥有啥，上学放学都有专人接送。那个时候，爸爸还是很幸福的！

我们的家业到了爷爷这辈就开始败落了。太爷爷望子成龙，积极地培养爷爷，想让爷爷继承家业。爷爷先后在家里和吉林市里读完了私塾、国高，之后被太爷爷送到哈尔滨读了大学。

1942 年，爷爷读完大学后没找工作，有朋友举荐他到吉林市找一份工作，爷爷说什么也不去。因为，那时的吉林市是由日本人统治的，爷爷不愿意为日本人做事。

爷爷自从毕业以后，不但不工作挣钱，还天天在花钱。家里人也不知道他每天都忙些什么，只知道他天天会朋友，一伙一伙地。这些人通常都是后半夜来我们家，在爷爷的房间里不知道说些什么，做些什么。有时候他们也会到我家的小酒馆里聚会，费用都是由爷爷出。时间长了，酒馆出现了亏损，爷爷就回家卖房子、卖地。

1944 年的春天，爷爷还是这样神出鬼没的，家里的财产也被爷爷变卖得差不多了。这几年，爷爷的行为把太爷爷气坏了，所以太爷爷经常与爷爷吵架。爷爷说："咱们家要那么多地干啥？自己家里够吃够喝就行了，我现在会朋友，是在办大事情！"

太爷爷听了后气个半死，骂道："你这个败家的东西，我供你上大学，养着你的妻小，而你毕业不找工作，净花钱，两年多的工夫你就把家败得差不多了，你他妈的给我滚出去！"

爷爷听了太爷爷的话，也不急眼，只是说："爸爸，您说的都对，我暂时是借咱家的钱，以后我会还的。我的那些朋友是干大事业的，等把日本鬼子赶走了，咱们家的这点钱都会还回来的。到那时，日子比现在还要好！"

太爷爷从爷爷的话中似乎听

1942 年，作者爷爷、奶奶合影

出点什么，心里想：莫非儿子参加了"抗联"？他瞪着眼睛，理着胡子，也就不逼爷爷了。

太爷爷还真的猜中了，爷爷真的与"抗联"有联系。爷俩吵完不久后的一天，天还没亮，我家的大门就被伪满警察砸开了。爷爷听到砸门声的时候已经来不及逃跑，于是就藏在了柜子里。

警察进了院子就到处乱翻，正房、偏房、仓房、猪圈等查了个遍，也没找到爷爷。但是他们不甘心，于是把太爷爷吊在房梁上一阵毒打，并且扬言要把太爷爷带走。爷爷实在忍不下去，就从柜子里出来了，于是被警察们带走了……

爷爷被抓走以后，家里一片慌乱，家里人的确不知道爷爷这些年在外边都做了些什么。来抓他的警察头头对家里人说抓爷爷是为了让爷爷"戒大烟"。

现在家里的顶梁柱被抓走了，太爷爷、太奶奶岁数大，爸爸和姑姑年纪又小，这样一来，家庭的一切重担就都落到了奶奶的身上。

奶奶是个大户人家的姑娘，有文化，有修养，聪明伶俐，为人贤惠，遇事镇静，办事果断。

为了营救爷爷，奶奶四处奔波，到处打听爷爷的下落，最后终于打听到爷爷被舒兰县白旗镇警察署抓走，关押在舒兰县小城子镇的监狱里，不让探视。

奶奶回到家后把这一消息告诉了太爷爷，劝太爷爷不要着急上火，她会不惜一切代价营救爷爷出来的。

警察是以戒大烟的名义抓爷爷的，家里人都认为爷爷是无辜的。因为爷爷只是早年抽过大烟，但是早就戒了，所以，家里人认为警察抓错人了，经核实后一定会放爷爷出来。

三天过去了，爷爷还没回来。奶奶觉得情况不妙，就又一次开始打探爷爷的消息。

经过朋友介绍，奶奶找到了白旗镇警察署署长的姨太太。奶奶带了金银首饰、现金等厚礼，去了警察署署长的家，见到了这个姨太太，说明了爷爷及家庭的情况，恳求这个姨太太帮忙。

这个姨太太被奶奶的话和带来的礼物打动了，她打包票地说："姐姐，你家丈夫的情况我听明白了，等我们当家的回来我给你问一问，只要像你说的那样，一定没问题，不超过一周，一定放人！你就回家等着吧。"

奶奶千恩万谢后回到家里等待消息。一周过去了，爷爷仍然没被放回来。奶奶心急如焚，心里想：是给警察署署长的礼品送少了，还是有别的事情？不管是什么原因，也要再试一试！

奶奶怀着忐忑不安的心情又带了更重的礼品，再次来到了警察署署长的家，见到了这个姨太太。

这个姨太太很不好意思，急忙迎上前，接下礼品，握着奶奶的手说："姐姐，真对不起，你的事我没能办成。听说是政治犯，是日本人经办的案子，我们说不上话。"

奶奶一听这话，只觉得天旋地转，一头栽倒在这个姨太太的怀里。姨太太连喊带叫，才把奶奶叫醒过来。她安慰奶奶说："看看还有没有别的办法。"

奶奶心里想："政治犯！日本人！这是谁也说不上话的。最后一点希望也破灭了，往后这一家子人可怎么活呀？！"

奶奶勉强支撑着身体，步履蹒跚地走回了家，一方面瞒着太爷爷、太奶奶，假装说"现在正在做工作，过一段时间就会放回来的"，另一方面还得承受着巨大的精神压力伺候着一家老小。

因为多方面的压力和打击，加上着急上火，太爷爷病倒了。奶奶找来了当地最好的医生，为太爷爷诊治疾病，但太爷爷就是不见好转。一天，太爷爷感觉自己快不行了，就把奶奶叫过来说："大媳妇，看来我是不行了，云楼（我爷爷的名字）还回不来。我要是走了，你一定要挺住，支撑好这个家，把两个孩子抚养成人！"

奶奶听到这，哭泣着说："爸爸，您不会走的，我还要继续找好的医生给您治病呢，一定能够治好的！"

太爷爷说："不要治了！治也是白花钱，把钱留着给孩子们用吧。"说完就把眼睛闭上不吱声了。

太爷爷过世了，奶奶找来了左邻右舍，大家帮着把太爷爷给安葬了。

经过接二连三的打击，两个月之后，太奶奶在一个夜里也走了。

时间一天天过去了，爷爷一点消息都没有，奶奶只能领着两个孩子无限期地等待。

一天，镇里来人带来了一个消息，让奶奶到舒兰小城子监狱看望爷爷，并告诉说爷爷病危。

奶奶赶紧找来亲戚看家并照顾孩子，自己则带着一些钱及生活用品迅速赶往小城子镇。

其实，爷爷早已被日本鬼子折磨死了，让奶奶前往只是为了给爷爷收尸。奶奶看到爷爷的尸体后欲哭无泪。那个时代，有多少无辜的中国人惨死在日本帝国主义的铁蹄下。奶奶强忍着悲痛，在当地雇了几个农民，到棺材铺买了一口棺材，用旱爬犁把爷爷的灵柩拉到了郊外，"浮厝"在那里，等冬天来临时再运回老坟。

奶奶回到家后就一病不起，嗓子肿得说不出来话，水米不进，几天下来，已经瘦得变了个人似的。

眼看奶奶的病情在一天天加重，直系亲属都来了，并找来了当地最有名的老中医。医生看完病后说奶奶得的是"锁喉风"。亲戚们说："有什么好药，你就开方吧，我们不怕花钱！"

医生摇摇头说："病情很危重，现在药已经吃不进去了，恐怕是不行了，你们早点准备吧。"

奶奶心里明白，留给她的时间已经不多了，因为那时她已经很多天说不出来话，吃不下去饭了。她用手比画着，叫爸爸和姑姑到她的床前，让人拿来纸和笔，在纸上立下了遗嘱：让5岁的姑姑到姥姥家里，让姥姥家的人抚养；让爸爸到家境稍好一点的老三爷（爷爷的远房堂兄）家去生活。写完遗嘱，奶奶用手分别吃力地摸了摸爸爸和姑姑的脸蛋，带着遗憾，不情愿地闭上了眼睛，永远地离开了人间。

就这样，在不到半年的时间里，我们家先后失去了四位亲人。一个好端端的家庭就这样解体了，爸爸和姑姑从此成了孤儿，他们分别被亲戚家收养，开始了新生活……

006

我们家解体后，家里的剩余财产中的大件物品，比如箱子、柜子、米仓子、马车等，都给了老三爷家；屋里的衣服、被褥、餐具、家具等给了奶奶的娘家。房子、土地所卖的钱也按比例给了这两家。比较值钱的如金银首饰、文物字画、毛皮衣物等委托爸爸的姑姑，也就是我的姑奶奶代为保管并立有账目，等到爸爸和姑姑长大成人了再交还。

姑姑被接到她的姥姥家，生活得自由自在，无忧无虑，可以说是丰衣足食。爸爸就截然不同了。爸爸被老三爷接去以后，被安排与一位叫"关老疙瘩"（老疙瘩指兄弟之中排行最小的那位）的老长工住在一起，从此，他失去了上学的机会（之前爸爸已经读完了两年的私塾）。

老三爷家坐落在后团山屯东头的团山脚下，是土瓦结构的四合院大院套。正房由老三爷居住，爸爸和关老疙瘩住在最后面的长工屋里。

每年的夏天，老三爷只给爸爸做一件白棉布上衣、一条青布裤子、一双纳底布鞋。爸爸每天吃过早饭就得出去放猪，后来稍微长大一点就改为放牛，每天早出晚归，也不知道忧愁，放牛晚归的时候，还骑在牛的背上，哼着小曲，乐嘻嘻——真是童年无忧，不知愁哇！

有的时候，遇到调皮的牛到处乱跑，爸爸可就惨了。

有一次，两头牛相互争斗，爸爸在中间怎么也分不开它们，于是就拿来柳条抽打它们。这下惹恼了其中的一头牛，它冲着爸爸就奔来。爸爸见势不妙，回头就跑，一下子踩到了树杈子上，把左脚给扎穿了，鲜血顺着脚面流了下来。爸爸忍着疼痛，找来了马粪包（学名叫马勃）胡乱上到了脚上。等血止住后，他把牛都赶到一起，又骑着牛，回家了。老三爷只准了爸爸7天的病假。7天后，爸爸拖着肿胀的左脚，一跛一跛地继续放牛。后来伤口有些感染，好久之后才痊愈。至今爸爸的左脚上还留着一个伤疤。

这样的生活一直持续到1947年的春天。这一年，还没有出农历正月，解放军和国民党的军队就经常在爸爸住的屯子周围打仗。

当时有钱的人家心里没有底，害怕解放军，所以都纷纷逃往吉林市或者乌拉街镇，因为这两个地区是国民党统治的。

一天深夜，老三爷悄悄地套上马车，带上二姨太和一些贵重物品，匆匆忙忙逃往乌拉街。整个大宅院只剩下关老疙瘩和我爸爸。

早上三四点钟，大院里进来了一伙国民党兵，对上下屋的房门一阵乱砸，边砸边骂。在后屋的关老疙瘩和爸爸都不敢出声。这伙人乱砸了一阵子，见没人吱声就说："这里的人都跑了，没看到大门都没锁吗？走吧！到别的人家去找吧。"于是，他们就都走了。

他们走后不久，屯东头的山上山下传来一阵激烈的枪声和喊杀声。过了一个多小时，枪声、喊杀声才逐渐减少直至消失。

天刚蒙蒙亮，又有一队人马进了老三爷的院子，他们看到大门、房门都大敞四开的，断定主人已经跑了，但是，他们感觉这个院子里可能还有人，于是就各处去查找，最后，在后院的小屋里找到了关老疙瘩和我爸爸。

一个身穿灰军服看上去像是当官的人对爸爸说："小孩，不要怕。我们是解放军，是打国民党军的。麻烦你到屯子里找农会主席给弄几个担架来，我们有几位伤员等待救治。"

爸爸看这个人很和气，就爽快地答应道："行！你们在这等着吧！"爸爸飞也似的向屯子里跑去。

爸爸这一跑引起了国民党军的注意，子弹像雨点似的向爸爸打来，他都能听到子弹飞过的声音。

爸爸当时才 11 岁，根本不知道害怕，他一直往屯子里跑。当跑到位于屯子口的老关家时，关老大从屋子里跑出来喊住了爸爸，一把把爸爸拉到屋里，顺势摁到了炕沿底下，跟随过来的子弹把放在院子里的大缸打穿了好几个洞。

关老大又心疼又生气地说："你小子不要命了！子弹跟着你打，你还到处乱跑？你给我老老实实地在这里趴着！"

爸爸说明了跑出来的原因，关老大说："知道了，等会儿，我去安排！"关老大说完，从后门出去找农会主席要担架去了。

70 多年过去了，爸爸回忆起来，当时有多么危险！——子弹追着爸爸打，就是打不着，爸爸的命真大呀。

1947 年 8 月，爸爸的家乡解放了，地主老财们的房屋、土地都按当时的土改政策进行了处理。当时，一位土改干部找到爸爸，问："小孩，你在这里生活几年了？"

爸爸说："4 年了。"

"那你看看，有哪些东西是你的。"那位土改干部说。

爸爸当时只有 11 岁，没有太多的心眼。他走过去把自己的棉袄、棉裤、被子还有两只快要磨漏底的布鞋找出来，说："这些都是我的。"

土改干部又认真地说："再仔细看看，落下啥没有？"

爸爸非常认真又肯定地说："没有了，真的没有了。剩下的都是东家的了。"

"好了，就凭你这些家产给你划个贫农成分。"土改干部郑重地宣布着。

从此，爸爸参加了儿童团，后来又加入了中国新民主主义青年团。

土地改革使得农民获得了土地和房屋，极大地解放了生产力，调动了农民的生产积极性。

新中国成立以后，爸爸没继续住在老三爷家的房子里，而是搬到了农会的办公室，并积极地参与农会的各项工作。他和同伴们一起站岗、放哨、查路条，工作非常积极主动，还天天到夜校里去读书，学习文化。当地的农会干部也非常喜欢爸爸，认为爸爸聪明伶俐，好学上进，就用心地培养他。

就这样，爸爸在这里工作生活了几年，1952年，16岁的爸爸，光荣地加入了中国共产主义青年团。入团以后，爸爸工作更加积极，整天从早忙到晚，诸如兴修水利、文艺演出、拥军优属、访贫问苦，每一项工作都做得很出色，得了很多奖状。

1956年，爸爸和妈妈结婚了。到了冬天，为了更好地发展，这对向往城市生活的年轻人突然做出了一个决定——搬家。

当时近郊地区的经济收入比爸爸所在的地区高得多，所以，爸爸就四处打探这方面的消息。听一位好朋友讲，吉林市郊区大屯公社的孤家子大队经济收入很好，爸爸就和这位朋友步行了40多公里到近郊的孤家子大队考察了一番，认为这个地方很有发展前景，于是当即预租了一间房子。爸爸考察回来后，把妈妈喂养的小猪杀了，杀猪那天还请来了左邻右舍、亲戚朋友共同庆贺乔迁之喜。

剩下的半头猪与家具一起都装上了车。第二天一大早，准备启程的爸爸妈妈发现车上的半头猪不见了，但这没有打消爸爸搬家的热情。

刚刚成家立业的爸爸，生活上有很多盲点，不懂的事情很多。爸爸租下的房子是人家多年不用的小厢房，屋里阴暗潮湿，四处漏风，房顶上没有防寒层，直接就能看到房梁，有的地方还露着天！

虽然生活在这样艰苦的环境之中，妈妈却从来没有埋怨过爸爸，小夫妻俩高高兴兴地过着每一天。

刚来到这里，人生地不熟，又没有户口，没有土地耕种，为了维持生活，爸爸只好托人找了份工作。

爸爸很能吃苦，朋友给他找了一份筛沙石的工作。这份工作很艰苦，要在松花江边上的江堤旁，把沙石用筛子筛好后，再装到大筐里，在大筐的绳子中间穿上单条扁担，把扁担分别放在两个人的肩上，一前一后地抬着送往大沙堆。这样一天下来，手上、肩上都被磨出了血泡，晚上回到家里要用温水浸泡才能勉强止痛。

一般来讲，再能干的小伙子都得一个多月以后才能适应这种艰苦的劳动。很多人吃不了这种苦，只干几天就当了逃兵；但爸爸却顽强地坚持了下来，赢得了沙石场领导和工友们的赞扬。同时，爸爸有了收入，家庭的生活有了保障。

就这样，经过半年多的努力，当地的户口也办了下来，我家和这里的乡亲们一样加入了高级社。

入社以后，爸爸更加起早贪黑地积极工作。爸爸工作上很有成绩，又是共青团员，受到了大队党支部书记的欣赏和重用。

当年爸爸就被调到大队当上了团支部书记兼民兵连长，不久之后爸爸就加入了中国共产党。由于当时年轻干部很缺乏，加上爸爸工作努力，他很快就被提升到大屯公社任民政助理。

在公社仅仅工作了一年多，孤家子大队领导班子需要调整，上级党委以改造落后地区为由，把爸爸派回了孤家子大队任党支部书记，爸爸一直任职到1979年调任到郊区工作为止。

1966年，是爸爸和妈妈结婚十周年，这个时候我们的家已经是五口之家。当时我9岁，妹妹3岁，二弟刚周岁，家里的居住条件也有所改善。

自从当上了大队党支部书记，爸爸就全身心投入工作当中。每天一大早就有人到家里来找爸爸谈事情，吃完早饭，爸爸只要出去就是一整天。所有的家务活都落到了妈妈的身上，诸如担水劈柴、洗衣做饭、喂猪喂鸡，妈妈为了这个家非常辛苦地忙碌着。

我是大儿子，每当妈妈干活的时候，都是我哄着妹妹和弟弟，与他们玩耍，给他们讲故事，以减轻妈妈的负担，让妈妈安心地把活计干完。

1966年，我步入了学校的大门，开始了学生生活。记得我去参加入学考试时，非常紧张，一见到老师，脸一下子就红了，心怦怦直跳，说话的声音都有些颤抖。

负责考试的是一位30多岁的女教师，她长得和蔼可亲，说话柔声细

1964 年，作者全家福

语，见了我的面就问："你叫什么名字？"

我回答说："赵立志。"

"多大了？"老师继续问我。

"9 岁。"我回答说。

"会查数吗？"老师又问。

"会。"我继续回答。

"那你就开始查吧。"老师说。

"1、2、3、4、5、6、7、8、9、10……100。"

"好了！"老师示意我停止，又说，"你的考试通过了，3 月 1 号来上学吧！"老师一边告诉我，一边在纸上写着什么。

我的入学考试就这样顺利地通过了。我当时心想："入学考试这样简单，没有我想象的那样可怕呀！"我高兴得想跳起来，可是那是不可能的。身有残疾的我，连表达高兴的方式都无法跟常人一样，我的心在瞬间划过一道阴影。

开学以后，我们每天都高高兴兴地来到学校，受着正规的小学教育。放学的时候，我们都排着队往家走，每个人到自己家门口的时候走出队列，与同学们说再见。

两个月以后，我加入了少先队，戴上了红领巾。在上学的路上，每次见到老师行少先队队礼时，我的心里都充满了自豪感。

这样的学生生活没过上多长时间，"文化大革命"开始了。

我们班级教室的墙上布置了"大批判专栏"。当时的大气候虽然是这样，但是，给我们上课的所有老师却非常认真，依旧按照当时的课本和计划进行备课、教学。

我们一边上课学习，一边参加大批判，就这样度过了小学的前两年。

个人的命运不可能脱离国家的命运。这几年的风云变幻，使得妈妈那本就单薄的身体更加单薄，是一种对家庭的强烈的责任感才使妈妈顽强地挺了过来。

由于精神上的高度紧张和压力，那几年妈妈从来没睡过好觉，眼睛总是红肿的，食欲也不佳，身体很消瘦，体重下降到35公斤，时常出现精神恍惚的情况。一开始，爸爸与我们都没在意。

有一天，妈妈炒菜时，用来爆锅的油着了，本来这也算不了什么，可是妈妈竟一下子精神失常了。当时，她什么都不顾，撒腿就往外跑，谁也拽不回来。最后，她的鞋子跑丢了，头发也都散开了，最后，好几个人强行把她拽了回来。她坐在炕上，嘴里不时地说着什么，吓得我和弟妹们大哭。爸爸找来了当地的赤脚医生，医生用针灸针在妈妈的人中穴、双合谷穴、双内关穴进针，妈妈长出了一口气，总算明白过来，一下子瘫倒在炕上。

从那之后，妈妈时常犯病，我们一点也不敢惹她生气。尽管我们万分加小心，有时她还是无缘无故地生气。

一天，我出去玩，回家稍晚了一点，妈妈就把我骂了一顿。我向妈妈说明情况，这使妈妈更生气了，就动手打我。我也跑不了，只得硬挺着让妈妈打。她越打越生气，突然间，她停了手。我刚感到庆幸，就听见她放声大哭起来。就在我愣神的时候，她放下手中的笤帚，转身跑到外面去了。我追出去，看见她钻进了邻居娄叔叔家的鸡架里，外边的人怎么也拽不出来。后来，人们连拽带哄，总算把她劝回了家。我试着采取赤脚医生的方法，用妈妈做活用的马蹄针，扎她的人中穴、合谷穴，由于不得要领，自然没有什么效果。见妈妈痛苦的样子，我傻了眼，一个劲地哭着大声喊妈妈。

那时候，我的小弟弟才两岁多，看着妈妈哭，哥哥也哭，他也就一个劲儿地哭。我只得擦干眼泪，一边哄着小弟弟，一边照顾着妈妈。过了许久，我正在哄小弟弟的时候，妈妈过来问："这是谁家的孩子？我看看。"

妈妈一边说一边把小弟弟抱了过去，看看这里，看看那里。当看到小弟弟的左耳朵时，她突然停住了手，喊了一声："这不是我的儿子嘛！"接着就放声大哭，一下子就把小弟弟搂在了怀里。

妈妈的频繁犯病使爸爸不能全身心地工作。组织上考虑到我们家的实际情况，给了爸爸几天假，让他带妈妈看病。

爸爸领着妈妈先后到了龙潭中医院、市里的三联合医院，还到乌拉街的杨六先生和其他几位老中医处看病。

那时候，我们家里到处都是中草药，满屋子都是中药的味道。从那时起我就学会了煎煮中药，一服药煎几遍、怎么喝我都知道。

经过半年多的治疗，妈妈的病情有了很大好转，但是她还是不能生气。

这时，爸爸想出了一个办法来治疗妈妈的病。我们家所在的村东头，有一位张姓的老奶奶，张爷爷已去世多年，她自己领着三个儿子过日子。

张奶奶 50 多岁，个子不高，为人和善，性格温顺，是一位历尽人间磨难、生活坎坷、热爱生活、善待自己的老人。平时妈妈与她就谈得来，兴趣爱好都很相似，她说出的话，妈妈都爱听，她们娘俩很对劲儿。她家里有一台缝纫机，妈妈可以用来为我们缝补一些衣物，顺便可以练习使用缝纫机的技巧。

经与张奶奶商议，爸爸让妈妈到张奶奶家里住些日子，同时让张奶奶开导妈妈。张奶奶所说的话，妈妈果然能听得进去。随着时间的推移和张奶奶的开导，妈妈头脑里那些不为正常人了解的东西慢慢消失了，她吃饭和睡觉都正常了。又过了一段时间，妈妈的身体逐渐恢复了。

妈妈不在家的日子里，爸爸既当爹又当妈，忙完了工作还得回家来照顾我们。我们几个子女也会做一些力所能及的家务。比如：我们在爸爸回来之前，把米饭做好，等待爸爸回来再做菜；我们还给家里的鸡、鸭、鹅等准备食粮。这段时间使我们感到这个家没有妈妈绝对不行。

妈妈的病渐渐好了，情绪也稳定了，爸爸就把妈妈接了回来。由于我们怕妈妈再发病，时时都很注意，生怕再惹妈妈生气。

比如，我的小朋友们来找我出去玩耍时，他们就得先帮助我为鸭子和鹅准备好晚上的饲料。但是，由于我们当时还都是孩子，有的时候玩起来就想不到那么多，稍稍不注意就会惹妈妈生气。

小孩子模仿能力强，我又是一个淘气的孩子，所以有时候经常做出一些荒唐的事情。

记得那是 1970 年夏天的一个星期天，我们刚刚看完电影《小兵张嘎》不久，就演绎了一场现代版的胖墩堵烟囱……

一天，我与几个小朋友出去玩耍，我们模仿电影当中有关八路军和游击队打击日本鬼子的场景。我们用向日葵的粗秆子制作成"机关枪"，用脱完粒子的玉米棒子制作成"手榴弹"，我还有一支木制的"冲锋枪"、一支木制的"驳壳手枪"，腰中系上皮带，把"驳壳手枪"别在腰中，好不威风！

我们双方口中模仿着枪声："砰""砰"！"嗒嗒嗒"！

我们一边喊，一边跑着来到了邻居杨大娘家的后院。当时，杨大娘家正在做饭，烧饭时冒出的烟呛得我们两眼流泪，嗓子发干，连声咳嗽。我们顺着黄烟冒出的方向看去，这个烟囱不高，离我们也不远。于是，我就在二胖的耳旁轻声地说："你从这个矮墙上去，用一捆谷草把烟囱堵上。"

二胖是我家东厢房的邻居，比我小两岁，是我的得力助手，平时我们在一起玩耍时，他都听我的指挥，这次他对我的指挥更是无条件地执行了。

只见他很灵巧地上了矮墙，迅速爬到房顶上，把谷草捆子塞进了正冒着烟的烟囱里。而后，我们大家迅速地离开了杨大娘家的后院，在一个隐蔽的地方观察着杨家的动静。

不一会儿，杨大娘家的房门打开了，随后，一股浓浓的黄烟跟着冲了出来。只见杨大娘两只手揉着眼睛，低着头跑了出来，嘴里还嘀咕着："这是怎么了，刚才还好好的，一眨眼就不好烧了呢？"她抬起头来一看，才发现有人堵住了她家的烟囱。

这下可气坏了杨大娘，她向四周大声地喊了起来："这是谁家的孩子干的，有娘养没娘教的！真缺德！"我们看到这种情况，好像自己是胜利者似的，幸灾乐祸地大笑起来！杨大娘听到笑声，顺着声音看过来，就看到了我们。他们几个撒腿就跑，杨大娘用更大的声音骂道："往哪里跑！小兔羔子！"

这时，只有我还躲在矮墙后面。我一看，这样不行啊，我不能坐以待毙啊！于是，我跑到我们平时捉迷藏的地方迅速躲藏起来，一点也不敢做声。杨大娘找了一阵子，一个人也没有抓到，气得够呛。她从外边喊回了自己的老伴杨大伯，让他上房把谷草捆子拿了下来，炉灶恢复了正常，杨大娘继续做饭。

杨大娘虽然没有抓到我们，但她已经看到了我们，并且挨家告了状。这一次我真的害怕了，生怕这件事情会惹得妈妈发病，所以在躲藏的时候我就思考着怎么面对妈妈。等过了好一阵子，我才装作没事似的回到了家里，帮助妈妈又是烧炉子，又是到房间里去扫地，还把箱子盖上面擦得干干净净，早早地就把鸡鸭鹅食拌了出来，把它们赶进了窝里，以便讨妈妈的喜欢，让她高兴，从而抵消自己闯下的祸。

妈妈一直在骂我，我则一个劲儿地认错，低下头来干活。爸爸回来以后，妈妈把我淘气堵烟囱的事告诉了爸爸，爸爸当时听了也很生气。

可能是顾及妈妈的病情，爸爸没有马上批评我，直到我吃完了晚饭，爸爸才把我叫了过去，先是询问我有关情况，看我诚实与否。我自知爸爸已经知道了事情的全部过程，抵赖不仅没用，反而会使他更生气。于是，我就全部承认了，认真地做了检讨。

爸爸最后说："看在你是第一次犯错误分上，我原谅你，以后我要看你的表现，你要说到做到！听到没有？"

我回答道："听到了！以后再也不会做这样的事了！"

爸爸说："一会儿到杨大娘家去，向你杨大娘赔礼道歉！"

当时我真的不知道该怎样道歉，但也不敢问爸爸，只得顺嘴答应道："嗯！我一会儿就去。"

"不行！马上就去！"爸爸强调说。

"嗯！我马上就去！"我回答着。

我慢慢地走出了家门，心想，今天的事，真的是我错了，杨大娘平时对我那么好，我怎么能让别人堵她家的烟囱呢？太不应该了！我自责地来到了杨大娘的家门口。

我试着要敲门，但又把手收了回来。杨大娘能原谅我吗？她要是不原谅我，那我多不好意思。如果回家，爸爸妈妈那边又交代不过去。嗨！反正已经来到这里了，进去再说吧。想到这里，我壮着胆子去敲杨大娘家的房门。

"咚！咚咚！"

"谁呀？"屋里传出了杨大娘的声音。

"吱咯"一声，门开了，杨大娘出来了。

"哎呀！这么晚了，你来干什么呀？"杨大娘惊讶地问我。

"大娘，我错了！白天是我让二胖堵了你家的烟囱，真对不起！大娘，你骂我吧！"我的声音很小。

"没关系的，我当是什么事呢。这么晚了，快回家吧。以后，再不要那么淘气就行了。"杨大娘很包容地说着。

看到杨大娘没有责怪我，我心里很高兴。"谢谢大娘！"我回过头就往家里走去……

妈妈回到家里以后，精神状态好多了，家里的气氛也是暖融融的，我们几个孩子互相照应着，每天都非常积极地帮助妈妈料理家务。妈妈看到我们这么懂事，她心里也很高兴，每天换着花样为我们做吃的，爸爸也能够安心地干工作了。

但是好景不长。妈妈这些年来为了这个家，起早贪黑，积劳成疾，留下了心口疼病（胃痉挛病）。妈妈手脚稍稍着点凉，心口疼病就会发作，有的时候会疼得死去活来，在炕上直打滚。我在旁边看着很是着急，就得到处找爸爸，让爸爸请来医生为妈妈治病。

我们大队的赤脚医生姓杨，从他爸爸那边论我管他叫二哥。他每次来给妈妈针灸，我都细心观看。我看在眼里，记在心上，慢慢地我就学会了给妈妈针灸。之后，妈妈再犯心口疼病，我都用针灸的方法直接为妈妈止疼，但我根本不知道妈妈的心口疼是什么疾病。

我每次到土城子的"育生远"大药房，都要到柜台前，看看药品说明书和价格，有时，用自己兜里的零花钱为妈妈买点治疗心口疼的药。

记得我给妈妈买的心口疼药里有一种叫"胃舒平"的，给妈妈吃了后还真的有效，妈妈很高兴，我也很高兴，我能为妈妈治病了！

妈妈的心口疼病时常困扰着我们，每次看到妈妈犯病时那种痛苦的样子，我们都很难过。我家的一位邻居，我叫她四奶奶，她的心口疼病与妈妈的是一样的，每遇风寒就会发病。后来，她用别人给她的一个偏方，治好了心口疼病。

四奶奶是一个热心肠的人，她买来了生姜、大枣、红糖等，把它们等分后，再用捣蒜的蒜缸子捣成泥，装在空的罐头瓶子里，送给了妈妈；并告诉妈妈每天早上吃饭前半个小时吃一汤勺，晚上饭后吃一汤勺。

都说偏方治大病，此言不虚，妈妈就是吃了四奶奶做的这个药，把心口疼病治好了。

妈妈是一位非常要强的女人，在当年爸爸把全部精力都放在工作上的时候，家里的一切都是妈妈自己来承担，挑水、劈柴、种自留地、喂鸡、喂鸭……有时候还得到市场上去卖菜，换点零花钱。

记得有一年，妈妈在我家房子后面的自留地里种了很多菠菜，我们每天都跟着妈妈一起给菠菜浇水施肥。这片菠菜长势良好，产量也很高。我们家里人怎么吃也吃不完，若再不处理，这些菠菜就得开花打籽了。

一天早上，妈妈早早起床后，把菠菜全部割了下来，再一捆一捆地捆上，然后借了一辆手推车就上街去了。我们兄妹四人足足在家里等了一整天。直到天黑妈妈才回来，菠菜没有全部卖掉，剩了半推车。原来，我们家所处的位置正好是吉林化学工业公司化肥厂储灰池的所在地，每年的春秋两季，储灰池中未被水覆盖的那部分煤泥灰就会被大风刮起来。每当那时，人们都会看到犹如龙卷风一样的黑色旋风，上下足有一二百米高，远在几公里之外都能看到。为此，我们这个地方的蔬菜上都挂了一层黑灰，所以卖不出去，妈妈今天拿到市场上去出售的菠菜自然也不例外。都是污染惹的祸，没办法，我们只好自己吃，吃不完就喂鸡、喂鸭、喂鹅仔或者喂猪。

妈妈很勤劳，但这并不表明一切活计都由她全部承担，该孩子自己做的就不能让她代劳。我们每年春天都要到生产队的韭菜地里去搂茅草，夏天到野外割野草送到生产队，秋天到野外去打柴，到了冬天我们就拉上爬犁沿着大道捡拾牲畜粪。

我虽然腿脚不好，但也不能光看着别人劳动而自己在那里偷懒，所以这些劳动我一样都未落下。在众多劳动中，给我印象最深的是到野外去打柴草。我用 8 号铁丝制成 6 条 L 形的铁条，再穿在一条 3 厘米宽、20 多厘米长的木板上，制作成一只耙子。我用这把耙子把茅草一点一点地搂到一起，等茅草搂到一定数量的时候，再用麻绳子捆上，最后留出两根绳子，让它们起背包带的作用。别的小伙伴在背起柴草时可以蹲在地上把胳膊穿进绳套里，而我只能坐在地上，这样再站起来时就要比别人多费力气。没办法，谁让自己的腿不争气呢？平时走路都费劲儿，再加上负重，那种艰难现在想起来都记忆犹新。每次我总是落在其他小朋友的后边，但是回到家里眼看着我家的柴草垛慢慢增高，我特别有成就感。

秋天割柴草的时节，我一般是上午在家里写作业，料理家务。吃过午饭以后，我就拿起镰刀、磨石，再带一瓶凉水，戴上草帽，来到野外蒿草多的地方。荒郊野外在我眼里犹如世外桃源一般：那绿葱葱的蒿草、清澈透明的江水、野花的芳香、各种野鸟的鸣叫，组成了一幅美丽的自然画卷!

在这美丽的画卷当中，我不停地割着蒿草，还不时地哼唱着歌曲，渴了喝一口自己带来的凉水，累了就躺在刚刚割下来的蒿草上，鼻子嗅着蒿草的芬芳，眼睛仰望着蓝天白云，耳边听着知了和蝈蝈的叫声，真是人间仙境啊!

有的时候，经受不住蝈蝈清亮的鸣叫声的诱惑，我就放下镰刀去捉蝈蝈。在炎热的季节里就是不劳动也会汗流浃背，何况我还在辛勤劳作，于是我隔一阵子就到江里洗一洗澡，消消暑。如果下雨了，我就把自己捆好的柴草搭成小窝棚，然后再藏到小窝棚里避雨。这种劳动也是一种享受。在夕阳西下的时候，我和小伙伴们唱着歌，带着劳动的喜悦回到家里。

记得在 1970 年，我家邻居褚占安叔叔应征入伍。

褚占安叔叔身强力壮，在生产队里积极肯干，思想向上，经常来我家与我爸爸谈心。

他还会打篮球，他上篮时的身影时常出现在我的脑海中。他还自学了针灸疗法。

一次，我得了胃肠感冒，发烧，恶心，呕吐。褚占安叔叔给我针灸，他分别针刺我的内关穴、曲池穴。他扎针之后，用双侧拇指压住我的双侧内关穴使劲摁揉。我一阵呕吐，之后就觉得胃里舒服了很多，再也不恶心了。

褚占安叔叔是共产党员，思想进步，这一年冬天征兵时，他报了名，被沈阳军区空军地勤录取，成为一名空军地勤人员。

入伍通知书下来时，褚叔叔送给我一个笔记本，上面用烫金字印着"学习白求恩"。那是1970年12月17日，这个笔记本我始终保存着，带在身边，第一页写着："赠给：好侄立志，祝你好好学习、天天向上，为革命而练好笔杆子，为世界人民多做贡献。"

我非常珍惜这个笔记本，一直珍藏着！

50年之后回忆，还真的很巧合，我真的从事了与白求恩相同的职业——医生！这个笔记本一直提醒着我从事医疗工作，要向白求恩同志学习！

生活的环境使我从小养成了爱劳动的习惯，每年农忙时学校都要放农忙假，让学生到自己所在的生产队参加支农劳动。

我所在的生产队有一片长垄地，每条垄长达1000多米，当时我们每人负责一条垄，连拔草带间苗。身体健全的同学都可以蹲着做农活，并且速度很快。而我只能在垄沟里爬着做活，双手紧着忙活，一会儿拔草一会儿间苗，等到自己的手够不到前面的草时，就得向前爬行一下。这么长的一条垄，一上午只能完成一条。别人是走到地头的，而我则是爬到地头的。爬到地头的时候，我已经是一个泥人了。我们经常用"泥猴儿"来形容因淘气而把自己弄得灰头土脸的孩子，我想我那时的"尊荣"一定不亚于此猴儿。

由于出汗，身体损失水分，所以感到口渴难耐，但我还是坚持到地头以后再去喝水。我刚一到达地头就急忙来到水井旁边，首先用水舀子接满水，"咕咚咕咚"地喝下去，爽！爽极了！然后到松花江边去冲洗我周身的泥土，顺便也洗一个凉水澡。这时，先到地头的同学们早就想干嘛就干嘛去了，他们有的去捉蝈蝈，有的去套豆畜子（一种野鼠），有的到松花江里去游泳。

由于我当时还不会游泳，捉蝈蝈的动作又有些慢，所以只有套豆畜子比较适合我。我用细细的胶丝做成套，然后把它放在豆畜子的洞口处。套子下好以后，我在距离洞口不远的地方隐蔽起来。一旦套子套住了它，我就得马上跑过去，否则它会挣脱逃走。我用小细绳把它的后腿拴住，牵着它四处乱跑，真的很开心啊！

我当然不能满足于只是套豆畜子，我也要捉蝈蝈。既然自己不能像别人那样灵巧地走或跑，那么就需要想巧一点的办法。我发明了一种捉蝈蝈的办法，很有效：蝈蝈在热天的时候停留在树表面上的阴凉处，一会儿一鸣叫，你就可以隐藏在树的下边，给它来个守株待兔。一旦蝈蝈鸣叫，你就可以顺着声音看过去，此时，你突然发起攻击，就可以把蝈蝈捉到了。

下过雨以后更好捉蝈蝈。找到蝈蝈鸣叫的地方后，用手把它站立的蒿草往一面压倒，等一会儿蝈蝈就会从蒿草缝隙当中爬出来，再用手一捂，就把蝈蝈给捉住了。

当我已经成为套豆畜子、捉蝈蝈的行家里手之后，就准备学习游泳了。我的游泳自然是在玩耍当中学会的，因为不可能得到专业训练。

我们家有一块木板，是妈妈剁鸭食用的，它长60多厘米，宽40多厘米，厚7厘米左右，我就是在这块木板的辅助下学会游泳的。

我们家距离吉林化学工业公司化肥厂的渗水池子有300多米，这里沉淀后的水看起来很清，又很平稳。因为水面小又不流动，所以没有松花江那样的波涛，于是我选择在这里学习游泳。

我抱着那块木板下了水，当走到水齐腰深的时候，我才把木板平放到水面上。我左手握着木板的左上角，身体趴在木板上，右手用力向后划水，用健全的左腿在水里打水，木板就载着我向前划动了。就这样，我最终学会了游泳。

我知道游泳是一项很危险的运动，可是我偏偏就是喜欢。我在学会游泳之后曾经历险好几次。

第一次是在一个500多平方米的水塘里。那天我与小伙伴们一起去捉青蛙，当我从岸边向深水区走去的时候，突然间脚下一滑，我掉进了水里。由于事发突然，我这时已经喝了好几口"汤"了。我用双手一个劲儿地拍打着水面，身体一会儿浮上一会儿又沉下，我已经觉得天旋地转了，也喊不出来声音。这时，看到我摔倒被淹，小伙伴们纷纷游了过来。最先到达的是赵明士，他游到我的身旁，把手伸到我的肚子下边，向上一用力我就浮在了水面上，接着我就借着自己的水性，自由自在地游走了。

第二次是在我家门口的松花江边，一个叫"鸿毛滩"地方。这个地方是松花江的江汊子，那时候我们经常到这个地方来游泳。当时以我的水性和体力已经能够游很长的距离，所以我经常瞒着家里人来这里游泳玩耍。

小伙伴们比赛看谁潜泳的时间长。我一个猛子扎下去，能在水里待好几分钟，自然是我赢了。比赛结束以后，我就漫不经心地游着玩。刚才与我比赛的一个小伙伴，悄悄地潜水来到我的身体下边后，突然过来挠我的肚皮。我被这突如其来的情况闹蒙了，连痒带怕，身体一下子就直立在水里。会游泳的朋友都知道，当你直立在水里的时候，身体就会往下沉。

我的身体一个劲地往下沉，我就用双手拍打着水面，身体一上一下的，又喝了好几口水，刚刚换一口气，就又沉了下去，我再用力向上，还没有换完气，就又沉了下去。这时我想：一定要沉着，不能再这么慌乱，否则会没命的。所以，我等到再次浮出水面的时候，足足地吸了一口气，让身体迅速沉到了江底，然后用力一蹬，使我的身体一下子露出了水面，我顺势调整好了身体的姿势，平安地游回了岸边。

直到40多年后，我才向爸爸妈妈讲出来这件事情。回忆当时的情景，还真有点后怕。当年作为小孩子的我是多么淘气呀，净做这些危险的事情，小朋友们千万不要学我呀。

还有更危险、更刺激的一次游泳呢！

记得那是1971年的夏季，这一年是毛泽东主席畅游长江五周年。我们几个小朋友们以此为由，堂而皇之地畅游了松花江。

我们来到了距离家门口 1.5 公里的松花江边，当时准备的救生工具就是每个人头上戴的帽子。我们把帽子浸在水里，使其湿透，再把帽子的里子揪起向帽子里边吹气，帽子就慢慢地鼓了起来，这就相当于"救生圈"。我用左手握着帽檐，就可以下水游泳了。

　　松花江的江面每年这个时候会变得很宽，最宽的地方有 200 多米，虽然松花江的水流跟那些有名的江河相比算是比较舒缓的，但是，主航道的水流非常湍急，并且水温很低。当游过主航道的时候，江水冰凉冰凉的，都冰肚皮，喘气都觉得受到束缚似的，我们还没游到江心就被湍急的江水冲得很远了。当我游过主航道时，我的身体就像被冰透了似的，游泳的姿势不得不变来变去，好在腿没有抽筋。等游到对岸时，我们已经被湍急的江水冲出了足足 1 公里多。

　　为了能够再游回去，我们不得不在江岸上一边采集酸浆（一种野生植物），一边休息。为了能在出发地上岸，我们往上游走了大约 1 公里才下水。

　　我的这些活动，虽然冒了点险，但是确实锻炼了我的意志，在之后的生活和工作当中，无论遇到什么困难，我都可以自己想方设法来克服，这对我的成长起到了一定的积极作用！

　　那时候的学生不仅要读书，还要学工学农。我们农村学校自然是学农的机会多，其实说白了就是参加农田水利基础建设。

　　记得那时，我们所在的公社要修一条水渠，起始处就在我们学校所在地。所以，我们学校也被分配一部分修筑水渠的任务。

我们以班级为单位分配任务。当时同学们都只有十六七岁，正是血气方刚的年华，经过学校老师一阵慷慨激昂的动员，我们就豪情万丈。同学们有的带来大筐，有的带来铁锹，两人一组抬大筐，没有大筐可抬的就装土。由于我的身体情况，我只能用铁锹给同学们挖土装筐。即使不抬大筐，一锹一锹地忙个不停，装完了这筐就装那筐，也不是轻松事，没多一会儿我就汗流浃背。

歇息时，我还要把同学们参加劳动时发生的好人好事写成稿件，投到工地上的广播站。我写的文章都能够被广播站播出，所以在以后的劳动中，老师就不让我装筐，而是安排我专职做报道员。

我把工地上所发生的那些感人的故事及时地写出来并报道出去，这极大地鼓舞了同学们，我们每天都能够提前完成所分配的任务。在那些天里，虽然劳累一点，但是，大家的心情是很好的，看着我们修起的水渠就有一种成就感。当时妈妈生怕我吃不好，还特意为我单独做了雪白的大米饭和金黄的煎鸡蛋，装在饭盒里让我带上。每到中午打开饭盒一看，我食欲就来了。

当年有些商品是非常缺乏的，我家的生活也不富裕，家里鸡下的鸡蛋都要拿到市场上卖掉，换点买酱油、醋的零花钱。妈妈把鸡蛋给我装进饭盒里，算是给我改善伙食了。

在放暑假的时候，我经常与邻居家的小朋友们到距离我家4公里以外的泡子沿市场去卖鸡蛋、鸭蛋。

当时，我那有病的右腿经过锻炼后走路速度还是可以的。我们走的是一条废弃的铁道线，我在铁道枕木上能够一步迈一个枕木，但是必须时时小心。

当时鸡蛋是0.15元一个，鸭蛋0.2元一个。鹅蛋就不用拿到市场来卖了，因为当时我家养的是种鹅，鹅蛋还没有产下来，就已经被左邻右舍订购去孵化了。

每次卖完鸡蛋，我总是要到泡子沿饭店买几个烧饼，拿回家给弟弟妹妹们吃。记得当时的烧饼是 0.15 元一个，味道好极了，为了能让他们吃到烧饼，我从来没有可劲吃过一次。

我所在的学校在市郊农村，每年冬天要生火炉子，所以每年秋天学校都会组织同学们上山打柴草。我向来就特别要强，从来没有落后过，所以也和同学们一起到山上打柴草。同学们带着镰刀、斧头和刀锯，在指定的山坡砍柴草，有的把已经枯萎的小树锯倒，有的把大树根下长出的树枝砍掉，还有的用镰刀把小一点的树枝割下。

一天下来，我们劳动的成果就是一座像小山一样的柴草堆，学校用生产队的马车将这些柴草运回到学校，以备冬天使用。

冬天的时候，我们每个同学都要轮流值日，早上要起早来到学校把火炉子生起来，等到炉子燃烧得很好，再多添一些煤炭之后，才回家吃早饭。

那时我已经学会了骑自行车。轮到我值日的时候，我起得非常早，头一天晚上，我生怕自己第二天早上起不来，就嘱咐妈妈第二天早上早早地叫我起床，妈妈每次叫我的时候天还是黑黑的。我每次都是与西院的傅巨方一起到学校生炉子，我们两人摸黑骑着自行车，到学校以后再深一脚浅一脚地来到我们的班级。我们先架好茅柴，再添上木头桦子，然后用火柴点着茅柴，等到引燃的木头桦子燃烧一会儿后再倒入煤炭。每次点着茅草及木头桦子燃烧的时候，我们的教室就全部笼罩在了烟雾当中，此时我们还得打开教室大门，将这些烟雾全部放出去了，才能够回家吃早饭。

　　为了学会骑自行车，我付出了比常人多几倍的辛苦与艰难，而最要感谢的则是我的爸爸。爸爸给我借来一辆24英寸的老式自行车。我把自行车推到一个有坡度的地方，然后站到自行车左边的脚踏板上边，双手把住车把，从坡上往下滑行，有的时候因把握不好平衡而摔倒在地，手、脸、腿都摔破过无数次，那段时间我的身上总是青一块紫一块的，晚上睡觉的时候一翻身就会疼醒。

　　从开始能够控制自行车的平衡，到骑在自行车的大梁上，再到真正会骑，体会到骑自行车那种飞似的感觉，其间经过多少磨难，只有自己知道。

　　我清楚地记得真正骑在自行车上的那种成就感。那是一天中午，爸爸的同事骑来一辆24英寸平把全链子盒的飞轮（非脚闸）自行车。我从这位叔叔的手里借来了钥匙，把自行车推到了一个大坡的上边。我大着胆子，先把右腿搭过了自行车的大梁，右脚搭在了右侧的脚踏板上，然后左脚在左侧的地面用力向后一蹬，自行车顺势向前滑去，这时我就将左脚放到脚踏板上用力向下蹬，每当左脚用力到底时，就将左脚收起。自行车有了这种动力，就一直地向前驰去。当时我别提有多高兴了："我会骑自行车了！我会骑自行车了！"我的心在欢呼，我的心在飞翔。骑倒是会骑了，但不会停车，更不知道如何才能下车，无奈之下，只好把自行车骑到离家2公里的生产队的菜地里摔倒完事。

　　那天夜里，我梦到自己骑着自行车上学，骑着自行车到电影院看电影，骑着自行车到吉林北山公园，真是高兴极了，在梦中还不时地抬起脚来做着蹬踏自行车的动作，把睡在旁边的弟弟都给踹醒了。我想，每个人在自己的梦想变成现实的时候，都有着最大的精神享受。

　　虽然学会了骑自行车，但是，学校每次组织看电影我还得用脚量，因为我年纪小，不能骑车上路，而且我们家也没有给我准备自行车。龙潭电影院距离我们学校 5 公里多，每次要去看电影，我是又高兴又发愁：高兴的是能开开眼界，感受一下外面的世界；发愁的是，这 5 公里的路程对于我这样一个腿有残疾的学生来讲是非常艰难的。我写看电影这件事，就是为了感谢一下我的老师赵凯。每次看电影都是赵凯老师用他的自行车驮着我来到电影院，我当时的体重虽然不太重，但那也是自行车货架子上带着一个人哪！遇到逆风的时候，赵凯老师蹬自行车是非常吃力的。每次看完电影，别的老师就可以直接回家了，可是赵凯老师还得把我送回学校，然后再回家，很是辛苦。我很过意不去，但又没有什么方法答谢。赵凯老师无怨无悔，每次看电影都是这样做的，我很是感激！ 50 多年过去了，我在这里道一声：“赵凯老师，谢谢您！您辛苦了！”

　　转眼到了 1970 年，我已经是 13 岁的少年了。这时候又有了能为我治疗腿病的好消息，说来很巧，为我治病的医院就是我现在工作的医院。这是一所兵工厂的职工医院，当时与部队医院有很好的联系。这所医院的医生从当地的部队医院学到了治疗小儿麻痹后遗症的新技术，并且很快就在医院所在地为患者提供免费的治疗。爸爸妈妈听到这个消息以后喜出望外。

　　这种治疗就是采用一种穴位埋线疗法：首先把找好的穴位画上印记，

铺上孔巾；然后在穴位上消毒，用麻药进行局部麻醉，再在一侧的穴位用缝合针穿入羊肠线，并且把这根羊肠线埋在穴位里。由于麻药的作用，当时是不疼的，一旦过了麻药的药效，被穿刺的穴位就会产生钻心的疼痛，有时疼得人心烦意乱。我怕爸爸妈妈看出我的痛苦，一直忍着疼痛，一声不吭，有时疼出一身冷汗，手脚疼得冰凉。两个弟弟年龄小，不懂事，使躺在炕上的我得不到安宁，他们两人不时地在我的身上蹿来蹿去；有的时候稍稍不小心就碰到了我的伤口，疼得我"妈呀"一声，这时两个弟弟才知道要离我远一点玩耍。

那时我每一个月前往治疗一次，每次都是爸爸用自行车驮着我去，回到家后由妈妈精心照料。就这样，我坚持了半年多的治疗，再加上功能锻炼，我腿部的功能确实得到了一定程度的恢复。我知道这些效果都是爸爸妈妈为我付出心血才取得的，爸爸妈妈的养育之恩，我一辈子也报答不了。

我每天都要走出很远的路程，以此来锻炼自己的意志和体力。我们家就住在松花江边上，每天早上，我都早早地起来，到江边去锻炼，有时还有意外收获，那就是捡到江水退潮时留在岸边的各种鱼类。

记得有一年春天的一天早上，我早早地就起来了，沿着小路来到了距离我家 1.5 公里的江边，走着走着就看到距离我不远的地方有几条白花花的鱼。我高兴地加快步伐走到近前，啊！是好几条 20 厘米左右的鲫鱼，我兴奋得心都要从嗓子眼里跳出来了。我急忙折断了一根柳树枝，把这几条鲫鱼一条一条地穿在了柳树枝的上面，再往前走还有鱼，再穿上。不一会儿这根柳条就被穿满了，我又折了一根，继续往前去捡鱼。那种感觉简直比吃鱼还要香呢！不一会儿，第二根柳条也穿满了，于是我就把这两根柳条连接在一起，不顾脏和鱼腥味，把它拎在了脖上，高高兴兴地回家了。这时我才看到我们家附近的江沿边上到处都是出来捡鱼的人。原来，在我到江边捡鱼的同时，还有人在不同的地方捡到了鱼，这个消息在很短的时间内就传遍了村子。

过了一段时间之后，我们才听说，那次我们捡到的鱼，是我们下游的某个水库跑水了，致使大量的鱼游了上来，等游到我们这里的时候已经精疲力竭，再加上正赶上江水急速消退，于是它们就搁浅在了岸上，这才有我们轻松地在江沿边上捡鱼的景象。

每年的冬天，松花江边上也能捡到鱼类和很多的物品。记得一年的冬天，我与西院的邻居小伙伴一起到江边散步，我们就捡到了好几根火车道上使用的枕木。

一次，我与邻居家的伊姓朋友，在松花江边上的冻冰里看到了一条1米多长的大鱼，我俩捡来江边的大石头，用了半个上午的时间，一点一点地把块冰砸碎了。我俩捡到的这条20多斤重的大鱼，成了我们两家过春节的美味佳肴。怎么样，松花江算不算得上美丽富饶？我的生活是不是有滋有味？

1969年，中苏关系一度紧张。当时，学校经常对我们进行国防教育和防原子、防化学演习，墙壁上贴着各种"三防"宣传画。我们还自己制作了防毒用的眼镜：把两毫米厚的玻璃片放在水中，然后用剪刀在水里直接把玻璃一点一点剪成直径为5厘米的眼镜片，因为这样剪出的玻璃片非常完整，不会爆裂。然后用废纸板围成一个圆形，制成相应的形状，外边用棉花包上，再在棉花的外层用棉线缝好。眼镜腿用有弹性的松紧带替代，这样，一副防毒的眼镜就制作完成了。那时，三天两头就有防空警报响起，一旦响起，人们就得到防空洞里去躲避，每天把人弄得惶恐不安，唱的歌曲都有着战争的味道——《七亿人民七亿兵》。

此外，学校还组织我们挖防空洞、地道等。把教室窗户上的玻璃用窗户纸贴成米字形。城市居民家家户户也都如此，极其紧张。

当年的冬天，学校为了锻炼同学们的意志，还特意组织了一次十几公里的野营拉练。在拉练的途中，有的同学为了锻炼自己，尽量减少保暖衣物，适应低温环境，故此，拉练完毕回到学校时，有的同学的脸、耳朵及手脚都冻伤了。

此外，我们乡下学校的学生每年寒假还有积肥的任务。学校要求我们把捡来的牛马粪便送到所在的生产队里称量，生产队的管理人员开出粪肥票，每个学生每年的寒假都有一定数量的任务。

我是很要强和要求进步的，虽然自己的身体不如健全的同学那样灵巧，但是，我上交粪肥的数量总是在班里名列前茅。我每天写完作业，料理好家里的事情后，就拉着爸爸为我制作的爬犁，到牛马经常出入的地方捡拾冻成冰块的粪便，捡满一筐就送到生产队。这样天天坚持，一个假期下来，我能够捡几千斤的粪肥。

不过，拉爬犁也有很让人头疼的时候，有雪的地方没有问题，可是到了土地裸露的地段可就费劲了。尽管当时是冬天，但每次送完粪肥我都是满身大汗。

017

我在学校时，思想是非常要求进步的，小学时，我是第一批加入的"红小兵"（"文化大革命"时期，"少年先锋队"改为此名）组织，上了初中又是第一批加入"红卫兵"（当时"共产主义青年团"改为此名）组织的。当时的先进典型都被称为"学习毛主席著作积极分子"。我们当时上课使用的教材，有一段时间就是《毛主席语录》，其中的"老三篇"即《为人民服务》《纪念白求恩》《愚公移山》，我们都能够背诵下来，有些内容时至今天我还能倒背如流。

1974 年 7 月，作者与初中部分男同学合影

除此以外，我还通读了《毛泽东选集》，并且写了读书笔记和心得，再加上在学校里积极要求进步，做好人好事，我就被学校推荐参加了大屯公社的"学习毛主席著作积极分子代表大会"。发言稿是我自己写的，学校的张树森老师帮我修改，然后我自己又抄了一遍，在张老师面前反复地朗读，张老师随时纠正我朗读时的错误，一直到我能够脱稿背诵，才算真正合格！

由于准备很充分，上了主席台也不怯场，声音很洪亮，事迹又感人，我被评为吉林市郊区大屯公社的"学习毛主席著作积极分子"。当时，组织部门还把我的豪言壮语"身残志不残，身残志更坚！"刊登在公社的板报上。在那个年代，我一下子成了先进人物！

1972年，我上了初中。在我们班级里，有几名同学互相较着劲儿地学习。我们无论在上课的内容上，还是业余的爱好上，都暗暗地盯着对方。你练习书法我也练习书法，你学习绘画我也学习绘画，你读小说我也不落后。赵书范借给我《悲惨世界》《红与黑》《巴黎圣母院》等；我借给他《一千零一夜》《鲁滨孙漂流记》《简·爱》《牛虻》等。这些世界名著开阔了我们的视野，启迪了我们的心灵，也增强了我们对于文学的爱好。

每年放寒暑假的时候，我都要到姥姥家住些日子。到姥姥家就相当于进入书的海洋。她家有一个专门装书的木制小箱子，这是大舅早年自己制作的，书籍大都是他在吉林市师范学校读书时购买的。那里有很多小人书（我们称连环画为"小人书"），如上海人民美术出版社出版的《三国演义》。这些小人书后来大多数都成了我的"战利品"，每次从姥姥家回来时我都要带回几本，有了这些小人书，我就有了和同学们互相交换的资本。在这个小书箱里，我还看到了早年木版印刷的《三侠五义》，那是非常薄的黄色纸张，双层双面印制，竖版排列，由右向左竖着读，都是繁体汉字，当时读不懂，所以没有往家里拿。此外，在姥姥家我还听到了"薛礼征东""岳母刺字"等评书段落，这些"评书"都是姥姥讲给我听的。姥姥是一位一个大字不识的农村家庭妇女，但是记忆力非常惊人，有一些评书段子，她听一遍就能够讲得出来；她多才多艺，心灵手巧，农村的筐篓、土篮子、炕席等，她老人家都会编制，我家1968年的那片炕席就是她编制的。她个子不高，身体健康，笑容可掬，勤劳朴实，头上盘着疙瘩鬏，在疙瘩鬏上横插着一个银簪子，走起路来一阵风似的，好像总有着急的活计要干似的，一天从早到晚忙个不停。闲暇时，她端着长杆旱烟袋，前面的烟袋锅是铜制的，连接杆是乌木的，烟袋嘴是玛瑙的，长度大约六七十厘米，烟袋锅里装的是自己种植的旱烟。每天晚上，她忙完了一天的活计之后，就躺在土炕上，一边抽着旱烟，一边给我们讲评书。姥姥抽旱烟之后往外吐口水是一绝。每次嘴里裹着烟袋嘴，连续抽两口，就往外吐一口口水，她吐出的口水能像"汽枪"加气压似的喷出好远。晚上听故事是我每天的必修课，每个假期我都收获满满。

那时人们管长篇小说叫"大书"，管连环画叫"小人书"，简称"小书"。一些小人书，同学之间都互相传换着看，比如《水浒传》《青春之歌》等。

记得当时学校里没有图书馆，我所在的生产队有图书角。一个暑假里，我在那借过浩然的《艳阳天》《金光大道》。

少年的我，对什么都好奇，借来书籍后就如饥似渴地阅读，一些作品只是囫囵吞枣地看，随着年龄增长、阅历增加才能够逐渐理解作品的内容，或者读的次数多了后，"书读百遍，其义自见"。

在那个时候，我先后练习了毛笔字、钢笔字、粉笔字，字体从楷书到隶书，从行书到草书，这陶冶了情操，锻炼了意志。当时，学习书法的书籍很少，我的一个同学送给我一本残缺不全的老版柳公权《玄秘塔碑》字帖，我如获至宝，并找来了一些废报纸，又买来墨块、砚台、毛笔等用具，从点、横、竖、撇、捺开始练习。

为了练好楷书，我亲自跑到野外的"额勒登保"墓碑去临摹。

在距离我们家 1 公里远的一片野地里有两座坟墓，在坟墓的前面分别有两座高大的石碑，从家里出来远远地就能看得到。

石碑的底座分别是两只巨大的赑屃，我站在底座旁边与其背一样高。在赑屃背上竖立着巨大的汉白玉碑体，正面碑文石刻的是楷书，背面刻着满文。据吉林省人民政府文史研究馆馆员、研究员尹郁山老师介绍：这座墓的主人叫额勒登保。石碑上的字迹非常漂亮，于是我就拿着纸笔，把这碑文反复临摹。

经过不断努力，我的钢笔字和粉笔字都有了一定提高。我们几个同学每周末都要为学校出一期黑板报，每期板报从报头到插图及正文的书写都由我们几个来完成。

在每年新学期开学的时候，班级都要重新布置教室。每当这个时候，我都会在教室黑板上面的墙壁上用红色的广告粉，写上"团结、紧张、严肃、活泼"八个大字，再和几个有这种艺术天赋的同学一起把事先写好的名人名句贴在空着的墙壁上，目的是激发同学们的学习热情。

记得有一年的国庆节，我写了一首名为《伟大的祖国》的长诗，把学校黑板报的版面占了三分之一，那一次真的觉得风头出大了。我就是一个"电力"十足的人，没法不努力。

记得刚上初中的时候，语文老师组织我们到基层采访一名模范生产队长。

回来后我以"身不离劳动，心不离群众"为题，写了一篇1000多字的文章。语文教师把这篇文章推荐到吉林市郊区广播站，广播站在《农村生活》栏目进行了播出。

有一次，老师要求写记叙文，我用第一人称写了一篇叫作《吴叔叔》的记叙文，受到语文老师的好评。

文章以我家后院的邻居吴铁柱为原型，以我们放暑假为背景，以我到野外学习割柴草为具体事件。

这是一个非常炎热的午后，我带着镰刀、磨石和水瓶，朝着西崴子方向走着。"叭"，一声鞭子响，我回过头来，只见一挂大马车正朝着我这边疾驰而来。再往车上看，啊！这不是我们家房后的邻居吴叔叔吗！我惊喜得差点叫了起来！

吴叔叔圆圆的脸盘，小眼睛，鼓鼻梁，黄头发，健壮的四肢，矮矮的个子。他性格内向，不爱言语，一见生人，讲一句话脸就红，只知道笑。但是，要是干起活来，一般的人都比不上他。冬天打场的时候，吴叔叔一个人就能扛起100多斤重的一麻袋，且行走如风。人们都叫他"大力士"。

这个时候，吴叔叔也看到了我，马车到了我的身边就停了下来，我的心里那个乐呀。那时候，我们都以能坐马车为荣。我坐着吴叔叔赶的大马车，与他一起来到了杂草丛生的荒草甸子。吴叔叔耐心地教我怎样正确使用镰刀，然后，又教我怎样先把蒿草用左手抱倒，再使用右手的镰刀将其根部割断，这样柴草就割了下来。我按照吴叔叔教给我的方法割柴草，很有成效。这个下午，经过反复实践着，我终于学会了割柴草。

直至看到我割柴草已经割得很地道，吴叔叔才去忙他自己的事。我望着吴叔叔远去的背影，心里在想：我一定要好好学习，将来发明一种机器来割柴草，到那时，我们割柴草就不用这么累了！

记得老师当时给的评语是：这篇文章写得朴实生动，表现了劳动人民的高尚品德；表达了劳动锻炼了人、劳动最光荣的中心思想。这篇作文被语文老师拿到学校进行展览，年末，我获得了学校的"优秀作文奖"。

在那段时间里，我热爱上了语文课，还特意到新华书店买来了《新华字典》《读写常识》《语文基础知识》《汉语成语小词典》等参考书籍。有一段时间，我从《汉语成语小词典》的第一个成语开始背诵。我在学习语文方面虽然没有成什么大气候，但是，所学的这些语文基础知识，对于我后来学习中医医学以及参加全国统一高考还是起到了很大的作用，并且为以后其他各科的学习打下了坚实的基础。

020

从小学升入初中，课程增加了好几门，所学的知识结构发生了很大的变化。物理课使我们知道了社会生活当中的一些物理现象的原理，可用来解释很多的自然现象。

物理老师给我们讲解了电磁铁的原理以及电铃的工作原理。我回到家里就到处寻找制作简易电铃的原材料。没有U字形铁芯，我就找来了废旧铁锁的锁把儿，用铁锯锯断，就制成了U字形的铁芯；再找来一些包装用的铁皮，制成弹簧片；找来绝缘纸、漆包线等原料；电铃中的"铃"用自行车的铃盖替代；击打铃盖的小锤用自行车的闸豆替代；再买来两节一号电池，按照线路图，把它们安装在一块木板上。整整一个下午，终于把电铃制作完成，至于能否成功还需要验证。当接通电源开关，我的小电铃发出"丁零零"的响声时，我那个高兴劲儿就甭提了，比吃饺子还要兴奋。

在学习了电磁场以及磁与电的转化，电能、磁能、机械能之间的关系以后，我就找来广播喇叭上的磁铁，找来矽钢片、漆包线、绝缘纸，准备制作电风扇。电风扇的风叶是用罐头盒盖制成的，利用变压器将我们使用的220伏电变成6伏的安全电压。制作成功的时候正值夏天，通上电后，这个小电风扇就转动了起来，风叶带出的风使得炎热的夏天有了一丝凉意。这是我自己劳动的结果，是学习知识的结晶。

这些小制作，一方面锻炼了我的动手能力，另一方面使我复习了所学过的物理知识，更重要的是培养了我热爱生活、积极向上的学习兴趣和热情，为以后的学习和发展打下良好的基础。

读到初中二年级的时候，我从舅舅那里学到了很多的无线电知识。我舅舅是一名无线电爱好者，他家里有很多无线电入门书籍和各种各样的无线电元件，还有他自己制作的各种收音机。每次到他家里，我都要向他讨教无线电方面的知识，并且还要从他手里要一些无线电元件，比如二极管、三极管、电阻、电容等，此外还要找一些无线电基础知识方面的书籍。

　　记得那是1973年放寒假的时候，我从舅舅那里学会了怎样安装矿石收音机。回到家后，我马上找来木板条、细铁丝、小铁钉、锤子、钳子，以及很粗的8号铁丝。把小木板条的尖端钉成一个十字架形状，再把小钉子按2厘米的距离钉到小木板的十字架的范围之内，然后，再把细铁丝一圈一圈地挂在这些小钉子上。这些程序完成后天已经黑了，妈妈喊我吃饭，连喊了几次我都只答应而人不到。最后，妈妈急眼了，我才回到屋里，急匆匆地吃完饭，放下饭碗后赶忙帮助妈妈刷洗碗筷，然后继续组装我的第一台矿石收音机。

　　天已经黑了，星星月亮都出来了，别的小朋友们都已经跑出去玩耍了，只有我还在忙碌着。我从邻居家借来梯子，把天线架到我家的房脊上，然后把天线引下来的线拉入室内，一直拉到我的床头，把8号铁丝钉入地里一尺多深，再把从舅舅家拿来的二极管、耳机等元件连接到一起，就把这台矿石收音机安装完成了。当我戴上耳机收听到广播的声音时，心里别提有多高兴了。"我能装制收音机了！"我在心里喊着。

021

　　自从我装上了第一台矿石收音机，我的心就已经飞翔起来了，每天都沉浸在无线电的世界当中。我的思维也飞向了太空，无论在学校还是在家里，我都时时刻刻研究着无线电，做着各种实验。我先后安装了无线电单管收音机、四管再生式收音机。

　　随着学习和实验的不断深入，我越发感觉到知识不足和无线电元件缺乏。那个时候，在吉林市只能在吉林市交电商店、电子局服务部商店才能够买到一些无线电元件，要想组装复杂一点的收音机是不可能的。怎么办呢？我想："这么大的吉林市不能没有这方面的工厂吧？找到工厂请他们帮助我解决一下。"

　　于是，我就大胆地给吉林市半导体厂的领导写了一封信。

尊敬的半导体厂领导：

　　您好！

　　我是一名身体有残疾的初中二年级学生，我现在爱上了无线电，自己已经组装了四管再生式半导体收音机，我还要组装大一点功率的收音机。现在市场上有些元件买不到，想通过贵厂找到一些无线电元件，我想贵厂的领导会帮忙的，静听佳音。多谢了！

　　此致

敬礼！

一名中学生：赵立志敬上

1973 年 4 月 10 日

自从这封信寄出之后，我就天天盼着回信。十几天后的一天，我真的收到了吉林市半导体厂的回信。我迫不及待地拆开了信封，那清秀的字体映入了我的眼帘。这封信是这样的：

立志同学：

　　你好！

　　你的来信我们已经收到，厂领导委托我给你回复这封信。首先对于你作为一名初中的学生，能够刻苦学习无线电技术的这种精神表示赞赏并支持，希望你能够从无线电的不自由王国到达自由王国，将来成为一名对国家有用的人才。虽然满足不了你信中所提到的要求，但是，我可以给你提供一些有关的信息。我们工厂不生产你所说的装收音机用的晶体管，我们厂生产的是一些大功率的晶体管，你去看一本叫《无线电》的杂志，这本杂志很适合初学者。有关无线电元件最全的地方是河南街的交电商店的四楼和河南街中段的电子局门市部。如果你确实需要装收音机用的晶体管，你可以给我写信，标明规格、型号，我个人帮助你解决。

　　祝你学习进步！

敬礼！

你的朋友：张德业

1973 年 4 月 23 日

　　我看完这封信，心里非常激动。我这么一个初中二年级的学生，冒昧地给半导体厂写信。人家这样地重视，这是对我莫大的鼓舞和支持呀！

　　这样，更加坚定了我学习好无线电知识的信心。同时，我给张德业老师写了一封感谢信。张老师信中提到的《无线电》杂志，我在舅舅那里看到过，我也想订阅这本杂志，但是，当时这本杂志是限量发行，一般的人是订不到的。

在给半导体厂的信得到回音的鼓舞下，我又给吉林市邮电局龙潭邮电分局的领导写了一封信，内容是这样的：

尊敬的邮电局领导：

您好！

我是一名患小儿麻痹后遗症的初中二年级学生，我很爱好无线电。现在非常渴望订阅一份《无线电》杂志，用以充实自己的知识，将来好成为一名对社会有用的人。不知道领导同志能否满足我的要求？

盼望佳音！

顺致

敬礼！

一位残疾初中学生：赵立志

1973 年 5 月 10 日

这封信发出后，我等了十几天就收到了邮电局同志的回信。这封信是龙潭邮电局办公室的张国权同志写的。信的内容是：

立志同学：

你好！

你的来信我们已经看过，我们领导委托我给你回信。作为长者，很高兴看到像你这样的同学，不畏困难，学习无线电知识，我们深深地被你的学习精神所打动。今年的《无线电》杂志已经订阅完毕，但是，我可以从每月的零售名额当中给你留出一份，你行动不方便的话，可以把钱通过我们的邮递员捎给我们，我们再通过邮递员把每个月的《无线电》杂志送到你的手中。你看怎么样？满意吗？

祝你学习进步！

此致

敬礼！

你的朋友：张国权

1973 年 5 月 24 日

　　我接到这封信后高兴得一夜没睡好觉，心里一直在惦记着《无线电》杂志。我想：这回我就有自己的《无线电》杂志了，再学习这方面的知识，就不用犯愁了，将来我就能安装遥控电风扇、遥控小飞机了。我能使我们家的电灯到黑天的时候自行打开，睡觉时自行关闭。

　　这时的我仿佛已经走入电气化时代，我带着一种幸福的感觉，渐渐地进入了梦乡……

　　我找到负责我们这个地段的邮递员同志，把订阅后半年《无线电》杂志的钱捎给了邮电局的张国权同志，就这样，我订阅上了这本杂志。自从学习了无线电知识和组装了收音机，我们家里就初步实现了"电气化"。

　　订阅了《无线电》杂志以后，每一期我都认真阅读，从这本杂志中，我学习到了很多知识，有一些小的实验我就亲自来做。

　　我家有一台天津产的六灯超外差式电子管收音机。我在《无线电》杂志当中看到一位读者对这种收音机进行了改装：将原来的 6P1 电子管去掉，利用两只6P14电子管进行推挽式放大，再加上其他的线路改造，大大提高了收音机的输出功率，使这台收音机变成了一台小型电子管扩音机。

当时我们家所在的生产大队，家家都有有线广播，其传输是利用当地的照明线路来完成的。在大队的广播站输出端，一根线接到照明线路的零线上，另一根线直接连接到地线上。这样做能节省很多的有线广播的广播线和线杆等材料。

我改装完这台电子扩音机以后，也把扩音机的音频输出端分别连接到照明的零线和地线上，我在家里使用拾音器插孔连接一个耳机当话筒，这样一来，我在家里讲话，邻居家的广播都能够听得到，我这里就成了一个小小的广播站。这当然是在没有广播节目的时候用，否则会影响到正常的广播，会有人来追究我的责任的。

有的时候，我还利用唱片机播放一些当年很时尚的歌曲或者相声等。周围的邻居都很喜欢，因为那个时候的文化生活很单调。经常翻阅学习《无线电》杂志，使我的无线电基础知识有了一定程度的提高，实验的连续成功，也激励了我把学习进行到底的想法。

在某一期《无线电》杂志当中，有这样一个线路图：使用一只"801"功率放大管，就可以制作一台大功率的放大器，这个放大器叫作"高淳放大头"（这是当时某省高淳县广播站研制出来的）。这种大功率的放大器如果安装在一个村子里是很有用处的。于是我找到大舅，向他说明了我的想法。他给我做了一些指导，并且赠送给我一只"801"功率放大管，这正是我所需要的，我高兴极了。第二天，我回到家后就忙着设计图纸。每天，除了帮助妈妈做一些事情之外，我哪里也不去了，一门心思地组装这台功率放大器，有的时候一直忙到后半夜。一连鼓捣了四五天才算有个头绪，但是，还需要对各个部位的电流进行调整，那个时候，我的手中没有万用表，只能接上高音喇叭，凭着自己的耳朵来断定合适与否。

经过一个多星期的努力，我终于把这台"功率放大器"制作成功了。

当我播放的音乐或者转播收音机的广播节目通过大功率扬声器传出去的时候，我的心里那个美呀，那是一种超越物质的享受！

我的这些业余爱好都是在完成课堂的功课之后做的。我的文化课成绩一直在年级里名列前茅，也正是初中阶段这几年的学习，为我以后的学习乃至工作打下了坚实的基础。

当时我居住在吉林市郊区，所在的生产队是专门为城市居民生产和供应蔬菜的，也叫菜社。每年春天、夏天主要种植黄瓜、西红柿、茄子、辣椒、包菜、土豆等；秋天主要种植白菜、萝卜、大葱等。

那个年代没有发达的物流，南方的蔬菜根本运不到北方，冬天能够吃一点新鲜蔬菜，那是一件非常奢侈的事情！

每年冬天，东北人主要以白菜、萝卜、土豆这三样菜为主。无论城市还是农村，几乎家家都要挖储菜用的菜窖，有的单位还要建设较大的菜窖。吉林市蔬菜公司建设了比较大型的储菜菜窖，冬天通过蔬菜商店供应广大居民。

每年秋天，大量的大白菜上市，我们北方叫作"秋储"。这个季节是每年蔬菜供应最紧张的季节，一旦白菜收晚了，就容易遭受冰冻灾害，那样，生产队的社员就会遭受经济损失，一年的收成就会受到影响。每到这个季节，我们中小学生从下午放学开始就要到白菜地里帮忙砍白菜或者装汽车。

在 20 世纪 70 年代，我们家所在的生产大队还没有卡车，只能用马车往城里运送蔬菜。到了秋季往城里大量运送白菜的时候，每个生产队里所有的马车都用来运输白菜也是运不过来的。

每年的秋储时节，吉林市秋储指挥部就要统一调配全市企事业单位的所有卡车，下乡支援各个生产队运送白菜，我们大队多数都使用吉林化工公司和江北机械厂派来的卡车。

每年的这个时节，我和我的小伙伴们每天都要到菜地里参加义务劳动，社员们是挣工分的，我们小学生都是自愿参加的"义工"。

每一辆卡车一进入菜地就有社员上卡车，站在汽车两边的我们就把大白菜一颗一颗地扔给卡车上的社员们，他们再根据白菜的大小顺势摆放在车里。汽车两面的白菜装完后，汽车就往前开出一个车位，我们跟过去继续往车上扔白菜。一般装完一辆汽车的白菜得 40 多分钟。

每装完一辆汽车的白菜之后，大家都很累，有时就坐在那泥泞的菜地

作者初中毕业照

里了。虽然累一些，但是，总有一种成就感——我也能够劳动了，为生产队的蔬菜生产做贡献了！

当时，生产队很少有现金，社员们的报酬只能用"工分"来记录，等到年末才能兑现为货币。

每天我们给车装完白菜后几乎都得半夜了，生产队里每天分配给我们两块月饼。每当我领到这两块月饼的时候，心里总是美滋滋的，因为这两块月饼是我的劳动报酬，我也能够回家里向弟弟妹妹们炫耀一下，同时也改善一下我们的伙食。

那个时候虽然每块月饼只要 0.16 元，但每天买两块月饼，对于我们家当时的生活状况和经济条件来讲也是一种奢侈！

每年的秋储我都参加，虽然苦一些，累一些，但是每天能挣得两块月饼，这也是我积极参加的动力！这个义务劳动，我一直坚持到我第一次上吉林卫校。

1974 年 9 月，我上高中了。那个时候，一个公社有一所高级中学，我们得到距离家十几里的吉林市第二十中学读书。这么远的路程，我是不能够通勤的，所以得在学校里寄宿。学校的宿舍距离学校的教室、食堂一公里多，我行走不方便，学校的领导非常照顾我，把我安排在老师们值班的宿舍里，与值班的老师们住在一起。

这是一所农村中学，在城乡接合部，房舍简陋，教学仪器缺乏。但是，教师队伍素质很高，有很多教师是大学毕业生，他们聚集在这里工作，为吉林市第二十中学教学质量的提高、学校的发展做出了很大的贡献。他们当中有后来调到吉林化学工业公司炼油厂中学当校长的吴清林老师，到吉林化学工业公司第六中学的盛银章老师，到吉林市第十八中学当校长的崔述胜老师，到龙潭区人民政府物价局当局长的全再根老师，《松花江日报》(《江城日报》的前身)原副主编常辰生……我们学校可谓人才济济、藏龙卧虎啊!

这么多高水平的老教师为什么都来到了这里呢?原因是这所中学接近城区，当年很多知识分子在这里安了家，这样也就给我们这些农村孩子提供了良师。

我们这届同学分别来自10个生产大队。我原来所在的学校是小学加初中，所以，来到第二十中学以后重新分班，我被分配到了第四班。我们的班主任是吉林大学历史系毕业的刘会才老师，他对历史很有研究，与人为善，很负责任，我们大家都很喜欢他。

我们来到学校，第一眼就看到学校的墙壁上写着:"向全再根、盛银章同志学习!"后来我们才知道这两位老师刚刚加入中国共产党，是两位很优秀的青年教师。学校里门字形排列着三栋平房，宽敞的操场足有6000多平方米，有篮球场、足球场和几套单杠等简易的体育设施。房舍的四周长着茂盛的杨树和柳树，树林的外侧就是水稻田地。一条宽约6米的黄沙乡路从我们学校的门前经过，分别通往东西两个方向。

我在班级里是学习委员，在团支部里是宣传委员，在学校我又是学校团委的宣传委员，我负责全校的宣传工作，主要宣传阵地就是学校的广播和黑板报。

学校的广播每天都要"现场直播"，每次要播出两篇稿件。学校的黑板报每星期必出一期。这两项工作很能锻炼人，每个星期一的下午，我要组织全校各班的团支部宣传委员们开会，布置任务，要求他们每位委员每周至少要上交两篇稿件。每周超额完成任务者，我在广播当中表扬;没有完成任务者，要在委员会议上提出说明。这样，极大地调动了这些委员的积极性，我的稿件来源得到了保障。

我们的广播室很简陋，是在老师们的一间休息室内，有的时候，老师们中午下象棋的声音都能够直播出去。

设备更是简单得很，一台很陈旧的上海产美多牌150瓦电子管扩音机，一支很旧的老式话筒，一台交直流两用的电唱机，在学校的房顶上放着4只25瓦的高音喇叭，这就是我们广播室的全部设备，还有几张破损的唱片。

我每次开始广播都要播放前奏曲，当时播放的是乐曲《东方红》，当播放到第二遍时，男女播音员交替说出："吉林市第二十中学广播室！吉林市第二十中学广播室！本室从现在开始播音！下面预报这次播出的内容……"

为了播音队伍的稳定，我分别从要毕业的班级和刚入学的班级中挑选播音员，这两套播音员定期交流经验，及时总结经验教训，这使这几位同学的播音水平不断提高。

除此之外，我还经常与教物理的林其星老师和爱好无线电的李文达老师一起研究无线电方面的知识。

记得刚刚入学不久，李文达老师就拿来了一个"四管来复再生式收音机"的示教板（只有电路图，没有组装元件），又找来了一些无线电元件（二极管、三极管、电阻、电容）和电烙铁、万能表等工具，我们两个人就开始不分白天黑夜地组装起这台收音机，只要一有时间，我们俩就得装几个零部件。

李老师的家离我们学校不远，每天下班回家吃完晚饭，他就赶紧回到学校，与我一起组装收音机。经过三四天的努力，我们终于把这台收音机组装成，当第一次听到收音机里传来"吉林市人民广播电台"的声音时，我们心里别提有多高兴了！

这台收音机的成功组装，更加坚定了我们俩的信心。于是，李老师又把学校早些年组装的一个"六灯超外差式电子管收音机"示教板从仓库里找了出来，这是多年不使用的示教板，周身锈迹斑斑，已经不能正常使用了。

经过我们俩近一周的修理，收音机才勉强能够接收部分广播电台的节目，但声音非常小，于是我们俩就利用每天晚上的时间，对照着《怎样修理收音机》这本书来逐一地检查每一个零部件。

一天晚上，吃过晚饭后，我又来到了这台收音机旁，手里拿着一把小螺丝刀，在收音机拾音器上的插座上拨弄了几下，收音机"哇"的一声响了起来，声音非常大。问题找到了，原来是由于这台收音机存放在仓库里的时间太久，拾音器的触点被氧化，音频信号不能完全通过，故此，收音机的声音就很小。故障就这样被排除了！当时，我的心里比吃了蜂蜜还要甜！从此，我会修理收音机的消息就传遍了整个学校。

我们学校的食堂里有一台上海产美多牌六灯超外差式收音机，时常听着听着就没有声音了。

在食堂做饭的牛师傅就经常来找我，求我为他修理收音机。当时，我们的主食是玉米面大饼子，下饭菜是白菜汤，大米饭是吃不到的。我每次为牛师傅修理收音机就能够挣来一顿大米饭吃。

当时是高中阶段，我记得很清楚，在一次关于学习朝阳镇农村中学开门办学经验的讨论会上，各位老师讨论得很激烈，各自都发表了看法和观点。

这次讨论是在我们老师的值班室里进行的。这天下午，同学们都临时放假回家了，我回不了家，只好回到我的住所，所以自然地"列席"了这次会议。我手拿着一本《半导体基础知识》在看着，耳朵却悄悄地听着老师们的发言。

当时的潮流是开门办学，为农村直接培养专业技术人才。学校的校长把上级的指示精神传达给了大家，要求全校的师生跟上时代的潮流，全校总共分出了红医班、会计班、农机班、土木建筑班等若干个专业班。

025

在这个时候，我自己拿不定主意，就回到家里与爸爸商量以后的方向。爸爸说："根据你的身体情况，你应该学习中医，如果学成了，你就可以自食其力，到什么时候都能够吃得上饭。"并且，爸爸还给我举了一些例子。爸爸给我讲了无数次这些例子，我就是不表态，甚至还有抵触情绪。怎么说我也放不下我酷爱的"无线电"。

爸爸看到做不通我的思想工作，就找来了我的大舅。我大舅是一名教师，他也很热爱"无线电"。我爱好无线电就是受到我大舅的影响，我很崇拜大舅，所以，他的话我能听进去。

经过大舅一晚的劝说，我终于同意去学习中医。当时，爸爸通过朋友介绍，把我安排到了吉林市昌邑区第二人民医院（现在"吉林市骨伤医院"的前身）。记得那是 1975 年的夏天，我带着希望和迷惘来到了这所陌生的医院。

当时，爸爸认识这所医院"革命委员会"的赵主任，赵主任安排我与一名长期住在医院的单身工人住在一起。我所在的诊室有两位老医生，一位是于医生，一位是高医生，这两位医生都是很有名望的。

赵主任把我安排到这个诊室，没有说明我跟随哪位老先生学习，所以这一个多月的时间我在这里显得很尴尬。

我一点中医基础知识都没有，看书都不知道从哪些书看起，接待病人更是不具备条件。在午休的时候，我到北京路新华书店，买了《金匮要略注释白话解》与《伤寒论注释》两本书。回到诊室拿给两位老师看，他们告诉我，这两本书你现在是看不懂的，最快也得一年以后才能够看得懂。听了这话，我的心就凉了一半，心里想：学习中医怎么这么难呢？又一想：爸爸送我来到这里，是为了使我自己能够学到点技术，在以后的生活当中自食其力呀！还是问问老师吧！于是我就问："于老师，那我现在应该看什么书籍呢？"于老师说："你应该看中医的基础书籍，如《四百味》《汤头歌》和《濒湖脉学》等。"听了这些话，我第二天就又到新华书店去买这些书籍。那个年代，这方面的书籍是很少的，我先后走了好几家新华书店也没有买到这些书籍。

一个月之后，我回到家里向爸爸说明了这一个多月的情况，爸爸又亲自找到那位赵主任，简单又婉转地说明了我这一个多月的处境。赵主任答应让我先到中药房负责抓药，先熟悉中药的性能。1975年8月，我被安排到了这所医院的药房，开始了我中医学习的启蒙阶段。

这是一所综合性医院的药房，我每天除了按照每位老中医的药方抓药以外，还要帮助处理一些西药处方。当时我才18岁，见到每位老同志都毕恭毕敬地叫老师。他们所做的工作我都主动地帮忙，所以，大多数老师都很喜欢我。但其中有两位年轻的小同志，总带有一种歧视和训斥的口气与我讲话，使我感到不舒服。当时我年纪小，没有接触过社会，再加上自己身体有残疾，更是不敢大声与他们理论。

但是，每天的工作还是风风火火的，我与老师们的交往在逐渐地加深，抓中药的技术也日渐成熟。45克的某一味中药，我基本上是一把抓到手里掂量几下，其重量相差无几。到了后来，只要一有中药方子到来，这些老师们就叫道："小赵！又来一个方子。"我就答应道："哎，来了。"几分钟后，三服中药就抓出来了。那个时候，我已经成为一名熟练的中药调剂员。时间一长，加上我能够熟练地为药房的老师们做事，我与他们处得也都十分融洽。

那个年代，看一场电影是非常奢侈的，有的时候，电影院的一些员工会给药房的同志送来几张电影票。比如当时放映的电影《春苗》和《红雨》，就是电影院的员工送来电影票，我才得以看到的。

我在这里一直没有正式确定的老师，当年冬天我就结束了这次短暂的学徒生涯。

这一年的春节，我过得很郁闷。在学校里不学习文化课了，爸爸帮助我找的学习中医之路又是这样不顺利。

春节的前几天，我几乎不出门，而往年的正月初一，我都是要到邻居家给长辈拜年的。同学们来找我，我也是敷衍一下，根本没有以往的快乐心情。

爸爸看出我的心事，就及时地安慰我说："不要着急，等到春节过后，我再求一求大屯医院的王书记，看看能不能安排你到这所医院做些力所能及的工作。"有了爸爸这番话，我就知足了。可以说，爸爸妈妈为给我治病、指导学习、安排工作已经操碎了心，我不能再给他们增加压力了。我对爸爸说："爸爸，不要着急，求人办事不会那么顺利的，慢慢来吧，我在家里会自己学习中医基础知识的。"

春节刚过，爸爸就迫不及待地到大屯医院去办理这件事。这天，爸爸带回来了好消息，大屯医院的王书记答应了爸爸，我可以到这家医院的药厂（制剂室）做临时工，每月的工资是 35 元。当我听到这个消息时真是高兴极了，激动得一夜没有睡好觉。

大屯医院是当时我所在公社所属的医院，有30多名员工。医院的制剂室在医院的最后面，由办公室、组装室、烘干室、粉碎室、仓库等组成，主要设备有：粉碎机、电炉子、热合机、中药成丸模具、台秤、油印机、钢板、铁笔等。

这里的人员由医院的正式员工、家属、临时工（包括我）等5人组成。

我们所制作的都是中成药，都是按照《国家药典》的处方制作而成的，主要是自产自销，供应本医院药房使用。

在这个药厂里，我学到了很多制药知识和技能，为我自己后来的工作、独立开诊打下了良好基础。我们所制药品的处方是一位姓屈的老先生根据医院经常使用的协定处方而定的。一般是屈老先生拿着处方，到医院的药房，将所要制药的原料药领回来，放到药厂自己的烘干室里去烘干。一般需要24小时以上，待这些原料药烘干到能够粉碎的程度时，由我将这些原料药品带到粉碎室去粉碎。

这是一处全封闭的粉碎室，我在粉碎之前要"全副武装"：系好袖口、领口，戴好口罩、帽子（只露两只眼睛）。因为粉碎机一经开动，粉碎室内的粉尘是很大的，噪声也是很大的。有的时候，一大剂子中药粉碎出来得一上午的时间。在我粉碎药品的时候，若有人与我说话，要大声喊我才能够听到。每次粉碎完了药品从粉碎室里出来，我都有很长一段时间听不到别人说话。原料药粉碎成药粉子以后还需要使用蜂蜜来和药。和药用的蜂蜜需要使用铝锅放在电炉上煎煮，在盛蜂蜜的铝锅加热到一定程度时，蜂蜜就会冒出许多的小泡，这些小泡破灭时冒出来的气体就是蜂蜜当中的水分。在煎煮的过程当中，还要使用铁勺子不停地在铝锅里面翻搅。就这样，慢慢地，蜂蜜里面的水分一点一点被煎煮了出来，这时铝锅里的蜂蜜已经被煎煮成了老豆油色，这样的蜂蜜就可以和药粉为丸了。

在制作中药丸剂的时候，小药厂使用的是"起模器"。我们将用蜂蜜和好的丸药半成品，用小秤称出来 50 克，在"起模器"上一起模就把这个 50 克重的蜜丸制成成品，再把成品切割成 10 个小药丸，然后使用我们自己制作的薄蜡纸把这些药丸包裹起来，一种简易的中药丸剂就这样制作完成了。

我们使用自己制作的热合机将塑料薄膜加工成塑料袋，再将 10 个小药丸连同说明书装进去，用打号器打上出厂日期，使用热合机将口封好，这个中药产品就可以出厂了。我们当时生产的中成药有：六味地黄丸、龙胆泻肝丸、琥珀安神丸、朱砂安神丸、银翘解毒丸、牛黄清胃丸、安宫牛黄丸等。

1976 年，作者与大屯医院制剂室同事和三位实习生合影

027

在大屯医院期间，我结识了刘兴华药剂师和朱顶泰主治医师。

刘兴华药剂师早年毕业于沈阳药物学院，他对于西药的药理以及制药业务有着很深刻的认识和造诣。他为人老实厚道，待人和蔼可亲。后来，刘兴华药剂师被调回"吉林市虹园制药厂"任总药剂师。

我与刘药剂师的相识和相知，还是我热爱的无线电做的媒介。刘药剂师家里的一部上海产的老式六灯超外差式收音机经常闹毛病。刘药剂师得知我会修理收音机后，就找到了我，请我帮他修理收音机。我二话没说，利用星期日的休息时间来到刘药剂师的家里，为他修理收音机。由于收音机的毛病不大，我很快就帮助他把收音机给修理好了。那天，刘药剂师还留我在他家吃晚饭。在吃饭的过程当中，刘药剂师与我谈了很多做人的道理，并且大略地指点了我今后发展的方向——应该到正规的医学院校学习！我一直记着刘药剂师对我讲的话，一心想着有一天真正进入正规的院校学习。

再说朱顶泰主治医师。他原来是吉林江北机械厂职工医院的外科医生，曾先后在吉林省的敦化县医院和农村公社卫生院工作过，1974 年在朋友的帮助下，他们夫妻二人一同调到了距离城区较近的吉林市郊区大屯公社卫生院工作。

朱医生中等身材，皮肤黝黑，身体很健壮，他为人厚道，不善言辞，对人有求必应，每天总是忙忙碌碌的。

朱医生早年毕业于浙江医学院，通晓英、德、日三门外语，在学术和医疗技术上都有着很高的造诣。我非常崇拜他，他是我心目中的偶像和榜样！

他的家距离医院只有 20 米，他每天都在医院里面，一旦家里的老伴郑医生有什么事情，他随时就得回到家里。

朱医生的妻子郑医生原来是吉林市中心医院的儿科医生。郑医生身体不好，平时躺在床上，身边总有很多的书籍，还有一部半导体收音机。家里家外的事都得由朱医生一个人来料理。老两口一辈子无儿无女，只有他们二位相依为命。

我来到大屯医院后，朱医生他们是我通过修理收音机认识的第二对夫妻。

郑医生的收音机也经常出故障，他们知道我会修理收音机后，就经常找我。我每次都能够很快地帮助他们把收音机修理好，所以，我们相处得很好。郑医生的收音机很费电池，当时 5 号电池不好买到。为了使郑医生在家里不寂寞，时时都能够听到广播，我为她制作了一个"稳压电源"装置。从此，郑医生听收音机再也不用为买不到 5 号电池而发愁了。

朱医生总是把医院的事情当作自己家的事情来对待。由于他的家距离医院很近，所以，每当医院来了新的重病患者或者疑难病人，同志们总是请他来会诊。每次找到他时，他都是笑呵呵地来到医院，帮助同志们把患者处置完毕之后，再回到家里照顾郑医生。朱医生履行着双重的职责：一个是医生，一个是丈夫……

028

1975 年，我们国家进行了全国范围的农村医疗普查，我所在的大屯医院管辖了 10 个大队，总人口达 4 万多人。这个公社以吉林市龙潭区的牤牛河为界，河的北岸5个大队，南岸5个大队。这次农村医疗普查，大屯医院总共派出了两支医疗队，即向河的南岸和北岸各派出一支。

由于人员紧张，医院领导决定把我也编到其中的一支医疗队里。我所在的这支医疗队有5名成员：业务副院长尹院长、放射科的张医生、医院的家属仲姨（做过赤脚医生）和预防保健科的刘医生，再加上我。

我们的X光机等设备都是由所要去普查的大队派车子来接的，每到一处，我们首先要找一间密封良好、远离人群的房间，安置好X光机。我们每到一处，都由当地的生产队负责我们的餐饮和住宿。这些农民兄弟对人非常实在，除了采摘他们自己种植的蔬菜，还为我们杀狗、打鱼，有的时候还到城里为我们买来一些新鲜的蔬菜和食品。我们每天中午和晚上都有6至8个菜。当时没有瓶装啤酒，他们就从城里买来很多散装啤酒。每当吃饭时，我们这支医疗队的其他成员都劝我喝点啤酒。我当时只有18岁，还从来没在正式场合与长辈们喝过酒，所以，他们的每次邀请我都婉言拒绝了。

我们家是满族，家规很严格，在一般情况下，如果家里来了客人，小孩子是不能够与大人们一起吃饭的。我长这么大，从来没有与来我家做客的长辈在一张桌子上喝过酒。我认为在这次普查工作中也不应当与长辈在一张桌子上喝酒的，所以在近4个月的农村医疗普查工作当中，我一次也没有喝过酒。

在这支医疗队里，我是最小的，每天我早早就起来，先到附近的山上吹吹风，然后回到住处，为其他成员打洗脸水。几个月下来，我与医疗队里的其他成员处得非常融洽，他们也很喜欢我。同时他们还为我讲解了很多的医疗卫生知识。

当时我的主要任务是为前来参加普查的农民朋友填写登记表和测量血压等。当我穿上白大褂，挂上听诊器的时候，别提有多高兴了，心里在想：我若真的是一名医生该多好啊！

这次深入农村基层，对农民朋友进行健康普查，使我学习到了很多在书本里学不到的东西，并且我还结识了一些农民朋友。这次的农村医疗普查工作使我了解到了农村缺医少药的状况、医学人才的匮乏，同时也增强了我学医的信心与勇气，这对于我后来走上学习医学的道路起到了积极的作用！

普查结束后，我回到了大屯医院的制药厂，继续以前的那些工作，我在那段日子里过得还是很充实的。

这一年，我的收获还是很大的，学会了部分制药技术，参加了农村医疗普查，学会了测量血压。当年春节前夕，我所在的医院为职工搞福利，特地从吉林省榆树县的农村买来当地的猪肉，分给全医院的职工（当时的猪肉都是凭票供应的）。我在这里工作，所以自然也有我的一份，由于我的工资很低，我用我挣的工资第一次为家里买了 13 公斤的年猪肉。

1976 年是不寻常的一年。

这一年 1 月 8 日，中华人民共和国总理周恩来逝世。

3 月 8 日下午 3 时 1 分 59 秒，中国东北吉林地区发生了世界历史上罕见的陨石雨。

7 月 6 日，朱德在北京逝世。

7 月 28 日，北京时间凌晨 3 时 42 分 53 秒，唐山发生了 7.8 级大地震。

9 月 9 日，中国人民的伟大领袖毛泽东同志与世长辞。

这一年，在中国大地上所发生的事情，在中国现代史上留下了重重的一笔！

这一年，我也是在惶恐不安、动荡不定中度过的！过了春节，刚刚上班一个多月，医院党支部王海山书记就找我谈话。他说："小赵啊！与你说一件事情，现在，医院的家属有的都没能够到医院来上班，医院的岗位有限，为了缓解医院内部的矛盾，把你所在的岗位先安排给医院的子弟。你先回家等几天，待安排好了，再通知你回来上班，你看好吗？"我只能笑脸接受！王书记的这席话，意味着我又失业了！

在那段时间里，我只能在家里自己找乐，消磨时间，耐心等待。每天爸爸妈妈上班后，我就在家里看着小弟弟们，与他们一起玩耍，每天的晚饭都是由我来完成的。

同时，我又把"无线电"捡了起来，每天稍一有时间，我就开始我的"高淳头"放大器的安装与试验。我从市里的电子局服务部买来了 P801 电子管，又找来了其他相关的电子元件，几天之内就装配成功了一台小型电子管功率放大器。我从大队广播站借来了一只 25 瓦的红声牌高音广播喇叭，又把我家的一台老式电唱机从 72 转每分钟改成了 33 转每分钟，每天都把这只高音喇叭架在我家的窗户下面，朝着农田方向播放当年流行的革命歌曲。这一年的春天，我所居住的这个大队学习大寨，大搞农田基本建设，平整土地，搞方田化大会战。

工地上红旗招展，人山人海，车水马龙，我的业余广播站也为我们大队学习大寨贡献着力量。

这一年 7 月 28 日的唐山大地震，我们吉林市也有一定的震感。唐山大地震发生之后，我的家乡也在开展防震减灾工作。生产队组织民兵们挨家挨户通知：不要在房间里过夜，要在距离房屋较远的地方搭建简易的防震棚。当时，爸爸是大队的党支部书记，在自然灾害来临之际，他似乎没有了这个小家，只有整个大队的老百姓这个大家了。

另外，这些日子由于姥姥有病，妈妈前往姥姥家去看望姥姥，所以家里就只有我们兄弟姐妹四个孩子，我是长兄，防震等工作都得由我来安排。

我使用家里现存的木杆、铁丝、钉子、塑料薄膜等材料，在弟弟妹妹们的帮助下很快就搭建成了一个简易防震小棚子，又在小棚子里搭建了木板地铺。

当时由于匆忙，没有买蜡烛，夜间照明就成了问题，这回我学习的电学知识就派上了用场。我把我上班骑的"白山牌"自行车装上了自行车发电机，两只轮子朝上，接好引线，使用电烙铁把几只小功率的汽车照明灯泡焊接上，安装好之后，就安排两个小弟弟轮流摇动自行车的轮子。自行车的轮子带动着自行车发电机，发电机发出来的电就点亮了我们防震小棚子里的"电灯"！

就这样，我们四人在这个简易的小棚子里面度过了当年防震最紧张的时期。

1976年9月9日的下午3点多钟，我正在我家的白菜地里拔草、间苗，突然，我们大队的广播喇叭里传出低沉的哀乐声，中央人民广播电台的播音员以浑厚、低沉的声音告诉我们，毛主席逝世了。当我听到这个消息时，就如同自己家里的亲人逝世一样地悲痛！我眼含热泪，放下手里的活计，马上赶回家里，打开收音机，反复地收听这一消息。

我生在新中国，长在红旗下，自打记事起，就知道是毛泽东主席等老一辈无产阶级革命家，带领全中国人民推翻了压在中国人民头上的三座大山，建立了新中国，毛泽东主席是人民的大救星！

尽管当时我才19岁，但是对毛泽东主席的感情还是很深的！在那高山低垂、大海哭泣、举国上下一片悲伤的时刻，我也加入了悼念毛泽东主席的活动当中。

我在妈妈用以缝制衣服的针线包里找到了一块黑布，将它剪成了一块黑纱，戴在了左臂上。9月11日，全国各地的企事业单位都搭建了悼念毛泽东主席的灵堂。

我们大队在大队会议室里布置悼念毛泽东主席的灵堂，会议室的正上方悬挂着毛泽东主席的遗像，两边摆放着生产大队和各个生产小队送来的花圈。人们自发地来到毛泽东主席遗像前，向毛泽东主席遗像三鞠躬，并肃立默哀，我也在其中。

追悼大会那天，大队的会议室里摆放着从第一生产小队搬来的全大队唯一一台黑白电视机。全大队各个小队的领导和乡亲们100多人参加了悼念活动。整个小小的会议室里满满地全是人，人们争先恐后地聚集在这里，想通过电视机再看主席一眼，与全国各族人民一起悼念伟大领袖毛泽东主席，寄托我们的哀思。

1976年年底，我接到了大屯医院让我上班的通知。王海山书记告诉我爸爸："经过大屯医院党支部研究，同意赵立志重返医院原工作岗位工作。这次是按照学徒工的待遇招的，每月工资17元。"爸爸回到家里告诉我这个消息，我很高兴，不管怎样，我又有工作了。在接到通知的第二天，我就上班了。

这次回来，我十分珍惜重新工作的机会，以饱满的热情努力地工作着。无论是原来的粉碎药品、刻钢板印刷简易商标、炼蜜为丸，还是剪裁塑料薄膜、热合封袋，我都努力去做好。

由于我所在的地区是农村，在毛泽东主席号召"农业学大寨"精神的鼓励下，全公社无论是机关、学校还是医院，都得到兴修水利的第一线。记得在我重新上班的第二周，大屯医院也被分配了兴修一定距离的水渠的任务。

这时我在大屯医院算是体力劳动者，只要有任务，我就榜上有名，这次当然也不例外。于是，我每天把铁锹用绳子绑在自行车上，带着妈妈给我装好的饭盒来到兴修水利的现场，与所有参加会战的人们一起参加这场兴修水利的大会战！

由于身体原因，我不能够与大家一起抬筐，我就给大家挖土装筐。那时我的身体还是很强壮的，工作也很认真，只要有空筐摆到我的面前，我就拼命地挖土，快速地把空筐装满，直到累得直不起腰来了，才停下来休息一会儿。在工地的广播里经常能够听到表扬我的报道。就这样，我们干了半个多月，才结束了这次兴修水利的大会战。

回到大屯医院又做了一个冬天的药工，年底我又得到了一个好消息：爸爸给我争取到了一个到吉林卫校学习的名额。于是，我结束了一年多在大屯医院做老药工的工作。

我得到这个消息以后，很快就告诉了刘药剂师、朱顶泰医生和郑姨，他们都为我高兴，嘱咐我一定要珍惜这次来之不易的学习机会，一定要学有所成，将来做个名副其实的好医生！他们还送给我笔记本作纪念，并题词以示鼓励，这些笔记本至今我还珍藏着。

这一年的春节，我过得特别开心，因为我即将成为吉林卫校的学生了。我们家里用来过春节的东西，大多数都是我上街买的，我还特意为小弟弟买了鞭炮，为妹妹买了粉红色的头绳。

这一年的正月十五，别人家都是到街上去买元宵，我虽然没到街上去买，但照样吃到了可口的元宵。

我使用在大屯医院制药时制作水丸的技术，为弟弟妹妹们制作了元宵。如果妈妈不是亲眼看到，她也不会相信。这一年的元宵节过得特别开心快乐。

1977年3月7日，是我到吉林卫校报到的日子。在我接到通知书之前，脑海当中总有很多美好的景象，吉林卫校一定有高楼大厦，教师都是西装革履地站在高高的讲台上……

吉林卫校的通知告诉我们到吉林卫校双河镇分校报到。双河镇距离吉林市市区有70多公里，我们都要自己带好行李。当时，吉林市到双河镇只有火车，以我的身体状况，自己带大行李坐火车是非常困难的。于是，爸爸决定借一辆汽车亲自送我去报到。

这一天，爸爸早上上班的时候告诉我，他借了一辆汽车用于当天送我到双河镇报到。我早早地就装好了行李，等待爸爸接我前去报到。

下午2点多钟的时候，爸爸坐着一辆解放牌卡车到了我家门前。这天，爸爸为了送我，把一天的工作都集中到上午办理，一直忙碌到下午2点多钟才忙完。趁着开车的司机叔叔帮助我往车子上搬行李的时候，爸爸才赶忙简单地吃了口饭。

70多公里的路程如果走现在的高速公路，我想40分钟至1个小时就能够到达。可是，那个时候一方面路不好走，另一方面，当时这条道路正在维修，我们是上山下岭、拐弯抹角地绕着走，历时3个多小时才到达吉林省永吉县双河镇，这时天色已经黑了下来。

　　爸爸帮助我把行李搬到宿舍里，一切都安置好了之后，才与那位司机叔叔连夜往回赶路。

　　后来我回家的时候才得知，那天晚上爸爸与司机叔叔返回的路上，汽车走到一块烂泥处就陷了进去，所以他们一直到第二天的凌晨3点多钟才回到吉林市。我知道以后，心里很不是滋味，可怜天下父母心哪！我在心里暗暗地下了决心："爸爸！我不会辜负你们的期望，我一定会好好珍惜这次学习的机会，努力学习，刻苦钻研，早日成为一名合格的医生！"

　　双河镇是吉林省永吉县的一个小镇子，面积只有几平方公里。我们的

1977年9月，作者与吉林卫校"赤脚医生班"部分男同学合影

校舍就在双河镇公社卫生院的后院，这里有两排茅草房、一排砖瓦房。两排房子中间宽20多米、长150多米的空地，就是我们学校的操场。操场只摆设了一个篮球架子。我们上课就在其中的一排茅草房里，砖瓦房的一部分用作学校的解剖室、教员室以及老师的宿舍。

其实，吉林市卫生学校是吉林省的重点中等专业学校，它位于吉林市中心地带的珲春街中段。这个学校办学历史悠久，师资力量雄厚，校舍充足，多年以来为吉林市乃至吉林省培养了大批的医疗卫生专业人才，为吉林地区医疗卫生事业的发展做出了重大的贡献！

033

我们的宿舍是在与教室相连的茅草房里，大约15平方米的房间里住着8个人，室内的格局是这样的：使用木方与木板搭建的上下两层的多人床铺，上下各4个人，在木板床上再铺上榻榻米（使用稻草编制的草垫子），住上铺的同学通过床铺一旁搭建的木制梯子上床，他们如果翻身或者动作稍微大一点，就会从上铺的木板缝隙向下掉稻草渣子。我们住下铺的就找来报纸与糨糊，人工糊一个报纸棚。

当时的条件确实很艰苦，食堂里吃得很差。开学的时候，我们都把户口与粮食关系落户到了吉林卫校，成了暂时的城市居民。按照当时的粮食供应标准，我们每人每月是35斤粮食，其中8斤细粮（包括2斤小麦面粉、6斤大米），其余的是玉米面子。学校给我们发的食堂券，8斤细粮券是红色的，27斤粗粮券是黑色的，当时的助学金是每人每月13元人民币。

尽管条件艰苦，但我们全班43名同学都逐渐适应了这个环境，以一种积极向上的心态参与着学校每一天的教学生活，并且有所收获。

因为我们班里的每一名同学都好不容易才争取到这个读书的机会，所以大家倍加珍惜。

我们在很短的时间内就成立了班委会、团支部。我在班委会里被选为学习委员，在团支部里被选为宣传委员。记得我们的班长是来自桦甸的戴维华（中共党员），副班长是来自舒兰的张业江，生活委员是来自舒兰的吕燕，体育委员是来自磐石的孙宪忠（部队复员军人），我是来自吉林市郊区的学习委员，班主任是来自吉林卫校的李丹老师。

我们入学以后很快就在团支部和班委会的领导下进入了学校的生活：每天的早上要出早操，上午第二节课下课要做课间操，团支部要以团小组为单位进行学习。在宿舍管理上实行流动红旗制，班委会的同学们深入各个同学宿舍考察，回来后再评选出优秀的宿舍，颁发红旗，一周一评比。哪个宿舍优胜，哪个宿舍就悬挂流动红旗。

我除了班委会的工作之外，还要负责班级的宣传工作。班级教室的布置，墙壁上标语的设计、书写都是由我和刘学信同学完成的。我记得当时墙壁上的标语有："机不可失，时不再来！"在教室黑板的上方，使用黑体字写着"团结、紧张、严肃、活泼"等。

此外，我们每周都要出一期黑板报，与在同一个学校的"护士专业"的两个班级进行交流。

这两个班级的同学属于国家统招，其中大多数都是来自城里的下乡知识青年，这样的艰苦环境也锻炼了这些城里的姑娘们。

我们经常搞一些联谊活动。记得入学不到两个月，学校为了迎接"五四"青年节，搞了一次歌咏比赛，我们班全体同学都参加了。为了准备这场歌咏比赛，我们大家利用晚自习的时间来练习。

我们演唱的是《长征组歌》，并获得了优胜奖。时间虽已过去 40 多年，但每当听到《长征组歌》，我都会情不自禁地想起当年在双河镇学习的场景……

034

我们这个"赤脚医生班"相当于现在的乡村医生班,人员都来自吉林地区的农村,毕业以后还是要回到原来所在的乡村。所以,这个班是专门为农村医疗卫生事业培养人才的。吉林卫校很重视这个班级的医疗教学工作,组织选派了很有教学经验的老教师来到双河镇给我们上课。

比如,我们的解剖学主讲教师林忠堂老师,他的解剖学专业业务知识特别娴熟,每次来上课,只带来一个教案的提纲、几块人体解剖的骨骼标本,就能把我们这节课的主要内容讲解得活灵活现、精彩纷呈。

教生理学的张峰老师,是一位生理学教学经验极为丰富的老教师。他讲课像是在讲故事一样,深入浅出,通俗易懂,非常吸引人。

学校是一个多元的集体,多种人才聚集,我们虽然地处双河镇这个偏远山区,但是我们的学习生活还是丰富多彩的。

我们组织全班各个小组举行羽毛球赛、排球赛、歌咏比赛等。这些比赛我虽然不能够上场,但是我也积极参与。同学们打排球赛时,我给他们做排球裁判;举行歌咏比赛时,我为同学们刻钢板,油印歌谱。

学校接到上级有关部门的安排,需要我们学校的同学们到山里去采集山蕨菜,由于路途很远,以我的身体状况不能前往,我就留在学校里照顾生病的同学。既然是一个集体,就有一个集体的形象,每当有什么事情,我们班的全体同学都能够统一行动,充分体现了集体的力量。

有一次,上午10点多钟,我们正上着第三节课的时候,发现有很多的烟从我们的操场上飘过。"着火了!着火了!"随着喊声的到来,同学们不约而同地跑了出来,大家分别跑回宿舍,拿着各自的洗脸盆,奔向着火的现场!

原来，在距离我们学校不远的一处民房着火了，村民们正在从四面八方赶来救火，我也加入了救火的队伍。我来到了着火那家的邻居家，抢过手压井的压把，往同学们的脸盆里一盆又一盆不停地压着水。由于水源充足，同学们和村民们人多力量大，很快就把大火扑灭了。当救完火的时候，我也累得动弹不了了，第二天全身的关节还在疼痛着。但是，我的心里还是美滋滋的！

　　我们在这里总共学习、生活了近两个月，先后学习了人体解剖学、人体生理学、医学微生物与寄生虫学、病理学、药理学、医学拉丁语、医学诊断学。根据学校的教学安排，我们学习完这些课程后，得搬迁到距离双河镇80多公里之外的磐石县医院。

　　1977年的"五一节"刚过，学校派来了一辆老式解放牌卡车帮助我们全班同学搬家。

　　搬家的前一天，我们班委会研究决定由男同学帮女同学搬运行李。我不能够搬运，就留在汽车上帮助排列搬到车上的行李，并且与同学们一起使用绳子将这些行李捆绑结实。

　　磐石县医院坐落在磐石县城偏北的位置，门诊与病房的楼宇呈工字形，前楼是一座两层的门诊楼，后楼是一座四层的正阳楼，医院的内科、外科、妇科、儿科等都在这里。前楼二层的大会议室就作为我们的教室兼部分女生宿舍；我们男同学被安排到了县医院的单身宿舍，还是8个人一个房间，上下两层铺。这里的条件比双河镇好多了，房子都是砖瓦结构的。

我们的吃住都安排在了磐石县医院，吉林卫校每个月都要用汽车把我们的口粮从吉林市运到磐石县医院。粮食的供应标准都是按照吉林市城市居民的学生标准，每人每月35斤，其中8斤细粮，与在双河镇一样。

我们在磐石县医院，一边在理论上学习临床内科、外科、妇科、儿科、五官科、针灸科等课程，一边进行临床实习，直接接触病人，认识病症。

学校非常重视课程的安排，除了我在前面介绍的在医学基础课程上安排了老教师以外，还配备了教学与临床经验极为丰富的老教师。比如，内科方面派来的是刚刚从北京协和医院进修回来的金和雍老师，他临床经验极为丰富，讲课深入浅出，通俗易懂，在他身上，我们学到了很多临床医学知识。外科方面派来的是早年毕业于长春白求恩医科大学的高才生——李昌德老师。李老师高高的个子，圆圆的脸庞，一双大眼睛炯炯有神，给我们讲起课来，语言铿锵有力，声音圆润洪亮。他给我们讲解外科的手术操作技巧、无菌观念、局部消毒、外科洗手等，其中的每一个步骤都是那么细致入微，有的时候还手把手教我们怎么清创、怎么缝合、怎么打外科结等。我们虽然只有短短几个月的学习时间，但是我们学习到的医学知识是受益终身的。

磐石县医院各个科室的老师都很欢迎我们的到来，我们每到一处都能够得到他们耐心的指导。

我们白天上理论课，晚上分别到医院的各个科室进行医疗实践，有的到门诊值班室帮助老师接待病人，有的到门诊处置室帮助老师处理各种创伤，还有的到后院的病房。

在磐石县医院的开门教学实践当中，我们确实得到了很多的临床实践机会，受益匪浅。

　　我们班的部分男同学在星期日休息的时候，有的到磐石街去逛街，家里经济条件好一点的，还能够到那里的饭店改善一下生活，但这些对于我来讲是不可能的事情。

　　我记得，当时我们的助学金是每人每月 13 元。在双河镇学习的时候，我每两个星期都要回家一趟，这样近 3 个月就节余出来了 9 元钱。到了磐石以后，我买了 1 米长的白色布料，到当地的服装店加工制作了一件衬衫，这件衣服一直到我参加工作以后还穿着。

　　在磐石县医院学习期间，我结识了磐石县医院一名麻醉科医生曲明大哥。曲医生原来也是赤脚医生，家在农村，在磐石县医院进修时，业务技术提高得很快，很快就成了县医院麻醉科的主力医生。当时医院缺少麻醉医生，再加上他为人忠厚老实，很有培养前途，所以磐石县医院破例将他转正为医院的正式医生。在与曲医生相处的 4 个多月里，我从他身上学到了很多做人的道理，也学到了一些简单的麻醉技术。在磐石期间，我还与曲医生一起到照相馆照了一张合影留念。

　　此外，我还结识了磐石县医院外科的张德耀医生。张医生也毕业于吉林卫生学校，其父亲是磐石县著名的中医专家。那时，张医生给我找来一些中医学基础的书籍，并且多次与我讲起他爸爸的为人之道、行医之道，我都暗暗地记在了心里，这些对于我后来学习中医起着潜移默化的影响。

037

时间来到1977年的9月末，我们这个班教学计划当中的理论课、临床课与课间的实习课均告一段落。

过了10月1日国庆节假期之后，我们就要各自选择一个医院进行毕业实习。

就在我们要回家过国庆节的时候，发生了一件事情，促成了一桩难得的姻缘。

我们都得到磐石火车站乘火车回家，前来送我们的人当中有一位眉清目秀的女同学，她叫许艳华。

她的家在哈尔滨郊区，她计划去磐石的舅舅家住，到磐石县医院进行毕业实习。她为了记录一些回家同学的通信地址，从我这里借了一支钢笔，由于大家都很匆忙，她在用完笔以后忘记还给我。我回到家以后才发现我的那支钢笔还在她那里，这就成了我事后给许艳华写信的理由……

我回到家里，过完国庆节就到吉林卫校附属医院联系实习的事情。很快我就被安排到了吉林卫校附属医院的门诊实习，住在与我们同一届医疗专业的男生宿舍。

这里的条件实在太差了，20多名同学住在同一个房间，上下两层是用木板和木方子搭建成的板铺，铺上铺着稻草垫子。夜深人静的时候，只要有同学翻身，就能够听到"吱嘎、吱嘎"的声音。睡觉稍微轻一点的同学，一旦被吵醒就很难入睡。

防寒设施也不完善。房间的玻璃窗四面漏风，暖气是学校自己烧锅炉供暖，一天只定时供应三次，温度不足，后半夜就更冷了。

每天晚上睡觉之前，我都要到学校的水房把自己准备的暖水袋灌满热水，然后把暖水袋放在铺好的被子里面，等到被窝里有了一定的温度，才能够进入被窝睡觉。等到第二天早上，我的鼻子、脸部都被冻得冰凉。在这里，我一直住到了1977年的11月6日。

在这段实习的日子里，我也很憋屈、很尴尬。由于我们学习的时间很短，课时不够，来到门诊的第一个困难就是要使用拉丁文书写处方。我在门诊一边认症，一边学习拉丁文，半个多月以后我就能够给门诊的老师抄写处方和接诊病例了。

由于我的钢笔在许艳华同学那里，所以我大着胆子给她写了一封信，信的大致内容是：

艳华同学：

国庆节好吧？身体好吗？家里舅舅、舅妈都好吧？现在毕业实习安排到哪里了？先在哪个科室实习？老师是谁？与哪几名同学在一起？

我的那支钢笔就放到你那里留个纪念吧！我也有给你买纪念品的想法，但由于同学很多而没能够实现。这也是老天赐予我的一个机会，你千万不要多想，我没有任何别的意思，就觉得你是一名好同学！

我现在在咱们卫校的附属医院门诊实习，老师们对我都很好，这段时间，我学到了很多东西，业务进步很快……

这封信发出去以后，我就盼望着能够收到许艳华同学的回信。

其实，我早就对她有了很好的印象。她身高1.65米，体形匀称，走起路来轻盈如风，一双美丽的大眼睛，高高的鼻梁给人以俄罗斯人的感觉，笑起来带有东方女性的腼腆，这一切早就深深地印入了我的脑海里。我对她早有爱慕之情，只是因为自己的身体状况，不敢轻易地向她表白。

在双河镇我们班的同学们都到山上去采集山蕨菜的时候，我留在学校照顾的那位同学就是她！

来到磐石上课时，我们时常到电影院看电影，我是班级团支部的宣传委员，买电影票的任务就由我来完成。每次发电影票时，我都要单独送给她一张票，我再留一张与之相邻的票，以便离她近一些。每当她单独出现在某一个地方的时候，我都想找个理由到她身边多表现一些！

过了十几天，许艳华还真的给我回信了。我看到信封上那清秀的字体，就如同见到她本人一样。信封还没有撕开，我的心就开始怦怦直跳，脸上也有些发烧，就好像有很多双眼睛都在盯着我似的。这封信中话语不多，但看得出对于我那封信的某些提法她是认同的。于是，我马上给她写了回信，同时向她索要两张最近的照片。

十几天之后，我又收到了许艳华的回信。这封信我是在吉林卫校附属医院的男卫生间里打开，在蹲便器上看的。那时候，每当看到许艳华的来信，我的心总是怦怦直跳，喘气都觉得有些急促，有的时候手都在发抖，

吉林卫校 1977 届 "赤脚医生班" 毕业照

生怕有生人看到，不好意思在有外人的场合打开看，所以才选择在男卫生间里看信。

这次来信，她还真的在信里夹带了两张照片：一张是她本人的 2 英寸照片，另一张是她们小组女同学的合影。收到这两张照片，我高兴极了，一连把这封信看了好几遍，总想在这封信里再找出点对我爱慕的话语，然后，小心翼翼地把这两张照片收藏好。

就在我全身心地专注于毕业实习的时候，中断了 10 年的高考即将恢复。

我在吉林卫校附属医院实习的时候，结识了吉林卫校政工科郭延伦科长的儿子郭大伟，我们相处得很好，互相尊重，几乎到了无话不说的程度。当他听到要恢复高考的消息以后，第一时间就告诉了我，并提议让我与他一起复习并参加这次高考。我当时顾虑的还是我的身体，生怕在体检的时候被刷下来。于是，他就把他爸爸手里的文件拿来给我看。这是一份关于高等学校入学体格检查暂行标准的文件细则，里面写着："跛足的考生除了体育、地质勘探、电影、戏剧、军事院校等需要动用体力的专业之外，只要考生生活能够自理，均可以参加高考。"看了这个文件之后，我犹如打了一支"强心剂"，非常兴奋，我高兴得一夜都没睡好觉。第二天，我马上向实习单位请假，回家复习，准备参加高考！

1977 年 11 月 7 日，我正式回家复习，备战高考。

当时，爸爸、妈妈上班，弟弟、妹妹们上学，白天只有我一个人留在家里复习。从我决定回来复习到正式考试只有 21 天的时间，我们是 1977 年 11 月 28 日考试。

回来之后，我首先找到大队主管高考报名的领导，把我的想法说了。他们非常支持我复习并参加高考，为我提供了一切便利条件，很快我就报上了名。

我把我在中学时期使用过的数学教科书四册、物理教科书两册、化学教科书两册等都找了出来，然后找到一些 16 开的新闻纸，分别订成几个小本子。

每天上午复习数学，从第一册开始复习，一些数学概念、定理、公式我都先看书本，再做笔记。基本上看过的东西我都能够记住，我把书本上的例题、练习题、总复习题都做了一遍。

下午复习物理和化学也采取同样的方法。

当时，我家后院有一位考生，白天到市内的某个中学参加高考辅导班复习，晚上再到我家与我一起讨论某些问题。

在这 20 多天里，我每天都翻来覆去地做着书本上各种各样的练习题。那个时候也没有什么复习资料，只有这些教科书。

我把回家复习的消息写信告诉了许艳华，并且提议她也回当地报名，参加高考。她很快就给我回了封信，非常赞同我参加高考的举动，她说正在考虑，看看情况再说，还给我邮来了一套数理化复习提纲。这套提纲完全是手抄完成的，总共 20 多页。许艳华的这个举动使我很受感动，给了我极大的鼓舞和支持。收到信那天，我彻夜难眠，在复习的空闲连夜给她写了回信。

我在回信中写道：

艳华同学：

你好！你的这封来信给了我莫大的鼓励，使我更加增强了参加高考的信心和勇气！但就是在复习的时候总是想着你，你的音容笑貌总是在我的脑海里浮现，我想这可能就是恋爱时的感受吧。我一定不辜负你对我的希望，在有限的时间内，抓好主要的课程，争取考出好成绩！

……

这次的书信中，我试探性地用了"恋爱"这个词语，想看一下她的反应，如果回信没有拒绝，我就觉得有戏了。

自打这封信发出之后，我就盼望着收到她的回信。我心里总像有什么事情没有办完似的，因怕影响复习，我又找来一名同学一起复习，这样不容易分心。

"恋爱"也是一种动力，这要看你怎么把握它。为了恋爱成功，你必须兑现对女朋友的承诺，这样就是一种积极的动力。

有许艳华在背后支持我复习，我参加高考的信心更足了，每天还是不知疲倦、起早贪黑地复习。

我发出信的第十天，终于又收到了艳华的来信。信里没有任何异常语言，更没有责怪的词语，只是继续鼓励我："你要好好复习，不要分散精力，相信你会考出好成绩，那支钢笔我会好好保存，留作永久的纪念！"我立刻给她写了回信，表达我的心情和观点，同时嘱咐她要注意自己的身体等等。

这封信发出之后，我心里稳当多了，继续我的高考复习。

在短短的 21 天里，我把数学、物理、化学都复习了两遍，那时候几乎达到了过目不忘的地步。语文，我一点也没有特意复习，靠的是我平常的积累，政治我只是看了一些政治经济学的术语、名词解释等。

1977 年 11 月 28 日，我来到了我的母校——吉林市第二十中学，参加这次对我来说具有历史意义的高考！

记得那天下着大雪，当天考完试后，我没能够回家，直接住在了我当年住宿的老师值班室，与在学校住宿的王俊峰老师住在了一起。

王俊峰老师比我大4岁，我们师生关系一直很好，他听说我来参加高考，非常高兴，主动为我提供食宿，费用都是王老师出的，我非常感谢他，一直记在心里！

进入考场答题的时候，我非常从容自信，不慌不忙地找到自己的座位，看着不同年龄的考生陆续进入考场。这是"文革"结束后的第一次高考，其中包括"老三届"的考生，他们当中大多数都是从农村生产队一线赶来的。我应该是考生当中比较年轻的，刚刚离开学校不久，这样一想，也就更加坚定了我的信心。

我冷静地审视着每一道考题，认真地思考之后再确定答案。记得语文试卷中有一道要求做句子成分划分的题，由于我平时的语文知识基础好，很快就答完，拿到了这道小题的满分。物理考试题中也有我擅长的部分，有一道使用"欧姆定律"计算一个闭合电路的电阻的考题。这类考题正是我的强项，因为我是无线电爱好者呀！

在考完全部科目以后，我就自己给自己吃了宽心丸，我想："这次高考，大学、大专、中专使用的是同一张考卷。我报考的是吉林卫校，这是一所中等专业学校，我在这张考试卷当中，能够答好属于初中部分的知识的题不就相当于中专考得还不错吗？"

考完试回到家里，爸爸问我："考得怎么样？"我说："考得很好，主要内容我都答上了，语文的作文我还打了草稿，抄了一遍呢。"爸爸看我胸有成竹的样子，就鼓励我说："从你讲的情况看，你是没有问题的，耐心在家里等着吧。"

参加完高考，为了再多学点东西，完成我们"赤脚医生班"的毕业实习，我决定到原来工作过的大屯医院进行实习。医院的王海山书记很热情地接待了我，听说我要来医院实习，爽快地答应了。

我来到医院后跟随的临床医生主要是我前面介绍过的朱顶泰医生。朱顶泰医生非常支持我实习医生的工作，每当有新患者住院，朱老师总是先让我去采集病史，为病人做全面的查体，开具各种化验单子，他再把我书写的病历草稿修改一遍，然后才同意我抄写在住院病志上。那段时间，我跟随朱老师确实学习到了很多临床知识。

1977年12月29日，我们"赤脚医生班"的全体同学都来到了吉林卫生学校的总校区，参加"吉林卫校1977届赤脚医生班"毕业典礼！

拍过毕业照片后，我们参加了毕业典礼。晚上，学校为我们准备了丰盛的晚餐，大家开怀畅饮，在推杯换盏之时，大家的心情很复杂，真可谓是1977年"最后的晚餐"！

这天晚上，我单独约了许艳华。我们俩来到桃园路，沿着当时很狭窄的马路，冒着零下20多度的低温，由东向西，慢慢地走着。走了好一会儿，我问她："我们俩的事，你告诉你家了吗？"她边走边说："还没有。"我听得出来，当时她还没有勇气向家里人讲这件事情，所以我没有继续追问。我接着又问："那毕业以后，你准备去哪里呀？""现在还定不下来，看看情况再说吧。"许艳华回答我。

"你这次高考考得怎么样？"她问我。

"我觉得考得还可以吧！如果能够考上吉林卫校中医班就好了，到时候我就能够有个固定的工作，今后的生活也就没有问题了。"我说。

"是的，你如果真的考上了吉林卫校，我们的事就有希望了！"艳华认真并且很肯定地说。

"但愿我能够考上吧！"我回复。

"天不早了，我们回去吧，一会儿还要开联欢晚会呢。"她提醒着我。

"好吧，我们回去吧。"我回答着。

我们仓促的约会就这样结束了。

开过联欢晚会，同学们还在教室里相互交谈着。在那个时候，我们毕业后一般是从哪里来，回哪里去。但大家又都不甘心回农村大队卫生所，所以，大家都觉得前途很渺茫。我们虽然只在一起学习生活了几个月，但是，大家彼此的感情还是很深的，分别时互相签名留念，并留下各自的联系地址。

开过联欢会后，大家还是依依不舍，互相倾诉着各自的心事和初步的打算，在吉林卫校的合班教室热闹了一个晚上。第二天，吃过早饭，大家就要踏上归途。我与其他几个近郊的同学也都来到了吉林火车站一起送别同学们。大家把行李堆放在一起，轮流照看着，一列又一列火车出发，一个又一个同学离开，我们整整送了一天。把最后几名同学送走之后，我把舒兰的张业江等三位同学领到了我的家里。这是我第一次领着这么多的同学来到家里，爸爸妈妈热情地接待了他们。吃过晚饭，我们又谈起了今后的前途。我告诉了他们今年我参加了高考的事情，他们听说之后都为我高兴，并且祝愿我能够如愿以偿。

几天之后，因为距离吉林市市区最近的就是我，所以给其他同学寄毕业合影这个任务就落到了我的头上。我每天不停地往返于我家与龙潭邮电局之间，把同学们盼望的毕业合影邮寄给他们。

俗话说：有缘千里来相会。这话在我的身上得到了验证。在我们毕业时，我和许艳华只是在那天晚上单独地说了几句话，此后就没有单独讲过话。分别送走同学们之后，我在家里闲着没事做，想给她写封信，但她没有安置下来，没有地方收信。当时也没有现在的好条件，连电话都打不了，所以我陷入了单相思。

一天，我在家里实在没事做，心里像长了草似的，就想到市内的书店、交电商店等逛一逛。于是，我骑着自行车来到了吉林市河南街四商店（现在的东方商厦）门前。我把自行车放到存车处，沿着河南街由西往东走，刚刚走了十米，一个熟悉的身影突然出现在我的面前：只见许艳华在茫茫的人海中朝着我这个方向走来。她昂着头，挺着胸，美丽的大眼睛，高高的鼻梁，我一眼就认出来了。这不是我日思夜想的许艳华吗？我当时有点愣住了，简直不敢相信这是真的。当她快到我眼前的时候，我大喊："许艳华！许艳华！"她听到喊声，一下子愣住了！这时她也看到了我，我们互相打过招呼之后都笑了，就像是约好了似的。

原来，艳华从磐石来到吉林卫校找我们的班主任，要办理一些毕业以后的相关事宜。没想到，刚下火车走到河南街就遇见了我，我们真是缘分不浅哪！我想也许是老天在暗中撮合我们俩吧！

我们俩从四商店沿着河南街朝着大东门的方向走去，边走边谈。

我说："今天早上，我也不知道是怎么的，心里好像有什么事，就是想要到市里来，于是我来了，就这样莫明其妙地遇见了你！前几天，我还琢磨着怎么给你写信呢！"

"我前几天就定好了，今天到学校找李老师，来的时候我还想过，怎么能够与你联系上呢，没想到在这里遇见你了！"她回答我。

"这也许是老天赐予我们的缘分吧！"我回答说。

她看了看我，腼腆地笑了。

说着走着，我们来到了大东门，这时已经是中午，我对艳华说："我们吃点饭吧。"

她说："好吧。"

我们走进了大东门的"新新饭店"。当时我在经济上是很拮据的，没敢买炒菜，只是买了两角钱的小菜和八两大米饭。我俩就在寒风刺骨、说话都喷着热气的饭店里，吃着我第一次招待她的"美餐"。

那时虽然正值寒冬腊月，天气十分寒冷，但是，我们彼此的心都是热乎乎的，我们谈得那么开心，吃得那么香甜！

回想起那天招待她的那顿饭，我感觉真的有点对不起她……

那年的高考有两个特点：一是不通知分数，更不会公布录取分数线；二是考试后有录取希望的，才进行体检。

我又等了一个多月，才接到体检通知，我最担心的是在体检时出现什么问题。那天是爸爸专程陪着我去的，体检在我居住地所辖的吉林市郊区人民医院进行。

参加这种体检，我是第一次。每在一个科室检查，我就像过了一个大关似的，心里总是怦怦直跳。

最后来到主检医生那里，他问过我的名字，抬起头看了看我，然后让我走了几步，又让我做了一段广播体操。然后，他问我："你报的是什么学校？"我说："吉林卫校中医专业。"他说了一声"啊！"，而后拉开他的抽屉，找出一份文件看了又看。我凑近他，斜着眼睛看到，他拿出的是国务院关于高等学校体格检查暂行标准。我说："是在第二页第四条吧？"他听到我的声音，十分惊讶地看了我一眼，点了点头，表示听到了，然后对我说："你的体检，完事了！可以走了。"我向他礼貌地点了点头，退了出来。

体检以后，在家里等待录取通知书的日子真是度日如年，天天盼望着邮递员到来。

1978年农历正月的一天，一大早，一只喜鹊在我家门前的大树上一个劲儿地叫，爸爸妈妈在吃早饭的时候都说今天一定会有喜事。

爸爸妈妈上班了，弟弟妹妹们都上学了，我与往常一样，独自一人在家里等待着录取通知书。

快到中午的时候，一位身穿绿色服装、骑着绿色自行车的绿衣使者来到我家的院子里，我定睛一看，原来是邮电局负责我们家这段业务的邮递员——沈叔叔。我在初中二年级就认识他，当时我订阅的《无线电》杂志就是这位沈叔叔每个月按时给我送来的。

我看到沈叔叔，就知道一定是有好消息到来了。只见沈叔叔从他的邮递员专用的绿色大兜子里取出一封信件，匆匆地往我家屋内走来，我急忙迎了出去。沈叔叔见到我，说："立志！祝贺你呀！我给你送录取通知书来了！"我赶紧接过通知书，紧紧握住沈叔叔的手，连声说："谢谢！谢谢了！"沈叔叔跟随我来到了屋内。我给沈叔叔泡了杯热茶，与沈叔叔谈起了我这些天焦急的等待以及此时此刻高兴的心情，并且一再要求沈叔叔与我一起分享我的喜悦，于是留沈叔叔在我家里吃午饭。

我亲自下厨为沈叔叔炒

1980年，作者与同学在吉林卫校合影

了两个菜：一个是酥盐花生米；另一个是木耳炒白菜片。我们俩连吃带聊了一个多小时，沈叔叔才离开我家继续他的投递工作……

那天我真的高兴极了。这份"录取通知书"的到来，意味着我这个被折断了翅膀的小鸟即将插上知识的翅膀，再次到蓝天之上飞翔；意味着我已经成为一名国家正规院校的统招学生，即将再次进入吉林卫校系统学习医学科学知识；也意味着我即将成为国家干部，工作有保证，生活有保障。那时候，国家正规院校的统招学生毕业后由国家统一分配工作，有固定的工作单位，国家统一发工资，福利待遇等都随着本单位，生活上基本没有后顾之忧。

这次高考将彻底改变我的命运……

自从我接到"录取通知书"之后，前来祝贺的人接踵而来：有我的同学、邻居、朋友和远近的亲戚。

那些天，我们家里像过年一样热闹，每天总要摆上几桌招待前来祝贺的人们。爸爸、妈妈虽然很忙碌，但是，脸上总是挂着喜悦的微笑！他们知道，我考上了吉林卫校，就意味着有了固定的工作，今后的生活有了保障！同时也减轻了家庭的负担，减轻了社会的负担，我即将成为一个自食其力的人……

1978 年 4 月 14 日，我再次来到吉林卫校报到，说来也巧，我这次进入吉林卫校报到的地点还是双河镇。由于我们是国家恢复高考之后的第一批考生，入学是在寒假之后。原有的在校毕业生还没有离校，学校的校舍不足，所以我们的入学地点就暂时被安排到了永吉县的双河镇。

这次与我们一起来到这里的还有我们上一届中医班的大哥哥、大姐姐们。与他们在一起，我总觉得有共同语言，有一见如故之感。

刚上中医理论课的时候，与我前一年在"赤脚医生班"里学习的课程大不一样，中医专业所学的很多东西都是很抽象的，看不到，摸不着。中医班首先开设的课程是《中国医学史》和《中医学基础》。上《中国医学史》的时候，我觉得还可以，就像学习历史一样，看得明白，听得懂，记得扎实；当上《中医学基础》的时候，我就有些糊里糊涂了。

为我们教学的是吉林卫校中医教研室资历最深、教学水平最高的佟吉太老师。下课后，老师问我们："你们能够听得懂吗？"我们回答："听不懂！"老师说："都有这个过程。那我上课的时候再仔细地给你们讲，你们慢慢地就能够听得懂了，学习中医就得先过古文关。"

等到第二次上课时，佟老师就放慢了讲课的速度，逐字逐句地为我们讲解，把古文逐一地翻译给我们听，一直到我们听明白为止。

学习中医必须背诵老三样：《四百味》《汤头歌》《脉诀》。我们也不例外。大家既然来到了中医班学习中医，就要尽快地转变思想，进入中医这个古老又富有生命力的科学领域。

于是，我们借来了《四百味》，买来了小的记事本，一味药一味药地用手抄下来，每人都抄一二百条。然后，我们在早自习和晚自习，都出来到双河镇的河边上，边走边背诵。

就这样，我们在双河镇学习了一个多月之后，才返回了位于吉林市市区的总校区。

在我们这个班刚刚开学的时候，我们的班主任马英霞老师曾经征求过我的意见。她说："赵立志，我看过你的档案，你是咱们学校的毕业生，曾经做过学习委员、团支部宣传委员，我打算还让你做这些工作，你看怎么样？"我说："马老师，我这次能够重返吉林卫校学习已经很知足了，这次回到学校就是来多学习一些专业知识的，您在安排班级干部的时候请不要考虑我，班级和学校有什么事情我都会尽心尽力的。"所以，在这个中医班里，我什么职务都没有担任。

但是，学校的学生科知道我爱好无线电后，就把学校的广播室交给我来管理。每天早晨，同学们都要来到学校的操场做早操，我给同学们播放广播体操的乐曲。学校每周一期的黑板报也有我的任务。除此之外，我还要帮助我们班级布置教室，书写标语、墙报，这些我都义不容辞地完成了。

回到吉林卫校的总校区后，我们更加努力学习，在一些有中医基础的同学的带领下，我们提前开始背诵《伤寒论》原文。每天的晚自习，同一届的西医班的同学都在教室里看书学习，而我们中医班的同学则在外边走着背书。

当时我们从吉林卫校出来，沿着桃园路利用路灯的灯光，边走边背诵《汤头歌》和《伤寒论》，一直走到现在的岔路乡转盘再转回来，往返大约有3公里多。当走回学校的时候，也快到下晚自习的时间了，我洗漱之后躺到床上的时候还要回忆一下当天背诵的内容。西医班的同学都戏称我们是"老学究"。

就在大家都废寝忘食地学习时，我们班的一名同学却因为过度劳累，得了蛛网膜下腔出血，住进了医院。

他叫王宪忠，是我们班入学以来背书最多的一位。在一个晚自习之后，他先是感到头部不适，然后是剧烈的头痛。我们连忙找到当晚值班的老师，迅速扶着王宪忠赶到了吉林卫校的附属医院。值班的老师火速找来内科主任会诊。经过腰椎穿刺，他被诊断为"蛛网膜下腔出血"，立即住院治疗。

王宪忠同学为人老实忠厚，生活俭朴，学习刻苦，乐于帮助别人，积极参加班级的各项活动，每次考试成绩都在全

1979 年，作者与同学合影

班名列前茅。我们大家都为他捏了一把汗，生怕他有生命危险！

我们全班的男生以两人为一组分成了若干个小组，每天的晚上，前半夜一组、后半夜一组，大家如同亲兄弟般轮流护理着他。

经过近半个月的精心治疗与护理，王宪忠的病情有了很大程度的好转，一个多月后他就出院了。但是，学校学生科不允许他上课，他还需要慢慢恢复。

同学们还是轮流照顾他，有的为他打饭，有的下课为他介绍班级上课的情况，为了使他不感到寂寞，有的同学还从家里拿来了收音机……

可惜的是，过了一个多月，王宪忠由于过度劳累，疾病复发了。这次，他发病很重，直接住进了吉林市中心医院。当时正赶上我们期末考试，时间很紧，但是大家还是一如既往地轮流护理王宪忠。这次他一直住到了病情彻底稳定。

但是，他已经生活不能自理，我们学校决定将王宪忠交给他户籍所在地的民政部门来照顾。送走王宪忠那天，我们班的全体同学都来到学校的

大门口，恋恋不舍地为他送行。毕业40多年后我才打听到王宪忠的消息：当年，当地民政部门安排他在当地公社卫生院做力所能及的工作，一直到退休。他终身未婚，退休之后又被组织上安排到当地的敬老院居住，并担任保健医生。

2019年，我们的班长孙佰桓、孟宪芬、孙桂萍专程去看望过他。

在学校的那些日子里，我们过得还是很开心的。记得每天上午的第四节课快要下课的时候，就能够听到后面的同学收拾饭盒的声音，这是他们准备一下课，就快速跑到食堂排队。

因为那个时候，在学校学习的同学特别多，四五个班有200至250人，中午如果去晚了的话，就没有好菜吃了，所以同学们才都争先恐后地去打饭。

在吉林卫校，我们中医班背书是出了名的。如果临近期中或者期末考试，在学校的操场上、教师住宅的房前屋后都能看到我们班的同学，在背诵那些古老的中医理论，以迎接各种考试的来临。

凡是学校里组织的活动，我们班级都积极参加，并且取得好成绩。比如春季长跑，我们班的周成江、闫柏儒同学分别取得了第一名和第二名。这些活动中，我不能直接参加，但是我做宣传和后勤工作。在他们进行比赛的时候，我就骑上自行车，伴随着我们班的运动员跑完全程，在精神上给予他们鼓励。

中医班学习中医理论和部分临床诊断课程很快就告一段落，我们于1979年的春天，开始了为期三个月的中医专业实习。

我被分配到距离我们家很近的吉林市龙潭区中医院门诊实习。我住在我姑姑家，因为姑姑家与龙潭中医院只有一墙之隔。

　　说句心里话，刚刚来到医院门诊的时候，我真的感到忐忑不安哪！带我实习的老师是龙潭中医院的副院长崔向荣老中医。

　　崔老师为人老实厚道，学识渊博，话语不多，脸上总是挂着笑容；他擅长妇科、内科，临床经验非常丰富。

　　我跟随他实习，学习到了很多书本上学习不到的东西。这次的实习与我1975年在昌邑区第二人民医院学习时大不一样了，这次我是经过学校正规系统学习之后，才来到这里的。我已经知道了怎样与老师沟通，怎样

1979年，作者与同学合影

接待患者，怎样给老师抄写处方。

每天早上，我早早地就来到门诊。打开门以后，我先把崔老师的桌子、椅子、窗台、地面擦洗干净，再把所有的物品摆放整齐。直到这一切都准备完毕，我才赶紧把当天要向崔老师提出的问题准备好。

崔老师很相信实习的学生，他让这些学生独立接待患者。刚开始的时候，我们心里一点底都没有，有的时候心里总是不安，这时候崔老师就会鼓励我们。

我第一次接待患者的情景至今还记忆犹新。

我接待的是一位老者，他进来的时候什么都没有说。我问他："老人家，怎么了？"

他把手往前一伸，把手腕放在脉枕上。我又问了一次："老人家，你怎么了？"他看了我一眼，说了一声："看病！"随后把手又往前伸了一伸之后，就不吱声了！

无奈之下，我只好把号脉的三根手指轻轻地摁在了老人家的寸、关、尺上。正当我细心地品着脉象的时候，突然，我觉得老人家的脉搏跳着跳着就丢了一个，这是早搏，属于中医脉学上所说的"结代脉"，这个老人家的心脏一定有问题。于是，我把他两只手的脉都号过之后，对老人家说："大伯，你的心脏有点不好！"老人家听我这么说，惊讶地望着我，点了点头。老人家说："是呀，我的心脏是不好啊，小伙子，你的脉条不错呀！"接着，他就把他的一些临床症状统统都说了出来。

这是我第一次独立接待病人，并且取得了成功，心里特别高兴。

我是一个愿意交朋友的人，中医院的老师们都很喜欢我，我也很尊重他们，在这里实习期间，我又结识了很多的业内朋友。

在我实习期间，龙潭中医院组织了业余日语学习班，我为了充实自己，每天都去参加，这样，每天回到姑姑家就已经快半夜了。

看到我已经长大成人，又考上了吉林卫校的中医班，姑姑很高兴，非常愿意我在她家里住。姑姑的工资不高，每个月只有 50 多元钱。我在她家里吃住都是不花钱的。记得有一次，姑姑背着姑父给了我 5 元钱，鼓励我好好学习，让我用这 5 元钱买点学习用品。

这 5 元钱的事我一直记在心里，并由衷地感激着姑姑！

来到中医班学习之后，我与许艳华的书信来往就更加密切了，我们的恋爱关系也越来越明朗。

我们的书信，基本上是半个月一个往返。我每次书信的内容除了一些问候语之外，就是介绍一下我这些日子学习的情况，还有一些自己的心理感受和思念。在每次发出信件之后，我总是盼望着早日收到她的回信。每天上午第二节课一下课，我总是急急忙忙地来到学校的收发室，查看信件。那段时间我的心里总是甜滋滋的，有一种说不清楚的滋味。如果收到了艳华的来信，我就找到一个没有人的地方拆开信封偷偷地看，寻找着那字里行间的情感，品味着每一个字的内涵，每次总是把来信反复看几遍，生怕有漏掉的词语没有看到！

我每次给她写回信，也是趁早上同学们做早操的时候，我自己一个人躲在学校的广播室里，像写作文似的，逐字逐句地斟酌着给她写回信，每次回信都得写三四页稿纸。雪白的 16 开稿纸有绿色的格子，排列得整整齐齐，像一个个士兵守护着"稿纸王国"。我在这小小的绿色格子里抒发着心里的思念。再次进入吉林卫校学习时，这样的书信恋爱，我们进行了 3 年多，我总共收到她的来信有 39 封。我至今还保存着这些信件，这是我们爱情的见证。

许艳华为了将我们的关系早点向家人坦白，也是费尽了心思。她先是向自己的姐姐说明了情况，请姐姐在适当的时候透露给她爸爸。

1979 年的寒假，正值正月，艳华的大姐领着 7 岁的曹万良（许艳华的三外甥）打前站，从哈尔滨来到我家串门。

当时，我家已经有了新盖的三间大瓦房，坐北朝南，独门独院，还有东西厢房、永久菜窖、大院套以及我与弟弟们修缮的大门楼。她姐姐到来的那天，我从朋友家里借来了电唱机、唱片，为初到我家的未来大姨姐、三外甥增添点喜庆气氛！

爸爸妈妈非常热情地接待了他们，还为他们包了饺子。看起来，他们对我家和我的情况是满意的。大姐回到哈尔滨之后把所见所闻告诉了她们的爸爸。

艳华的爸爸是一位十分开明的老人家，他是一名教师，有文化，有修养，看待事物深远而透彻。

1979 年的夏季，艳华终于鼓起勇气把我们的事情向她爸爸说明了。她爸爸没有责怪她，且要求在适当的时候到我们家里来看看。

放暑假的时候，她的爸爸和姐姐以及外甥再次来到我们家。

爸爸从工作单位借来了一台"北京牌"小汽车（这时爸爸已经调到吉林市郊区社队企业局工作），陪了我们一整天。我借来了照相机，领着她的爸爸、姐姐、外甥到吉林松花湖旅游风景区游玩。

我们乘游船游览了松花湖。湖面碧波荡漾，白帆点点，宽处烟波浩渺，一碧万顷；窄处两面巨石，倒影如墨。周围山环水绕，多数时候，湖面风平浪静，山形倒影，具有中国山水画般恬静的柔情。"水明三峡少，林秀西子无，此行傲范蠡，输我松花湖。"老人家吟诵起了著名诗人贺敬之的诗句。我们游览了五虎岛、金龟岛、骆驼峰等，老人家以及姐姐、外甥玩得都很开心！

中午，我们来到位于吉林市东市场的朝鲜族饭店，请客人们吃朝鲜族大冷面，品尝吉林市的地方特色饮食。下午，客人们游览了吉林北山的玉皇阁、关帝庙、旷观亭，然后登上了北去的列车……

这次她爸爸与姐姐的来访，使得我的家庭以及我自己的全貌完整地展现在他们的面前。我们家热情周到的接待，深深地打动了他们，他们承认了我，接受了我，完全同意了我们俩的事！

在此，再次感谢爸爸和姐姐，是你们成全了我们的爱情和婚姻，成就了我们幸福的家庭！

今生今世我都会珍惜这份美满的婚姻，珍惜你们赐予我的贤惠漂亮的妻子以及我的幸福人生！

1979 年的暑假，我有了一个大胆的勤工俭学计划并付诸实施。

我借来了一架上海产海鸥牌照相机，买来了一些 120 胶卷（黑白的），自己制作了一个简易的洗相箱，又买来了显影剂、定影剂、竹镊子、手电筒等物品。

这个计划的目的地是我"赤脚医生班"的同学、家住磐石县富太镇的杨传东家里。当时，杨传东的妻子刚生完孩子两个多月。为了给杨传东的妻子送点利于"下奶"的见面礼，我特意求我们班的回族同学马冠儒到食堂帮助我买来 10 斤挂面（回族同学有特殊政策才能买来挂面）。

我与杨传东联系好之后，带着照相器材等乘火车来到磐石。当时的交通条件很差，到磐石下车以后，杨传东同学骑着自行车带着我，骑了 30

多公里才到了他家。

杨传东的家在半山腰上，三间新盖的砖面草坯房，坐北朝南，在风景秀丽的山区格外醒目。房子的后面是高高的大山和茂密的树林。房子后院种了很多果树和蔬菜，前面的院子分别是猪圈、鸡舍、鸭舍和库房。杨家的小日子过得还真不错，可以说丰衣足食！

我的到来给杨传东家增添了很大的麻烦，杨传东特意把他们夫妻居住的北屋给我腾了出来。

来到这儿的第一天，我就给杨家照了一张全家福，接着又给他们家的左邻右舍照了一些照片。我照完一卷胶卷以后，马上进入小北屋——我的临时暗室（把所有的窗户遮挡好），快速把胶卷冲洗出来，等待底片晾干以后，使用我的简易洗相箱洗出他们的全家福。当我把照片拿给他们的家人观看时，他们都很高兴。

第二天，杨传东骑着自行车带着我，来到了距离他家很远的一个小村子的一位亲属家里。他的亲属派家人跑遍全村，告诉大家说："吉林来照相的了，在我家里，价钱不贵，及时方便，明天就取照片！"

那个年代，农村的老百姓很长时间不出村子，尤其是老年人、病人、孩子很长时间都没照过相了，我的到来真的给他们带来了很大的方便。我帮他们照全家福及老人单独的家庭照、哥俩照、姐俩照、父子照、母子照、婆媳照，五花八门，热闹非凡。

我给所麻烦的这家，照了全家福，还照了很多合影，这些都是免费的。因为我除了麻烦他们给我找顾客以外，还得在他们家里吃两顿饭。他们这样招待我，我也应该有所表示呀！

就这样，每天忙忙碌碌工作着，我在这里总共工作了30多天，照了很多的照片，获得了一定的经济收入，可是，等回到学校我算了一下总账，结果是收支平衡，不赔不赚，白忙活了一个暑假！

但是，我的收获是多方面的。这是我考学以后的第一次社会实践活动，我又一次体验了挣钱的艰辛。

这次出来给杨传东家里增添了不少麻烦，我由衷地感谢他们！这么多年过去了，我们这种真挚纯洁的友谊一直保持着！

时间来到了 1980 年 5 月份，这时我们已经完成了全部理论课的学习，进入了毕业实习阶段。我与另外 3 名同学被安排到距离我家很近的吉林化学工业公司职工医院实习。

这所医院地处吉林市江北化工区，医院规模大，设备齐全，人员素质高，是当时"白求恩医科大学"的教学医院。

根据我们的实习计划，我们将分别到医院的中药房、西医内科门诊及病房、西医外科门诊及病房、针灸科、中医科门诊及病房实习，历时 6 个多月。

我按照自己的计划，先到医院的中药房实习。由于我对于中药房情有独钟，很快就熟悉了医院中药房的业务，与中药房的老师打成了一片。每当有药方到来，我都抢着来抓药，中药房的老师们也都很喜欢我。这段时间，我过得很开心，收获也不小。在中药房实习期间，我还陪着我们班的吴正守同学去相亲呢。

吴正守是朝鲜族人，年龄比我大 3 岁，家住外地，哥哥在江北吉林冶金机电设备厂子弟中学任教，身边没有老人，单身一人，条件很好。

这一情况被中药房一位朝鲜族的尹老师发现了，这位老师就找到我了解详情。我在述说了吴正守的情况之后，也了解了一下女方的情况。

她是独生女，家有老爸、老妈，她在工商银行工作，年龄比我还小1岁，条件对于老吴来说是蛮不错的。我把我了解到的情况一五一十地向老吴进行了汇报，并且说出了相亲的具体时间。

　　一个星期日的上午9点多钟，我与老吴应约来到了吉林化学工业公司职工医院门前，被尹老师（婚姻介绍人）引导着来到了公司住宅的三楼。

　　进入房间后，我们坐在一个双人的床铺上，与对方老人与姑娘见面。介绍过双方之后，我说："这时处对象，介绍人只是一个引荐，以后得靠你们进一步的了解和相处了，我们就等着喝你们的喜酒了！"说着，我就与尹老师退了出去。

　　从那以后，每当星期日，老吴就有人招待了。我看到老吴的结果，内心里很高兴，因为这里面也有我的因素哇。

　　吉林化学工业公司职工医院的老师为人正直，待人和蔼可亲，对学生要求严格，对学术一丝不苟，这对于我们这些还没有参加工作的年轻人来讲是非常重要的。老师们的一言一行，深深地影响着我，老师们的点滴指导，使我受益终身。

　　在这段时间里，我结识了吉林化学工业公司职工医院中医科的主任张景祥老师、中医科的孙德龙老师、针灸科的赵宗江老师和韩立鼎老师、西医内科的孙鹏山老师和李兴吉老师等。这些老师的感人事迹，在我后来的工作当中时时激励着我。

　　在我们实习期间，他们邀请了长春中医学院的李树堂、程绍恩两位教授来吉林化学工业公司职工医院讲学并且合作搞科研，科研的题目是"中西医结合治疗胆系感染临床疗效观察"。

　　记得在这两位教授来到吉林化学工业公司职工医院的时候，我们有幸零距离地接触到了他们，当面向他们提了一些问题。我们还与这两位教授一起驱车到吉林市医学会，聆听了他们的学术报告。在这次临床实习过程当中，理论联系实际的学习收获是很大的。

在中医科门诊实习之后，我来到了针灸门诊实习。

我在这里结识了全国劳动模范赵宗江老师，又结识了吉林市知名的针灸专家韩立鼎老师，他们是我的针灸启蒙老师。

赵老师在针灸治疗乳腺增生方面有着独到的治疗方法，为很多乳腺增生的患者解除了病痛。他为人和善，态度和蔼，说话语调不高，非常谦虚。我在针灸科实习期间，他把用于治疗乳腺增生的穴位、方法都毫不保留地传授给了我。

另外，赵老师还利用业余时间，为吉林化学工业公司的职工与家属提供无偿的上门针灸服务，这一点深深地打动和感染着我，我暗自下定决心，向他老人家学习，将来做一名让患者满意的医生！

韩立鼎老师是一位由儿科转行到针灸科的西医大夫。韩老师为人倔强，工作认真，治学严谨，对实习学生要求严格，对技术精益求精，一丝不苟。

实习期间，从这两位老师身上，我学到了很多书本上学不到的东西，它们对于我的成长起到了积极的促进作用。

在针灸科实习的这段时间里，我实习认真，工作努力，又很尊重各位老师，所以我得到了韩老师的赏识。其间，韩老师先后传授给我用于治疗"面神经麻痹"的穴位、治疗斑秃的穴位和梅花针敲击法以及他在临床实践当中总结出来的用于治疗脑血栓的特殊穴位。临床实习虽然短暂，但是，我的收获是很大的。

1980 年的冬天格外冷，为了御寒，我把舅舅退役时戴的棉军帽要来了，正是这顶棉军帽差点给我惹来杀身之祸！

这年冬天的一个晚上,我从女朋友许艳华家往家里赶(那时我们家已经搬到了城里)。下公交车以后,要经过一段漆黑的路程,大约400米,其中还要过一个立交桥。这里很偏僻,几盏路灯发着萤火虫似的灯光,空气当中夹杂着化工厂里散发出来的不知成分的怪气味,西北风吹得脸面刺骨地疼,来往的行人寥寥无几。我下车之后,急急忙忙地走过立交桥那段漆黑的路,刚刚从桥洞中走出30多米,就听到后面传来"站住!站住!"的喊声。我顺着喊声看去,只见从火车道的路基上面跑下来一伙人,跑在前面的几个边跑边喊,手里还挥动着枪一样的"武器"。当跑到我面前的时候,其中一人严厉地喊道:"把帽子摘下来!把帽子摘下来!"

我被这突如其来的"打劫"惊呆了!心里想:好汉不吃眼前亏!自己没有反抗能力,根本不是这些人的对手,我还是破财免灾吧!

于是,我顺手把我心爱的帽子摘了下来,交给了最先跑到我面前的那人。

那个跑在最前面的"劫匪",右手端着一只自制的火药枪,左手抢过我摘下来的棉军帽。

"怎么的,他还不愿意给呀?"从后面跑上来的一个"劫匪"边喊边跑到我们面前。看到他的同伙抢了我的棉军帽,他不由分说,从同伙那里抢过我的那顶棉军帽,戴到了自己头上,领着他的同伙向远方跑去,很快就消失在茫茫的黑夜之中……

第二天,当孙老师听我讲述头一天晚上的遭遇后,拍了拍我的头,说:"一顶军帽能值几个钱?如果你挨他一枪,那后果就严重了!你做得对!"孙老师一个劲儿地表扬我!

过了很多年之后,我才从小弟弟那里得知,那个最后跑上来的"劫匪"是我的一个远房表弟。他们家刚刚返回城里,此前我们两家也多年没有来往,我们俩互不认识,于是发生了他在漆黑之夜把我这个大表哥"打劫"了的事情。

这件事情使我的这个表弟在之后的好多年里一直不好意思见我，更不好意思提及此事。

实习期间认识的孙德龙老师还赠给我几首诗，以资鼓励，下面我写出来，以回忆那个年代师生之间真挚的情感，同时也缅怀这位朴朴实实的启蒙老师！

以下是他1980年9月12日的三首赠诗：

正是英雄用武时

东风浩荡飘红旗，红梅盛开花满枝。

战场勇士跨骏马，正是英雄用武时。

望尔修身为人民

攻读岐黄苦寒心，望尔修身为人民。

勤朴好学实可贵，他年幸福莫忘贫。

无　题

医明阴阳五行理，始悉天地民病情。

四经不厌千回读，熟读精思理自明。

6个月的实习生活很快就结束了，1980年12月，我们回到了吉林卫校，参加了全校的毕业典礼，拿到了大红烫金大字的毕业证书。我们很快就要被国家人事部门分配到省内的各家医院，成为拿着政府所发工资的国家正式干部了！这一切，都意味着从此我们就有铁饭碗了！

不过，由于我们是恢复高考之后的第一届毕业生，所以，这届毕业生的分配被延长了3个多月。

1981年3月，我们收到吉林市人民政府人事局的分配调令，我与女同学富忠萍被分配到吉林江北机械厂职工医院。

1981年4月13日，我与富忠萍来到吉林江北机械厂干部科报到。

吉林江北机械厂是一所军工厂，工厂大门都是由部队的军人站岗，工人们出入工厂大门都要出示证件；骑自行车的必须下车出示"工作证"之后，再骑上自行车出入厂大门；外来人员需要在收发室登记，出门的时候还要拿着所去办事单位签发的"出门证"才能走出工厂大门。

我们在工厂大门的收发室办理完手续，顺利地来到了厂部大楼四楼的干部科。一位孔姓工作人员接待了我们，并向我们介绍了这座工厂的历史、性质、特点，同时还对我们进行了保密教育。

他告诉我们，我们的试用期是1年，在此期间，我们的工资是每月35元，转正以后的工资是43元。他叫孔繁明，多年以后，我们成了好朋友。

自己能够挣钱的日子终于来到了！

这时我与女朋友许艳华已经恋爱近5年，我们都已经是大龄青年了。因此，家里安排我们在1981年5月2日举行结婚典礼。

在我忙碌筹备结婚期间，富忠萍同学已经在报到的第三天就到职工医院正式上班了，她被安排在中医科门诊那唯一一个空缺岗位上。

等到我上班报到的时候，中医科的岗位已经满员。我被医院安排到理疗室负责针灸理疗工作。

这所医院有着光荣的历史，它始建于1949年，几十年来，为军工企业职工与家属的健康做出了积极的贡献！

　　医院里的医务人员，有很大一部分是从部队转业来到地方的。20 世纪 50 年代中期，新中国培养的前几届医学院校毕业生当中的几名优秀学生，被分配到了这所医院，他们现在都已经是各科的主任和学术带头人了。

　　医院依山而建，其建筑呈口字形。前面的主楼是一座二层的小楼，坐西朝东，一楼是门诊，二楼是内科和儿科的病房。后院是外科与妇科的病房。行政办公室在二层小楼左侧的一排平房中，二层小楼的右侧是吉林江北制药厂的一个车间。

　　在后院外科病房的前方有一幢正在建设的楼房。这是一幢四层高的楼房，土建工程已经基本结束。大楼建成之后将使吉林江北机械厂职工医院的住院床位达到 200 张左右。

1977 级吉林卫校中医班全体毕业照

我来报到的那天，医院办公室的秦万良主任带着我来到理疗室。

理疗室有两位同志，负责人是谢成业，还有一位女同志蒋淑英，他们都是从部队转业来到地方的。理疗室还负责管理电诊室，负责电诊室的是冯吉仁同志，她既做心电图又做超声波。那时医院科室的设置还很不规范，我们理疗室隶属于基础科。当时医院的基础科由 X 光室、化验室、理疗室（含电诊室）组成，主任是王若华同志。

在刚刚上班的那些日子里，我总是怀疑自己的医疗技能。每天看着老同志们怎样接待患者，怎样操作各种理疗设备，我只能做一些辅助的工作，比如理疗结束时帮助把电源停掉等。

遇到需要针灸的患者时，我先是偷偷地看一看针灸挂图上的穴位，在脑海当中拟定一套治疗方案，选定几个穴位之后，再拿起针灸针和酒精棉球，到患者的身上实际操作。由于我毕业实习时的实际操作很扎实，所以，我最初接诊治疗的几位患者对我还是很认同和接受的。

那段时间，我每天都把《针灸学》带在身边，工作的时候把它放在写字台上，没有患者的时候就拿出来看一看。这种理论联系实际的操作，使我在很短的时间之内就能够胜任理疗室的全部工作。这时的患者也逐渐地接受了我，找我针灸治疗的人也渐渐地多了起来。

我家于 1979 年 8 月从乡下搬到了城里——龙潭区的东岭屯，在这里购买了一幢泥瓦房，50 多平方米。

当时爸爸妈妈都已经在吉林化学工业公司化肥厂工作。爸爸在厂房建科任工会主席兼材运科科长，妈妈在厂单身宿舍工作。购买这幢房子主要是为了方便爸爸妈妈上班和弟弟妹妹上学。

1981年5月2日，我的婚礼就在家中举行。

20多年来，我们家里第一次办这么大的事情。我结婚那天，亲戚朋友们一大早就骑着自行车，排成长队行驶在通往我家的马路上，我坐在接亲的车上，很远就看到了这一幕！远道的亲戚提前一两天就来到了我家，我们当地叫作堂客。

我的婚礼既简单又热烈，当时在我们家的院子里搭了大棚子，摆放酒席。我提前请人录制了喜庆的唢呐独奏曲，录音机里的音乐通过我自己改装的扩音机（我家的收音机），再通过我自制的大音箱播放出来。我家院子里那喜庆吉祥的音乐很远都能听到，引得邻居家的孩子们都来看热闹。

那天，正赶上一个阴雨天，一大早就淅淅沥沥下起了雨，但整个接亲的过程中却没有下雨。

那天，我穿着打扮很土气，一套深蓝色毛料中山装，一项借来的草绿色军帽，您看看我的这身打扮，多好笑哇！我与唯一一位来参加我们婚礼的同学刘学信一起接的亲。

我们当时只借来一辆12人座的小客车来接亲，但接亲与送亲的人加起来远远超过了12人，尽管这么拥挤，我还是把新娘接到了家里。

我的妻子许艳华家中姐妹四个，她是最小的，三个姐姐都出嫁了。也就是说她出嫁之后，她的老爸即我的岳父就孤身一人了。为了解决岳父独居问题，早在3年前我老爸就有所考虑……

那是我再次进入吉林市卫生学校学习的第二年，1979年，我当时的女朋友许艳华已经来到吉林市打工，家里只剩下她爸爸一人。我老爸为了让他们父女能够生活在一起，主动提出要把他们家从遥远的哈尔滨郊区搬到吉林市来，他们全家都同意了这个建议。于是，我们在龙潭区江北棋盘街帮助他们选择了一幢房子，她爸爸花了 300 元钱购买了下来。

这是一间泥草结构的房屋，屋内还很好。红松地板上刷着红色油漆，干净又明亮，室内墙面粉刷着白色石灰浆，墙围子刷着半米高的蓝色油漆，顶棚用蓝色花格纸糊制而成，两扇窗户明亮透光，室内采光很好。这些都是我与未婚妻利用一周的时间赶制而成的。

搬家那天，爸爸从原来工作过的吉林市郊区砂石场借来一辆卡车，一大早就赶往 250 多公里以外的哈尔滨郊区，把我未婚妻的家搬了过来，住进了这幢房子里。

我的老爸非常明白事理，在我结婚之前就与我岳父协商说："我有三个儿子，立志他们结婚，我按照娶儿媳妇来举办，婚后，立志他们回你的家里，与你生活在一起！"岳父表示很满意！

所以，结婚之后，我就住在我刚才介绍过的这间房子里。

爸爸为我结婚定制的家具有：大衣柜、高低柜、写字台、全包沙发、油漆茶几。我还记得，我们那个大衣柜两边的立式玻璃门上，是我的表姑父王景发特意为我精心制作的立体玻璃艺术画，他可是当时吉林乃至全国的书画名人。

整个婚礼都是在我们家举行的，但是当天晚上，我们就回到了岳父他们居住的那间泥草房。

在那个年代，结婚仪式上是没有司仪的，把新媳妇接回来之后，先来见我的父母，接过改口钱，之后我们这边的亲属代表们就热情地招待着新亲，为他们点烟、沏茶、端糖、送瓜子等。

不久，外面棚子里的酒席开始上菜。酒席宴的桌子刚刚摆好，天上的雨就下大了。当天参加婚礼的亲友，有的躲在房檐下，有的躲在雨搭里，有的打着雨伞站在院墙边，好不热闹！防雨的苫布也不严实，有漏雨的地方，有的雨水已经滴到了菜盘子里，有的滴到了酒杯里，这真是天雨来贺喜呀！ 40 多年过去了，当年参加我婚礼的同学每当提起那天的事，还是记忆犹新。

有人说：结婚赶上大雨天，这个媳妇厉害！还有人说：结婚遇上大雨天，意味着细水长流，今后的日子越过越红火！

这些传说在我们结婚之后的日子里逐一得到了验证……

在我提笔写这段恋爱历史的时候，我找出了老伴许艳华当年回复我的39封信件。

这些信件记载着当年我俩的恋爱史。这些信件的封面留着当年的历史痕迹，信封有的是当年电影《海岛女民兵》的剧照、革命现代京剧《杜鹃山》的剧照，贴的都是中国人民邮政发行的8分钱邮票。这些信件有的留有潮湿浸润的痕迹，有的留有边角被老鼠咬过的痕迹，装这些信件的包装袋是当年磐石县人民医院X光软片袋。这些信件总能引起我对那段美好时光的幸福回忆……

这些信件我始终视若珍宝，精心地保管、珍藏了40多年。这是我俩真诚相爱的见证，是我俩恋爱的纪实，是无价之宝！我们结婚之后搬过10次家，每次我都在搬家之前把这些信件打包放在最安全的地方。

打开40年前的书信，闻着那有些发霉的气味，看着那发黄的纸张，我仿佛又回到了1977年……

试想，一个身体有残疾的20岁小伙子，贸然给一位身体健全又漂亮的姑娘写信，这需要多么大的勇气与自信哪！

其实，平时我就多次主动接近她，在班级各种活动之中，我都努力做好，努力表现自己。

记得有一次，许艳华患了美尼尔氏综合征，头目眩晕、耳鸣、恶心、呕吐、全身乏力，无法站立行走了。当时正赶上学校要求同学们到附近的山上去采集蕨菜，我自然上不了山，她也因病留在了学校。

当天的中午饭是我到食堂给艳华打来的饭菜。等她的身体状况稍稍好一点了，我们就到教室一起讨论课程，我给她补了因为生病落下的课程。

补完课后，我主动与她交谈，有意地向她介绍我的性格、兴趣爱好、理想、家庭。

记得我们将要离开永吉县双河镇卫生院去往磐石县医院的那天早上，吉林卫生学校从吉林市开来了一辆解放牌卡车。

我们得自己装车，在给同学们往车上装行李的时候，我的涤纶上衣挂到了卡车的货厢扶手上，破了一个大口子。到了磐石以后，我悄悄找到了许艳华同学，请她帮我把挂坏的衣服缝好。她二话没说就拿到她舅舅家，使用缝纫机帮我缝好了衣服。我内心对她就更有好感了！

······

4年多的书信来往中，我们互相写了60多封信。在这个过程中，我们确立了恋爱关系。又过了几年，我们走进了婚姻殿堂！

我们结婚之后，我才到吉林江北机械厂职工医院正式报到上班。

051

我们医院的王政院长是一位1943年以前参加革命的老同志，在工作中，他雷厉风行，亲力亲为。

1981 年，江北机械厂职工医院接收了毕业于吉林市卫生学校、吉林省卫生学校的医务人员 20 多人。我们这些年轻同志的到来，为这所老医院带来了勃勃生机。

在我上班 3 个多月之后的一天，王院长把我们几位刚刚参加工作的年轻同志找去开了个座谈会。会上，王院长说："小赵哇，你来到咱们医院好几个月了，对医院的印象怎么样？对医院的发展有什么建议？大家畅所欲言，好不好？"

刚刚走出校门的我毫无顾忌地说："院长，我先说。咱们医院位置偏僻，医疗设备简陋，新的住院部大楼交工以后应该再引进一些新的医疗设备，多送一些新参加工作的同志出去进修，以适应新的医疗发展。还有，咱们医院的工作量不饱满，我来这几个月，看到每天下午有一些老同志聚在一起唠家常，没看到几位同志看业务书，学术氛围不浓！希望从抓业务入手，提高我们医院的医疗技术水平！我这只是一家之言，仅供参考。"其他几位年轻同志也提出了自己的看法与观点。王院长一一做了记录，并对我们这些年轻同志提出的建议给予充分肯定。

吉林江北机械职工医院的领导很重视对年轻人的培养，在我来到医院 5 个月时，医院党支部研究决定由我担任医院的团支部书记。

这下子我的工作压力就更大了，除了每天接待我们科的针灸理疗患者之外，还要负责江机医院团支部的工作。此外，我还要与内科医生王景学同志一起完成医院每周一期的黑板报。

医院团支部是由我们新毕业的年轻同志们组成的，我任书记，化验室的刘淑娟任副书记，口腔科的宋铁宏任文体委员，药房的杨春和任宣传委员，护士邹秋萍任组织委员，大家对团支部工作的积极性都很高。

团支部没有经费来源，我们就要求各个团小组自己捡拾各科室疗区的废品，把它们卖到废品回收站，换到的资金留作团支部的活动经费。

有了资金后，经江机医院团支部委员会研究决定，我们于 1981 年的秋天组织了一次秋游，地点是吉林北山风景区。

由于是第一次组织团支部的集体活动，大家表示一定要将活动组织得丰富多彩。大家研究决定：我负责借一部录音机，宋铁宏同志负责借照相机，其他的支部委员负责安排活动内容、购买奖品以及活动物品。

活动的那天早上，我早早就起来，骑着自行车跑了10多公里，来到我的一位表姑姑家，把她家的三洋牌收录两用机借了来。除了当天值班的少数同志没能参加以外，其余的共青团员都参加了这次活动，大家玩得都很开心。

团支部研究决定，以这次秋游活动为内容出一期墙报。但我们医院没有洗相片及将相片放大的设备，那时也没有条件到照相馆里去放大。所以，我们只好自己买来照相纸、放大纸、显影剂、定影剂等，然后借江机中学的暗室去洗相片。我与宋铁宏同志、张嘉美同志一起利用业余时间，在江机中学的暗室里一张一张地洗印、放大这些照片，除了放大用于出墙报的大照片以外，我们还把活动当中每个人的照片都洗印了出来。我们将这次活动的照片挂在了医院的走廊里，走廊因此显得格外亮丽。

这一年，江机医院团支部的工作受到了吉林江北机械厂团委领导同志们的认可与好评，当年被吉林江北机械厂团委评选为年度"先进团支部"，我还被推荐出席了中国共产主义青年团吉林市委员会第七次代表大会！

我们医院是工厂的职工医院，在工厂里属于后勤服务部门，我们开展的医疗卫生服务工作都要围绕着工厂的中心工作，主要的服务对象是工厂的职工与家属。

1980年代初期，每年的3月份是"文明礼貌月"。在这个月里，工厂各个部门的团组织都要开展一些便民利民的服务活动。我们医院团支部十分积极地参与了这些活动。

记得在一次工厂团委召开的全厂各部门团委书记、团支部书记会议上，厂团委书记把工厂检验科为民活动地点安排在了我们医院里，其主要任务是给在医院住院的工人理发。我当时就提议说："医院有团组织，就不麻烦其他部门的同志们了。为住院的工人理发的事就交给我们医院团支部来完成吧！"

厂团委书记看到我主动请战，当即答应了我的请求。自打接到任务之后，我与杨春和、宋铁宏、曹宪民等同志就利用每天中午的闲暇时间，用我们那不成熟的技术，为一部分住院的工人理发。

每年的3月5日，我们都要上街为路人服务，我们与工厂的其他部门组成强大的服务队伍，地点就在江机文化宫门前的"郑州路"这条街上。这些团员们有的修鞋，有的修车，有的焊盆，有的理发，可谓八仙过海——各显神通！

医院团支部的主要服务项目有：医学知识广播宣传，测量血压、身高、体重，中医诊脉、针灸等。

为了参加"文明礼貌月"活动，我们需要提前做好各种准备。比如录制关于卫生知识的广播，我就得提前借来录音机、话筒，与化验室王主任协商，借来化验室的无菌操作间作为"录音室"，找来内科的团员医生林丽同志（她是我们医院的业余播音员）一起录音。

每次开展这样的大型活动，医院都给我们派车，为我们运送活动所需的物品。医院党支部书记张金凯同志每次都一直陪到活动结束。

这些活动我们都是利用星期日等休息时间进行的，年轻的医生和护士们热情地接待着每一位前来咨询与测量的患者。每次的"文明礼貌月"活动，医院团支部都受到了厂团委的表扬和表彰！

为了活跃人们的业余文化生活，共青团组织准备推广交谊舞，他们打算首先在年轻人当中推广集体舞。为此，吉林江北机械厂团委计划组织集体舞大奖赛。

这个大奖赛可把我难住了。集体舞需要男女搭配，我们医院里女同志多，男同志少，集体舞根本组织不起来。工厂团委组织的活动我们还不能缺席，因为我们还要争取"先进团支部"呢！正当我犯愁的时候，工厂19车间的团支部书记刘志勇来找我们合作。

原来19车间是机械加工车间，车间里的年轻人大多数都是男性，正缺女性舞伴。"好！太好了！"我连声说道。

于是，我们医院团支部出女舞伴，19车间团支部出男舞伴，每天利用下午的空闲时间在我们医院的大会议室里练习。尽管院长在院务会上讲过了，同意在工作时间内抽调女同志参加集体舞练习活动，但我还是与各科的护士长或者科主任一一打招呼，为她们请假，这项活动得到了各科护士长与科主任的大力支持。

半个多月的练习终于换来了丰硕的成果：我们医院团支部与19车间团支部共同组成的联合代表队，在比赛中获得了"优胜奖"。我们这种组合方式，还得到了大会组委会以及吉林江北机械厂团委的表扬！

1981年9月，吉林江北机械厂职工医院与吉林职工医科大学联合办学，开办了一个护士班。这个护士班为3年学制，在江北机械厂内部招生。吉林职工医科大学负责命题、考试、判卷、录取，由吉林江北机械厂职工医院组织教学、授课。教学大纲由吉林职工医科大学给出，教师从吉林江北机械厂职工医院派出。我被选中教授中医与针灸课程，总共80课时。

这次授课对我也是一次考验与历练，我欣然接受了这个任务。由于当时我的职称只是中医医士，所以我讲课的薪酬只有每课时8角钱，真是少得可怜！但是，相对于我当时每月35元的未转正工资，这可是一笔可观的经济收入哇！

每天回到家吃完晚饭，我就拿出中医学的教学大纲，一节一节地备课。每次备课，我除了按照护士班的中医书籍备课之外，还从在学校学习时所做的笔记里寻找一些适用的内容，讲给同学们听。每次上课我都很重视，针对一些陌生的中医术语，我总是列举一些生活当中的例子，深入浅出地讲给同学们听，使得枯燥难懂的中医课程变得通俗易懂，同学们像听故事一样地听我讲课。

每次测验或者考试，我总是把需要掌握的内容列好提纲，挑出最主要的内容交给课代表。由他组织同学们复习。结果，每次考试都能够达到三满意：同学满意，老师满意，学校满意。

记得我在给护士班的同学讲中医经络学的功能时，列举了辽宁中医学院彭静山教授在1951年出访苏联时，发生在火车上的一件真事。

那时，乘坐火车去莫斯科需要大约半个月的时间，这么长的时间，人们一直待在一个空间里容易上火，致使大便干燥。有些人几天才大便一次，而且还便不下来。

这时就有人过来问彭老教授："彭老，大家上了这么大的火，大便都便不下来，您看看有什么好的办法没有？"

彭老说："有啊！还很简单！来，都把手伸出来，使劲儿地握拳头。

这样每天做 200 下，大便就会通畅。不信你就试一试，保证好使！"

随车有便秘的同志照着彭老教授的方法做了握拳运动后，他们的便秘就好了！

我讲完这个故事，同学们哄堂大笑！但是，同学们知道了中医经络学说的重要性。

我讲授的中医课程，受到了吉林职工医科大学领导们的好评。

80 个课时的教学任务，我顺利地完成了，在护士班毕业的时候，我参加了毕业典礼，与大家一起照了毕业照。

我在这次教学任务中还是很有收获的。经济上总共挣了 64 元人民币，业务上又一次复习了中医的理论，同时还结交了一个班的好朋友。

学无止境，干啥吆喝啥。为了充实我的针灸理论与实践经验，在刚参加工作的那些年，我积极参加吉林地区每个月的中医针灸学术活动，有时还把资料借回家里抄写。

记得那是 1981 年 7 月的一个星期五，我到市里参加针灸学的学术活动，会议期间，我们听了有关彭静山教授发明的"眼针疗法"。

"这是一种新的疗法，我一定要学到手。"当时我心里在想。

于是，我请求与我一起参加会议的吉林化学工业公司职工医院的赵宗江老师，帮我借《眼针疗法》这本书。

赵老师说只能借给我 24 小时，当时还没有复印机，我只好用手抄写了。

那天我自打拿到那本书就很兴奋，我把书拿到家里，吃过晚饭什么都不顾了，就开始抄书。这本书我足足抄了一个晚上才抄完，一夜没睡，也不知疲劳。第二天照常上班，把书按时还给了赵宗江老师。

054

由于身体残疾，我的前半生大多数时间生活在受歧视的阴影之中。

小时候，我经常遇到一些不懂事的孩子，他们见我行走时一拐一拐的，总是围着喊："瘸子拐子，胡萝卜崽子！"每当我听到这些辱骂的语言时，心里总是在流泪，恨自己的腿不争气，但表面上又不敢惹他们。所以我遇到事情学会了委曲求全。

但是，这些侮辱、委屈也起到了一定的激励作用。我更加努力地学习，在书中寻找自己的乐趣，丰富自己的知识。古人云：书中自有黄金屋，书中自有颜如玉。这是千真万确的真理！

到了工作岗位上，这些歧视和辱骂少了很多，但是还是有一些人由于自身修养差，会公开辱骂我，歧视我！

记得我刚参加工作那一年，在我们理疗室就发生过这样的事情。

一天，一名患者问我："赵大夫，请问你腿的病是怎么成这样的？"还没等我回答，当时的理疗科负责人抢着说："他是当兵在战场上被枪打伤的！"当时，我气愤得头皮发麻，整个上肢都凉到肘关节了，双拳紧握。但是我怕给患者留下不好的印象，还是忍下了，什么也没说。

直至把患者送走之后，我实在忍不下去了，当场质问他："你刚才说的是什么话？谁是从战场上负伤的荣军？"他却振振有词地说："我这样说是为你添光，那样多好听呀！"

我说："你是在拿我的肢体痛苦当笑话，是一种歧视！希望你自重！以后不许再这样介绍我！按年龄，你是我父亲的辈分，你应该做出让人值得尊重的事情，你要好自为之。"就这样，我俩一直吵到要下班，把我气得直接来到了院长办公室。

我把刚才发生的事情向院长复述了一遍，并阐明了我的观点，要求院长为我做主。院长细心地听完我的叙述，耐心地做着我的思想工作，并答应我会直接找这位负责人谈话，保证以后在我们医院不会再有类似的事情发生。我谢过了院长，下班回家了。

后来听其他同事讲，我走之后，院长将这位负责人叫到了院长办公室，狠狠地批评了他一顿。他也承认是失言了，并承诺以后不会再发生这样的事情。

这是我有生以来第一次维护自己的尊严，并如愿以偿。

医院里住着一位因公负伤导致截瘫的刘姓女工，她长期住在医院里，医院就是她的家，大家都亲切地叫她刘姨。她所住疗区里的团员同志经常到她的房间里与她谈心、唠家常以打消她的寂寞。他们每天都要给她打饭、买菜、购买日用品，晚上还给她洗脚，大家相处得像一家人似的。每当天气好的时候，疗区的护士还用轮椅把她推到医院的操场上晒太阳。刘姨生活在这个大家庭当中感觉到很幸福，她总是觉得欠大家的太多了。她会织毛衣，所以经常为大家织毛衣，以此来答谢大家。

我们中医科的病床与内科一疗区都在医院的四楼，在一起工作的过程中，我亲眼看到了吉林江北机械厂职工医院的热心护士们，精心地护理着所有来医院住院的患者。

我被这样一群勤劳朴实、热情好客、爱岗敬业、待病人似亲人的护士们深深感动，于是拿起照相机，把她们热心照顾、精心护理刘姨的情景拍摄下来，分别投往了《江机工人报》和《江城日报》。《江机工人报》利用1/2的版面刊登了四组照片，还配发了一篇我写的长篇通讯《不是亲人，胜似亲人》；当年5月12日的《江城日报》刊发了关于吉林江北机械厂职工医院内科四疗区护士杨淑冰为刘姨洗脚的报道。

055

我刚到吉林江北机械厂职工医院的时候，有很多不尽如人意的事情。

我是正规医学院校毕业的医生，由于中医科编制的限制，我没能坐在中医科的诊室，而是被分配到了医院的理疗室工作。这所医院有个规定：在医院理疗室工作的医生没有处方权。处方权对于一名医生来讲是非常重要的！

就这个问题，我多次找到医院的院长，但他说："理疗室是基础科室，历来就没有处方权。"

我说："我是正规医学院校毕业的医生，我不能只是单纯地用针灸和理疗的方法来治病，我还得使用中药治病，没有处方权，怎么给患者治病呀？"

经过我多次交涉，最后医院才做出决定：我只可以开中药处方，没有开病假条的权利。后来，直到针灸室回归中医科，我才全面恢复处方权。

1983年，医院中医科在四疗区开设了中医科病房，设立了12张病床。

当时的中医科主任是郑天奇，郑医生是从舒兰市医院调来的。他来后扩大了中医科的范围，设立了中医科疗区、中医科门诊，理疗室（康复科）也归中医科管辖，这样我才回归了中医科！

当年6月，我被调到了疗区，作为中医科的住院医生，我管辖着12张病床。

办公室与内科的医生在一起，我对面是内科的冯昌荣主任，我背面分别是内科的单续新与张丽医生，我们相处得很好，有关西医方面的问题，我经常请教冯主任和这两位医生。因为在综合性医院里，中医科的病历书写、用药习惯都要与西医一致。我刚刚参加工作两年，临床经验不足，生怕出现差错，所以事事都多加小心，经常反复地向西医的老同志请教。

我们这里的病人绝大多数都是来自吉林江北机械厂及其所属的几家大集体企业的职工和家属。这几家企业包括吉林江北机械厂劳动服务公司、吉林江北机械厂工业公司、吉林江北机械厂基建公司等。这些企业职工的医疗关系都在我们医院，也就是说，他们的职工只有在我们医院看病，才能够报销。那时候，企业职工都享受公费医疗。吉林江北机械厂的职工到我们医院的门诊看病，只需要 1 角钱的挂号费，就可以到各个科室看病，当需要开药时，医生开具处方后，病人可以直接到药房取药。一般都是开 3 天的药。

为了方便职工就诊开药，吉林江北机械厂还指示吉林江北机械厂职工医院在吉林江北机械厂总厂和 28 车间、5 车间各设置了一个门诊。

所以那时的患者是很多的，我管理着 12 名患者，每天工作都很紧张，总觉得时间不够用，但是每天都有新收获，都很开心。由于工作时间不长，临床用药、抢救等经验不足，我也遇到过手足无措的时候，也很后怕，因为，医生的责任实在太大，人命关天啊！

记得刚到疗区不久，我的一位患者对青霉素高度过敏，一名护士在给患者注射青霉素时手上沾了点青霉素注射溶液，再给患者进行天麻素注射液注射时稍稍碰到患者皮肤上一点点，患者就发生了药物过敏反应。好在经过抢救，患者的病情最终稳定下来了。

那次抢救让我终生难忘！我进一步体会到了医生责任的重大，患者的生命就掌握在医生的手中。

我暗下决心要加倍努力学习，尽快胜任医疗临床工作！

056

刚刚参加工作的那段时间，我工作的积极性很高，每天早出晚归，从不迟到或早退，总是想方设法地多做一些工作。

由于我身体残疾，有很多职工或者家属都以为我是通过接父母的班来到医院工作的。有的患者或者患者家属问我："赵大夫，你爸是哪个车间的？你是接班来医院工作的吧？"我听了以后心里很不舒服！我是国家正规院校毕业后分配到吉林江北机械厂职工医院工作的，为什么总有人认为我是通过"接班"来这里的呢？那个年代很少有残疾人考入大专院校，再加上社会上对残疾人的歧视和偏见，人们自然会有这种想法。

我决心把本职工作做好，多为病人服务、治病，以改变人们的各种误解和看法。

经过我的努力，有些病人慢慢地主动找我针灸治病。

一个名叫尚忠英的患者，因患脑出血紧急住院抢救。他昏迷了三天三夜，经过内科的全力抢救才最终保住了性命，但是留下了半身不遂的症候。已经住院 45 天的他，听说我针灸可以治疗半身不遂，并且疗效很好，他就请求内科医生向我提交了"针灸治疗申请单"。

这名患者来的时候拄着双拐，患侧下肢一点也不能挪动，依靠家属用一条背包带帮助他向前移动。

我接诊这名患者之后，详细地看了他的住院病志，检查了他的身体，并查阅了大量书籍和杂志等资料。

我在吉林江北机械厂职工医院图书馆里查到了一本《头针疗法》。这本书是山西省头针研究所焦顺发老先生毕生经验的结晶。当我看到书中阐述以大脑的各个功能区在头皮的投影区作为头针的主要治疗区时，眼前一亮，这不就是可用于治疗脑血管病所致半身不遂的好方法嘛！于是，我将头针治疗半身不遂、语言不清等的详细操作方法记在了我的笔记本上，并应用在临床医疗实践中，结果收到了良好的临床效果，直到现在我还用在临床上。

针对尚忠英的病情，我采用多种针法综合治疗。经过近 10 天的治疗，尚忠英就能够在疗区的走廊靠墙独立站一会儿了！又经过半个月的治疗，尚忠英不用拐杖，由人扶着就能行走，并且已经从内科疗区出院回家了！他们家距江机医院有两公里，开始的时候，他走过来需要两个多小时，后来，他越走越快，半个多小时就能到达医院。尚忠英一家人非常高兴，感谢的话天天挂在嘴边，我听到以后心里也是美滋滋的！

我的努力得到了回报，我已经掌握了治疗中风后半身不遂的技术，尚忠英等病人的康复，也体现了我的价值！

后来，我把尚忠英这个典型病例收录进了我的论文。

经过 1 年多的临床实践，医院的很多住院患者都接受了我的针灸治疗，但是知道我的人毕竟是少数，为了使更多的人知道我的针灸医术并接受我的针灸治疗，改变人们关于我是通过接父母的班来这里工作的认识，我决定免费建立家庭病床。

那个时候，我们医院基本上是工作半天，需要治疗的患者都是上午来医院接受治疗，下午我们都是闲着的。鉴于此，我征得科里和院里的同意，建立了家庭病床。

记得在门诊治疗的内科住院患者柏玉香，在我们门诊治疗一段时间之后，突然就不来治疗了。我打听到了她家的住处后，决定骑自行车到她家，为她进行针灸等康复治疗。

当我出现在她家门口时，她感动得热泪盈眶，连声说："谢谢！谢谢！太感谢了！"

就这样，我天天来柏玉香家为她进行针灸治疗。那时我的身体状况比现在强得多，可以一只手扶着墙壁，另一只手扶着腿，一步一个楼梯台阶地上楼。

经过3个多月的治疗，柏玉香逐渐康复。

在当年，这样的家庭病床我建立了很多。最多的时候，我一天得去8个家庭，往返十几公里，真是串百家门哪。

记得当年吉林市《江城日报》记者马增奇专程采访我时，陪我走完这8个家庭，足足用了一个下午的时间。

马记者在《江城日报》上发表了以"雨夜"为标题的通讯，描述我无偿地建立家庭病床，为广大患者服务的事情。

吉林市人民广播电台在第二天的新闻节目当中也进行了报道。一时间我成了"名人"。

吉林江北机械厂团委把我列为团干部的典型，在全厂团干部面前做了一场"专题报告"。

057

当初我毕业的时候，多方找熟人，托关系要求分配到厂矿医院，主要原因就是企业单位有分房和分液化石油气罐（煤气罐）的福利。这些福利待遇，我来到吉林江北机械厂职工医院之后都逐步地得到了实现。

刚参加工作6个月的时候，我在理疗室接待了一位在吉林江北机械厂液化石油气站（煤气站）工作的蔡姓老师傅，他是液化石油气站（煤气站）负责安全生产的安全员。他患有颈椎病，颈椎骨质增生的骨刺压迫了臂丛神经，致使右侧拇指与食指发麻。

我精心地为他制定了治疗方案，每天除了为他针刺之外，还买来了生姜，为他进行艾灸（隔姜灸）。

经过一段时间的治疗，蔡师傅的病情真的有所好转，手指的麻木有所减轻。蔡师傅很高兴，经常与我唠家常。

一天，我问蔡师傅说："蔡叔，咱们厂子福利分煤气罐（液化石油气罐），分到哪一年了？"蔡师傅说："按照工龄排号，咱们厂子刚刚排到1972年。""你是哪一年入厂的？"蔡师傅反问我。我说："我是1981年入厂的。"

蔡师傅说："是呀！你要分到煤气罐就不能按工龄排队这种方式了！让我想想办法。"

过了一会儿，蔡师傅有了主意。他说："这样吧，我先借给你一个10公斤的小罐。"

"好的，谢谢！谢谢蔡叔！"我高兴得马上抢着回答。

后来，我办理了正式的手续，终于分到了煤气罐！

第一个福利我得到了，我家可以用煤气罐做饭了，这在当时是很少有人能够享受到的福利待遇。当我用自行车驮着煤气罐回家的时候，心里想："我可以撑起这个家了，我一定要好好工作，用工作成绩来报答那些帮助过我的人们。"

1988年，作者与吉林江北机械厂职工医院同事合影

我岳父家的这处房子非常狭小，极不方便，若按照实际需要，真得换一处大一点的房子。当时我的工资每月只有35元，转正之后也就43元，根本买不起房子。由于我刚刚上班，福利分房根本轮不到我的头上。

结婚当年的秋天，我老爸与岳父商量，他们各自出一部分钱，在距离原来住址两公里处买下了一幢小房子。

　　这幢房子大约25平方米，也就是东北人俗称的"一间房"，在最外边的房间外又接出来一间小房间，俗称"门斗"。这个房子的好处就是有煤气管道，这条煤气管道是当时的吉林化学工业公司化肥厂为自己职工住宅所修的，我们也借上了光。

　　这幢房子是一位师傅紧挨着他自己的公有住房建造的，煤气也是从他家的煤气管道偷着接出来的，没有合法的手续，应该是一幢违法建筑。我那时也不懂这些，反正这个房子比原来那幢泥草房强多了。

　　由于有煤气管道，但没有安装煤气计量表，煤气随便使用。东北的冬天特别冷，那时平房的取暖都是使用燃煤。这回我们的住房有不计量的煤气作为燃料，冬天的取暖应该不是问题。居住在这里的居民都是把煤气胶管的一头接上一个铜质的管子，点着火之后，直接放在接近炕洞的位置，燃烧取暖。这种方法虽然简便易行，但是有火灾隐患。接近燃烧点的炕上放着被子、褥子，容易被烧着，从而引起火灾。

　　反复斟酌后，我决定自己设计，请人制造，自己安装暖气，这样就能够解决冬天的供暖问题。我把自己设计的简易图纸带到单位，然后与吉林江北机械厂房产科水暖班的师傅联系，为我设计的土暖气锅炉下管材或管件。这个锅炉，我设计得很简易。

　　经过一周多的制造、组装、调试，我自己设计的暖气供热系统终于建成了。

　　这个冬天，我家的室内温度比哪一年都高。

　　刚刚搬到这个房子时，可以直接看到房顶，这样冬天会很冷。为了防寒与美观，需要吊一个棚。

　　为了改变居住的环境，我又当起了木工。那个年代，自己工资有限，雇师傅来安装这个棚是不现实的。

于是，我找到吉林江北机械厂房产科木工房的木工班长，说明了我的困难与想法。这位班长根据我家的尺寸，为我下了木条料、纤维板、装饰压条。然后，我又到油工班要来了白色调和漆。

材料准备齐全后，我就当上了木工。经过三四个晚上，我初步钉好了方格式的棚顶，然后使用 180 目的砂纸，把棚顶打磨得光滑细腻。

棚顶处理好后，我就穿上工作服（旧衣服），戴上口罩与手套，一刷子、一刷子地刷。这个棚顶整整刷了一个晚上，直到深夜才刷完。这一天的劳动成果，只能在梦里享受了。

在妻子怀孕期间，我尽量创造和谐愉快的生活环境。在饮食方面，除了正常的饮食之外，还适当地为她补充维生素，比如让她多吃一些蔬菜、水果、罐头等。

当时，我在《父母必读》杂志上读到，妇女在怀孕期间，可以经常听音乐作为胎教，日后孩子会有很好的乐感。

当年我的工资很少，买不起落地式收音机，我就想着自己安装一台。

于是，我买来收音机的机芯，电唱机的机芯，高音、低音、中音三音喇叭，发光二极管的音频显示器，喇叭布等器材，又从老爸那里找来了木板，送到我小学的同学韩玉宝那里。

韩玉宝会木工活，他根据我设计的图纸，为我制作落地式收音机机箱。

得到落地式收音机的机箱做好了的消息之后，我自己骑着三轮车把收音机机箱运了回来，然后利用一个晚上的时间，将落地式收音机组装成功。

当那优美的立体声音乐传出时，我的心里别提有多高兴了！

当年，我经常到吉林市郊区广播局服务部购买电唱片，当时全吉林市只有那里出售的电唱片品种比较齐全。

在妻子怀孕五六个月时，我在每天的晚饭之后，播放各种欢快的音乐。

这种音乐胎教，后来在我的儿子身上得到了验证。儿子上初中的时候，乐感特别强，一般的歌曲他只要听一两遍就会唱了，而且从不跑调，同学们推选他为全学校唯一的男性文艺委员，人称"小张信哲"！

不养儿不知父母恩，这回我真的有体会了。

妻子的预产期临近，我就时时关注着她，由于没有这方面的经验，更没有体会，生怕妻子由于分娩出现意外……

我的妻子当时已经27岁，那会儿已经算是高龄产妇，所以我十分紧张。

1982年9月28日晚上，妻子说腹部有宫缩，并伴随着一阵阵轻微的疼痛，我沉不住气了。

我的家住在距离我们医院4公里的吉林市龙潭区泡子沿街的吉林化学工业公司化肥厂住宅旁，晚上没有任何公共交通工具。

我由于身有残疾，无法用自行车带妻子到医院，所以只能打电话到我们医院叫救护车。当时通信极不发达，附近只有距离我家一里多地的吉林化学工业公司化肥厂门卫的吉化公司内部电话。

三更半夜，我骑着自行车来到了吉林化学工业公司化肥厂的东门借用电话，费了很大的力气才转接到我们医院的总值班室。救护车把妻子送到了我们医院妇产科住上了院，办完住院手续，天已大亮，这一夜我也没合眼。

越是担心难产就越是不顺利。本以为住进了我们医院，妻子的生产就没有问题了，可是自从住进医院之后，妻子的宫缩就没有那么强烈了。吴玉盛主任是我们医院妇产科比较有权威的老主任，第二天他查房之后，明确表示我妻子暂时还生不了，需要继续观察。就这样观察了两天，妻子还是没有生产的迹象。

这下可把我急坏了！我每天到妇科主任办公室好几次，问吴主任可否实施剖腹产手术。吴主任微笑着告诉我："没事的，再观察观察吧，有什么紧急情况我会及时处理的。"听了这话，我内心的焦虑有所缓解。

可是，事情就是不遂人愿。又住了两天院，妻子还是没有生产的迹象。后来，吴主任提出："赵医生，要不然你妻子转院吧，咱们医院的条件有限，她又是高龄产妇，如果出现什么意外状况，那时就不好办了！"我一听要妻子转院，脑袋"嗡"的一下，身体立刻就没有力气了，以为妻子真的不能正常生产了呢。

结果，我妻子转院到了吉林化学工业公司职工医院妇产科待产。这样又持续待产了两天，儿子才出生。

当听到我妻子生了一个男孩的时候，全家人都高兴极了，因为我们家有很长时间没有增添新丁了。

爸爸妈妈赶紧回家去做饭。很快，妹妹就带着妈妈做好的"月子饭"，出现在我们的面前，看着妻子吃着热乎乎的"月子饭"，我的心里美滋滋的。

儿子出生之后，我的心里总有一种朦朦胧胧的感觉：一方面不敢相信自己真的当上了爸爸，内心总是在反问自己；另一方面，好像自己突然长大了似的，一种责任感油然而生。

这一年的中秋节，虽然全家人都没过好节，但大家都很开心，因为我们赵家又添新丁了。

059

那时候，住房也是按照入厂的工龄长短排队分配的。当时，吉林江北机械厂的经济效益还是很好的，在老的平房住宅区动迁建立起来很多的六层福利房。

那些50年代参加工作的老工人能够分配到崭新的楼房，当时叫"上楼了"。这些老工人搬到楼房后，腾出来的那些平房就可以分配给那些入厂工龄短的年轻人居住。年轻人要想分配到这些平房也是需要根据各自的入厂工龄在全厂统一排队的。当时，我的工龄太短，根本没有资格分配到平房。

是我的一位患者，帮助我争取分配到了第一套平房。

我们吉林江北机械厂技工学校一位已退休的王姓老师，在吉林江北机械厂很有名望，人们都亲切地叫她王姐或者王姨。

我是在我们理疗室认识王姨的。王姨中等身材、大眼睛、双眼皮、高鼻梁、烫着波浪头，很有气质，说起话来好像连珠炮似的。她对吉林江北机械厂上上下下这么熟悉，这么有能量，是因为王姨的爱人丁秘书因公殉职。

王姨一个人带着5个孩子，艰苦度日。

吉林江北机械厂从厂级领导到其他科室的同志都很同情和理解王姨。所以，如果她在生活上有困难，只要王姨说一声，工厂的相关部门都会给予方便。

王姨到我们科做微波治疗，时间一长，我与王姨就相互熟悉了。

我向王姨说明了情况，并请她帮助我向厂子房产科请求分配一套平房，王姨很爽快地答应了我的请求。

王姨到我们医院党支部书记那里，帮助我申请说："赵立志身体有残疾，家住在距离医院 5 公里以外的地方，上班时若遇到大雪天经常滑倒，从而会导致迟到，就会耽误对患者的治疗。如果我们医院为赵立志这样的医生解决住房问题，他就会更加努力地为吉林江北机械厂广大职工与家属服务。"

张书记当即肯定了王姨的说法，答应帮助我到厂房产科去申请。后来我听王姨说，我们医院的书记带着我们医院的房产代表，亲自到厂房产科找到当时主管分配住房的科长，为我申请了一套平房。

很快医院就通知我到厂房产科办理相关手续。

我终于分到房了！

这对于我来讲是一个里程碑式的跨越，同时也激发了我积极努力工作的热情和信心，一种感恩之情油然而生！我心里暗想：我一定要好好工作，好好表现，在工作岗位上做出成绩，以不辜负王姨、医院书记对我的付出，不辜负吉林江北机械厂的职工与家属对我的期望！

这幢房子的院子里有一个小库房，里面可以存放一些过冬或者平时使用的劈柴、煤炭等物品等。原房主以 40 元的价格把小库房卖给了我。

我们打算当年 12 月底搬到这个新家。但是，搬家之前需要将新家修缮一下。比如掏炕、粉刷墙壁、油漆墙围子等。

这些修缮工作大多数是我和我的好朋友们利用下午和星期日的时间完成的。

当时的我比现在灵巧得多，常常超负荷干活……经过一个多月的修缮，一幢崭新的小屋呈现在我们面前。我的心里有说不出的高兴，这是我艰苦努力的结果。我会珍惜这些来之不易的物质成果，加倍努力地工作！

在搬家之前，又有了新的困难。由于我原来住的那个小屋有吉林化学工业公司的煤气，入冬的时候我没有购买煤炭。当时的煤炭是凭证购买的。我的公有住房是当年 11 月份分配的，政府相关部门还没有登记，没有办法给我发证。买不到煤炭，我当年就搬不了家。大家都知道，如果平房一个冬天没有住人，没有燃料送暖，对房子今后的使用是很不利的。

怎么办？

找孙老师去。对！找孙老师去。

孙老师是我 1980 年毕业实习所在的吉林化学工业公司职工医院中医科的一位医生。他在吉林化学工业公司职工医院的关系很广。

当我找到孙老师说明情况后，孙老师二话没说，拿起笔就给当时吉林化学工业公司基建指挥部材料处的张处长写了一封信。

我拿着孙老师的信，顶着风雪，艰难地骑着自行车走了 3 公里，找到了张处长。张处长安排他的下属为我办理了购买燃煤的手续。我终于买到了计划外的两吨煤炭！

但由于我的身体残疾，往我的家里运输这些煤炭又是一个难题。

我又冒着风雪，艰难地骑着自行车，来到了吉林市江北机械厂房产科的维修班，请求帮助。

我说明情况之后，房产科科长同意出车帮我拉一趟煤炭。我当时激动得不知说什么好，心里充满感激之情，连声说"谢谢"。

一个身体有残疾的人，每当遇到困难得到人们帮助时，他都会从内心深处感激这个人，将他铭记在心里，甚至终生难忘。

回到家卸完煤炭之后，我一下子就瘫在了炕上。这一天的奔波已经累得我筋疲力尽了。但是，作为男人，我的心里还是很自豪的。因为作为一个独立撑起一个家的男人，我尽到了力。身体健全的人能做到的事情，我身体有残疾的赵立志也能做到！

061

1983 年 3 月 7 日，团中央举行命名表彰大会，授予张海迪"优秀共青团员"光荣称号，并做出向她学习的决定。

张海迪的事迹催人奋进，令人鼓舞，她是所有残疾人学习的好榜样。我深深地被张海迪的事迹所打动，心想：她的残疾程度那么严重，坐在轮椅上还能够自学成才，真了不起！我一定要向她学习，以她为榜样，热爱生活，努力工作，在自己的领域干一番大事业，为人民的健康事业做出贡献！

从那时起，无论是正常工作，还是一般社会活动，我时时事事都以海迪大姐为榜样。

前面讲过，我利用下午的空闲时间建立家庭病床，为患者进行免费针灸治疗。有的时候在途中遇到一些突发事件，我都积极参与，从来没有把自己当作残疾人，因为我是 80 年代的新一辈，我是团支部书记，我是党的积极分子，我是一名医生。

记得 1983 年 7 月 16 日下午，我骑着自行车去患者家，当走到吉林化学工业公司化肥厂住宅附近的时候，看到这个住宅一楼的一户人家正向外冒着滚滚的浓烟。有好多人围观，但大家都不敢上前。在这幢楼房的西侧就是吉林江北机械厂的警卫连。武警战士见到着火后，纷纷跑来救火。

我放下自行车也加入了救火的队伍。那时我很瘦，只有 45 公斤。一位武警战士打开着火的房子的厨房窗户，托了我一把，我就从窗户爬了进去。满屋的浓烟，呛得我眼睛哗哗地流眼泪！我屏住呼吸，拿起在房子卧室发现的录音机，并迅速地把它递给外面的人。然后，我深深地吸了一口新鲜空气后，又冲回着火的房间，与一位武警战士一起抬出来一台洗衣机。第三次进入的时候，我是爬进去的，烟雾都在上面，地面的新鲜空气相对多一点。我爬着找到了房门，双手摸索着从屋子里面把房门打开。这样，通过房门进来救火的人就多了起来。正是在三次进入的时候，我几乎被呛晕了，我连忙沿着打开的房门跑了出去。当跑出单元门洞时，我一头摔倒在地上，昏了过去。当我醒过来的时候，一群人正围着我，有的掐我的人中穴，有的在喊着什么。由于年轻，我呼吸了一些新鲜空气后，很快就好了！这时，消防队员赶来了，很快就将火扑灭了。

我找到自行车，又摸了摸我的衣兜，刚发的工资还在兜里，心里松了一口气，刚才救火时没把工资弄丢真是万幸！于是，我骑上自行车奔向患者家中……

救火这件事情已过去40多年，我从来没有向任何人讲起过，就连我的妻子、爸爸、妈妈、弟弟、妹妹们也不例外，我是怕他们为我担心。再者，做好事不留名是应该提倡的雷锋精神。

人最大的欢乐、最大的幸福，是把自己的精神力量奉献给他人。奉献是一种高尚的情操，人类最纯洁、最崇高的道德品质，它像冰山雪莲般洁白无瑕，像满山杜鹃般情暖人间。

今天我把这件事给大家讲出来是为了真实地再现我当年在思想和行动上，以海迪姐姐为榜样，做人做事都要展现80年代青年人的优秀思想品质的决心。

记得我家还住在龙潭区棋盘街的时候，一天早上，我上班路过泡子沿饭店门前时，发生了这么一件事情：我正聚精会神地骑着自行车往前走，就在距离我前方30多米远的马路同侧，有一个左手拎着酱油瓶的行人，走着走着突然将酱油瓶子抛向了半空，随后向右一歪，倒在了地面上，口吐白沫，身体不停地抽搐。看到这种情形，我不顾自行车上还有饭盒，把自行车向马路边一扔，飞快地跑到了他身边。我摸了摸他的颈部动脉，发现脉搏正常，初步判断这是癫痫病发作。于是，我向围观的人群大声喊道："哪位有团徽、校徽之类的徽章，借我用一下。"人们面面相觑，大家都没有。"我这有团徽！"远处跑来一位青年，他把团徽递了过来。我用团徽的针尖刺激这位患者的十宣穴，针刺了几下后，患者长出了一口气，逐渐醒了过来。醒过来之后，我又照顾了他一会儿，一直等到他的家人到来，并且嘱咐了他们一些注意事项，我才骑上自行车上班去了。

遇到这种事情，责无旁贷地冲在前面是医生的职责所在。

40 多年来，我一直以张海迪为榜样，在生活与工作中践行着。

时间来到了 1983 年，每年一次的成人高考就要报名了，我也在积极地争取着。

因为在综合性医院里，我的中专学历是很低的，必须继续提高自己的学历，才能够跟上时代的步伐。

但在报名这个不是问题的问题上，出现了这样的怪事。

医院方面确定全医院只允许三个人报考。名额是这样分配的：内科一位医生够报名条件，允许报考；五官科两名医生够报名条件，只允许一人报考；我们中医科两人够报名条件，也是只允许一人报考。

当时如果考上了，工厂的教育科是给报销学费的，所以，他们要限制报考的名额。

从参加报考的人员情况来看，我基本没有任何希望，但我是一个生来就不向命运低头、事事都不服输的人。

我思来想去，想出来三个办法：

第一，我下班以后就到我们医院的党支部书记家里去了。我阐明自己的观点：我认为医院这样分配限制报考名额不公平，还没到吉林市成人高等教育报名处报名，就把我们报考的权利给剥夺了，我们接受不了！如果是这样的话，我们今后还怎么工作，哪里还有积极性？这样的决定怎么使人信服？欺负人也没有这样欺负的呀？

张书记是工厂的优秀中层干部，处理事情一向主张公平正义。他认真地听了我的诉说，并且用笔记本做了记录，还耐心地安慰我。我就满意地回到了家中。

第二，我找工厂主管教育的孙副厂长，反复地主张着我的观点，强调着我参加成人高考的重要性，直至孙副厂长答应我为止。

第三，我找我们医院的王院长，采取的还是软磨硬泡的方法，摆事实、讲道理，院长不得不答应重新研究报考方案。

最后，工厂方面终于拿出了报考方案：突然间通知我们到吉林江北机械厂教育科参加淘汰考试，淘汰考试之后，还是只允许三人报名。

考试分为数学、物理与化学、语文与政治三大部分，在100分钟里能答多少就答多少，我们一共五人参加考试，高分者允许报名。

我顺利地答完了卷子，顺理成章地拿到了报名的资格！

063

当年，我顺利地考入了长春中医学院成人教育学院中医专业。

我们吉林卫生学校中医班的同学大多数也都报考了这个专业。

第一学期的面授课程都是在吉林市第四人民医院的小会议室进行的，我们每天下午到这里来上课，长春中医学院专程从长春派出副教授以上的教师来吉林市为我们授课，吉林市第四人民医院中医科的李汇川任我们这个班的班主任。

再次走入课堂，还是中医学高等教育的课堂，我们都倍加珍惜，每天按时上课学习。

上午在单位工作，中午挤公交车到吉林市第四人民医院上课。有时中午都吃不上饭，真的很辛苦，但是我不畏惧，克服种种困难，一直坚持。

这些"大学生"们不知疲倦地奔波着、忙碌着，就是为了丰富自己的学识，再多学习一些中医理论知识，更好地运用到中医学临床工作当中，为更多的患者治疗疾病。同时，我们还可以获得大学文凭。

这样的生活，我们只享受了一学期。

第二学期，授课方法就发生了变化。平时要求我们按照教学大纲规定，在家里复习上一学期各科老师讲过的课程，在每年的寒暑假期，我们就到长春中医学院考试并听课。

流程是这样的：我们头一天到学校报到，第二天进行考试。一般每学期都要考 3 至 4 科。那种考试可是要真本事的，完全是闭卷考试，每个考场两至三名监考老师，考场纪律非常严格，回想起来，我们还是很感激长春中医学院的这种考试方法的，因为这样我们能学到知识。所以我们取得的毕业证书，含金量还是很高的。

这段时间，在我的人生经历当中也是很难忘怀的。无论是政治上、经济上、学术上，还是工作生活当中，我时时处处生活在错综复杂的矛盾和困难当中，时时都经受着一定程度的考验，我都一一面对、一一化解，迈着坚实的步伐，一步一步走向成功。

前面说过的，在王姨的积极帮助下，在医院张书记的高度重视下，工厂房产科终于为我解决了住房问题。

我的家搬到距离吉林江北机械厂职工医院比较近的龙潭区吉林江北机械厂住宅山湾子平房区，这里距离我工作的医院只有 500 多米。

妻子的工作也安排到了吉林江北机械厂职工医院。由于她时常倒班，每当遇到她是早班，她早晨早早就上班了，早上做饭、送孩子去幼儿园的任务就落到了我的身上。

当时孩子已经 1 岁半了。我做好饭菜，先喂孩子吃饭，然后再急急忙忙地吃一口饭，再把孩子包好，立在沙发上，我再坐在沙发上，将孩子用带背捆绑在我的身上，再慢慢地起身，慢慢地出门，锁上房门，开启自行车。

上自行车的时候是很艰难的，我得完成这一系列困难的动作，才能够正常地骑着自行车，行驶在去往幼儿园的马路上。

当时每家每户的液化气罐都是早上自己送到吉林江北机械厂的液化气站，下班时再到液化气站自行取回。

取送液化气罐这件事情，对于身体健全的人来讲不算啥事，但对于右腿残疾、行走不方便的我来讲，确实有一定的困难。

带着液化气罐骑自行车，对于我来讲最困难的就是上自行车的时候。正常的后跨式上车是行不通的，因为后面的货架子上放着液化气罐，于是，我就试着先将右腿用右手抓着放到自行车大梁的右侧，然后左脚在地上使劲儿向后蹬，自行车的速度逐渐快起来后，我再将左脚蹬在自行车的脚踏板上，使身体向上用力坐到自行车的座子上，就完成了上自行车的过程。当时吉林江北机械厂的液化气站建在一个半山坡上，我每次送液化气罐都很费劲。

064

在工作中，我非常重视我的每一位患者。

虽然我在门诊工作，但是我对每一位患者的治疗过程都通过门诊病志做了详细的病程记录，尤其对眼针疗法治疗半身不遂的相关病例记载得尤为详细。

我于参加工作的第三年，也就是 1984 年，把所治疗的脑血管意外后遗症的资料完整的病例进行了总结，写出了《眼针治疗脑血管意外后遗症 40 例临床疗效观察》一文。

这篇文章写成之后，我征求了我们医院几个大科室主任的意见，获得了这些老主任们的好评与鼓励，尤其是外科巢主任的肯定。

巢主任特别喜欢勤奋好学、积极向上的年轻医生。

巢主任对我说："小赵啊，你真行呀！刚刚来到咱们医院才几年，就能写出论文来了，你真有心，后生可畏呀！好好干，以后有什么事情可以随时来找我。"巢主任的一席话像一股暖流，温暖了我的全身，我暗暗下定决心，今后一定要好好工作，掌握更多的本领，时时学习新的技术，为更多的患者治好病！

后来我又带着这篇文章来到了吉林化工公司职工医院针灸康复科，找到了我的针灸启蒙老师韩立鼎医生。

韩老师看了我写的论文之后，非常高兴，说："小赵哇！你真行呀！

毕业这么短的时间内就能写出论文，真的为你高兴。这样吧，我把你这篇论文推荐到吉林市针灸学会，作为9月份的学术交流论文。"

韩老师是吉林市针灸学会的常务理事，经过他推荐，吉林市针灸学会安排我于1985年8月第三个周五的下午，在吉林市郊区医院，向吉林地区的针灸同仁宣读了《眼针治疗脑血管意外后遗症40例临床疗效观察》一文，并进行了交流。

我还记得，当时吉林市针灸学会的会长是吉林市中医院针灸科的遇广生老先生。当我宣读交流完论文之后，遇广生老先生拍拍我的头，对在场的针灸同仁说："赵立志医生今年才28岁，就写出了这么高水平的论文，真是可喜可贺。这也说明，我们吉林市中医针灸专业后继有人！希望大家多多参加这样的学术交流活动，多多写出这样的好文章！"

后来我把这篇文章邮寄到了北京的《中国针灸》杂志编辑部。编辑部很快有了复函："赵立志先生，你的《眼针治疗脑血管意外后遗症40例临床疗效观察》一文已收到，本刊拟发表。"

我的这篇论文在1986年第三期《中国针灸》上发表了。

当我得知我的论文发表的消息之后，高兴极了！看到《眼针治疗脑血管意外后遗症40例临床疗效观察》由手写体换成了印刷体，我简直不敢相信。

实践证明，作为一名工作在最基层的医生，只要你虚心好学，刻苦钻研，勤奋努力，也是能在国家级刊物上发表论文的。

论文发表之后，来自全国各地的书信犹如雪片一般地寄来，每天收发室都会有我的信件。

这些信件当中，有拜我为师的，有询问眼针疗法具体操作的，还有要与我交朋友的，真是五花八门，什么内容都有。我每天晚上都得抽出一定的时间给这些热情的读者一一回信。这种情况一直持续了好几个月，我忙得不亦乐乎!

这篇文章的发表增强了我在一线临床从事科研、书写医学论文的积极性。

不久我就萌生了一个想法:使用针灸与穴位注射的方法,运用"B超"动态观察被试者胆囊收缩功能的变化。如果这个实验获得成功,将对针刺治疗胆囊炎与胆结石临床应用起到积极的作用。

于是,我找到了我们医院电诊科两位主任,向他们说明了我的想法与打算,他们非常支持,表示会积极配合。我又找到了擅长穴位注射的内科单医生,他也表示会积极参与。

课题的总设计由我来完成。我分别设计了三组:第一组针刺组,第二组穴位注射组,第三组对照组。第一组、第二组分别针刺阳陵泉穴、穴位注射阳陵泉穴,第三组不做任何刺激。

我要求 B 超室的医生分别检测受试者胆囊的长宽尺寸。

第一组、第二组的刺激分别为 0 分钟、15 分钟、30 分钟,同时 B 超医生对被试者的胆囊进行检测并记录。第三组也如此。

这些资料全部完成之后,我再进行整理、分析、计算、统计,形成文稿,然后又找到吉林医学院的有关教授进行把关,审稿、修改再定稿。我们这个项目进行了一年多才完成。

这个项目完成之后,很快就通过了医院的审核,盖上公章寄往北京。当时北京中国针灸学会正在筹备世界针灸学术大会,同时也在征集学术论文。所以,我们以实验项目写成的《针刺对胆囊收缩功能的实验观察》一文有幸参加了世界针灸学会联合会成立大会暨第一届世界针灸学术大会。我们的论文被收录到了大会的论文集里,那是 1987 年。

1987 年 6 月,我带着《眼针疗法治疗脑血管意外后遗症 40 例临床疗效观察》这篇论文参加了中国针灸学会组织的全国第一届青中年针灸学术交流大会。

那是我第一次到北京，那次会议使我结交了很多针灸界的好朋友，同时也开阔了眼界。

我还第一次吃到了北京烤鸭。当时还闹出了笑话：会议结束的那天中午，会务组给我们配了大餐，其中有北京的名菜"北京烤鸭"。当时，有一位来自河南的医生，一边招呼着大家吃烤鸭，一边自己也夹了一片，刚要往嘴里送。一位来自天津的医生连忙喊住了她："先别吃！先别吃！北京烤鸭不是这样吃的，后面还有饼、面酱、葱丝等辅料呢！"她说完，那位河南医生赶忙将烤鸭放了下来，大家哈哈地笑了起来！

生活中的困难是难不倒我的，生活中的琐事，凡是我能做的，就不求人做。在参加工作的 30 多年里，我从来没有把自己当作残疾人看待，无论是生活上，还是工作中，我都与健全人一样参与社会生活。

1983 年我考入长春中医学院成人教育学院中医班学习时，每次到长春中医学院考试与面授上课的时候都面临着经济困难。因为每次到长春考试加面授上课都需要待一个多月的时间，虽然学费由我们所属工厂报销，但是往返的车旅费、每天的餐费都得自行解决。当时的消费水平虽然不高，但每个月也得 100 多元钱，而我每个月的工资只有 43 元钱。这相当于我两个半月的工资。

当时我家里爸爸、妈妈上班，但是弟弟、妹妹都在上学，到处都需要钱，经济上也是捉襟见肘，没有余钱。岳父家也没有闲余的资金。

于是，我就自己想办法挣钱。

前面提过我爱好摄影，我会照相、放大照片、洗印照片。于是，我就利用业余时间，先后联系了吉林江北机械厂第一、第二、第三子弟小学的校长，吉林江北机械厂子弟中学的校长，吉林市第二十中学的校长，每年为这些学校拍集体毕业照。

这样就解决了我每次到长春中医学院的费用。

那段时间是非常辛苦的。每天白天要正常上班，下午到各个学校去拍集体合影，有时还可以拍一些同学们的单人照、双人照等。

胶卷的冲洗、底片的修正，外加题字、照片的放大都是我与我的朋友高健一起完成的。这些都是利用晚上的时间来做的。

高健家里的厨房可以临时当作暗室，我每天下班回家吃一口饭就得骑自行车来到高健家。有的时候顾不上吃饭，下班就直接来到高健的家里，因为洗照片这个活，一旦操作起来就放不下。有的时候一干就是一个通宵。当时我的体重才49公斤，非常消瘦。

记得有一次，我洗照片一直洗到凌晨4点多才回家，由于一夜没睡觉，加上疲劳，骑着骑着自行车就睡着了，直到把自行车骑到了马路旁边的草丛中摔倒了才醒过来，幸亏伤得不严重。

第二天还得上班，没洗完的照片第二天晚上还得接着洗印。

我每天的这种折腾，得到了妻子的大力支持与理解。

就这样，在没有任何外部经济援助的情况下，我完成了在长春中医学院的4年的学业。

1987年8月，我获得了长春中医学院颁发的毕业证书。

066

1987 年对于我来讲是一个"丰收年"，这一年，我有三件大喜事。

第一件喜事：这一年，我光荣地加入了中国共产党，成为一名中国共产党预备党员。自打 1981 年参加工作以来，我就担任了职工医院的团支部书记。我每年都领着职工医院的年轻人搞各种活动，多次受到江机厂团委的表扬和表彰。

我早就向医院的党支部递交了《入党申请书》，并很快被纳入了"入党积极分子"的行列，渐渐地被医院党支部列为重点发展对象。

1987 年的 7 月 1 日，我与江机医院化验室主任陈淑媛同时成为中国共产党预备党员。

医院党支部每个月组织的党课我都积极参加，认真学习中国共产党党史。我为自己能够加入中国共产党，成为这个组织的一员感到无限的光荣。我决心在以后的社会生活和工作实践中，时时处处以党员的标准严格要求自己，宽以待人，严于律己，给社会以正能量，起到一名共产党员的先锋模范作用，为国家的富强、人民的幸福多做工作，为人民的卫生保健事业做出更大的贡献！

第二件喜事：这一年，我获得了长春中医学院颁发的烫金字毕业证书。以后再需要填写履历表的时候，我可以在学历一栏填上"大学毕业"了。

毕业典礼，我是带着我儿子一起参加的。

当年，赵亮只有 5 岁，这一天他也早早起床，随我坐着火车来到了吉林省中医的最高学府——长春中医学院。

到长春时快到中午了，我在长春火车站前给他买了一碗馄饨、一根火腿肠。他吃饱之后，就跟随着我来到了长春中医学院的阶梯教室，参加了下午举行的毕业典礼。

还没等毕业典礼仪式结束，赵亮就睡着了，因为那天他起得太早了，一个5岁的小孩跟随着爸爸，提前领略了一下大学校园的生活。

第三件喜事：这一年，我从平房搬到了楼房。

说到从平房搬到楼房，又是一个跨越。

当时我所在的吉林江北机械厂实行福利分房政策，每年根据全厂的生产产值，按照一定的比例提取资金给职工建设新的住房。所盖的新楼房都是根据每个工人入厂的工龄，按照一定的年限进行分配。

吉林江北机械厂与共和国同龄，1950年代以前入厂的老工人比较多，新盖的楼房都先尽着这些老工人来分配。当年我的入厂工龄根本不敢想参加分配旧楼房的排队，我能够分配到这栋老旧楼房，是我的那位王姨帮助我的结果。王姨对我的帮助，我终生难忘，永远地感谢她！王姨，我爱您！再次感谢您！

当时，吉林江北机械厂的厂长与王姨很熟，为了帮助我，王姨专程到

1987年7月，作者的长春中医学院毕业照

厂子找到厂长，把我的工作情况和生活困难都与厂长讲了。石厂长也通过厂团委了解到了我的一些积极向上的工作表现，厂长对王姨说："赵立志医生来到我们厂之后的工作表现，我是了解的，当年《江机工人报》刊登的'立志篇'我都读过。这个小同志素质很高，工作很好，应该照顾。"于是，厂长当时就答应了下来，让我们医院根据我的实际困难向工厂打个报告，然后"特批"分配给我一套老旧楼房。

这套楼房的指标已经属于我了，但是，具体是哪套房子还没落实下来。

记得我在去长春中医学院上课之前，房子初步确定为江机中学旁边4号楼二楼的里间（当时老旧楼房的格局是三户一个走廊，分为外间、中间、里间）。这个房主也分配到了好地段的房子，那套房子靠近江北繁华地段的土城子地区，是年限比较短一些的、比较新的房子。

房主想尽快装修他的那套旧房子，尽早搬家，但他目前缺少油漆。为了让他早些搬家，我就把从厂里要来的油漆送给了这个先生。

原以为我送给他油漆，他会早点搬家呢，可是没有想到，他是为了骗取这桶油漆说的谎话，他装修完了房子，但就是不搬家。我只能反复地找房产处的领导。房产处的领导对那个先生也很无奈，于是，只得重新给我分配住房。

当时江机房产处的组长已经换人了。新来的组长姓刘，我通过王姨引荐认识了刘组长，这位刘组长的夫人有腰腿痛的毛病，我就主动为刘组长的夫人针灸、拔罐子治疗，坚持一个多月，最后把刘组长夫人的病治疗好了。

刘组长很受感动，于是，他就从他们房产组的旧房源里，为我选了山前地区3号楼一楼的一套小套间。

这是一套48平方米的套间楼房（小两房），原主人已经住过十几年了，室内破烂不堪，室内各个角落都需要重新修缮。

分配到一套小面积楼房，在当时那个年代是很高的待遇了，我的心里总是美滋滋的。住进楼房，就意味着告别居住平房时每天用劈柴、煤炭生火做饭的生活了。

在修缮这套房子的时候，每一个程序都是我自己设计的。比如卧室的地面，我用的是我所在工厂修理机床使用的铁腻子，干了以后很坚硬、光滑、耐用，然后使用米黄色的广告粉着的颜色，之后在上面打上 40 厘米乘 40 厘米的小黑框格，再把红色的广告粉稀释液刷到其中的一个格子里，使用一个小手帕卷成布团，在刚刷完红色广告稀释液的格子里蘸一下，再将蘸到的红色按到空白的格子里，这样就会出现一阴一阳的图案，以此类推，等待所刷的图案干透了，再在上面刷四遍清漆，就这样，一幅手画的地毯图案就制作成功了。

厨房的地面是用我要来的马赛克铺的。

当年还没有抽油烟机，一位张姓老工人送给我一张薄铝板，我求江机房产处的许师傅手工打制了一个倒置的梯形排烟罩，并且在烟筒脖处安装了一个电动排风扇，一个自制的油烟机就这样诞生了。

老旧的房屋被我这么简简单单地装修后，一个小小的安乐窝就建成了。

有了"安乐窝"，生活就没有后顾之忧了，就能一心扑在工作上了。这处楼房我们住了 7 年。

067

1987 年 12 月，中国针灸学会在北京中医学院（现在的北京中医药大学）举办了一期全国性的眼针疗法学习班。由于眼针疗法当年获得了辽宁

2007 年，作者参加世界针灸学术交流大会与朱江教授合影

省科技进步二等奖，而我在眼针疗法临床应用上一直与辽宁中医学院的彭静山教授保持联系，彭静山教授在办这次学习班的时候就给我留出了名额，开班之前给我们单位发来了"邀请函"。于是，我征得了单位领导的批准，参加了这次学习班。

我在全国是较早使用眼针疗法的临床医生之一，还把应用的结果总结之后写成了论文，发表在《中国针灸》上，所以，这个学习班的班主任朱江老师就推举我做了副班长。

班长是上海中医学院（现在的上海中医药大学）的吴泽森教授，他是《上海针灸杂志》的编辑，很有名望。

班主任朱江老师是上海中医学院黄羡明教授的硕士研究生，也是我们国家第一位针灸硕士研究生。

朱江老师为人谦虚，平易近人，工作能力很强，几天的"眼针疗法学

1987年12月，作者与彭静山教授在一起

习班"组织得井井有条，每个人的收获都不少！

这次学习班，我的收获也是满满的。我们除了在学习班上学习到"眼针疗法"的相关知识之外，大家又自发在宿舍里组织了"学术交流"。

黑龙江齐齐哈尔医学院的齐老师，在交流的时候，把他家祖传的"口腔内穴位割治"治疗痔疮的技术传给了我们宿舍的学员们；南京精神病医院的张医生把他发明的"口腔内穴位注射"治疗面神经麻痹的技术贡献了出来；郑州的郑医生把他家祖传的"针刺上肢穴位回乳"的方法也无偿地贡献了出来……

那天晚上，我们宿舍的学员一直讨论到了深夜，还余兴未尽……

学习班结束之前，朱江老师组织了一次冬游长城的活动，那是我第一次登长城。当年我的腿脚还是很利索的，平地行走基本上能有与健全人一样的速度，登高的时候只要稍稍借助一点外力就可以登上去。我在其他学员的帮助下，费了很大的气力，花了一个多小时的时间，终于登上了北京八达岭长城东侧最高的那座烽火台。

长城是举世无双的巨大工程，我们为祖先能够建造这样伟大的工程而感到骄傲！今天我们登上了长城，也应了毛主席的词句"不到长城非好汉"，我们大家都是好汉！

几天的学习生活很快就结束了，大家都回到了自己的工作岗位。参加这次"眼针疗法学习班"，我学习到了很多的新知识、新疗法，这些疗法对我医疗技术水平的提高起到了很大的作用，目前我使用的一些针灸方法都来自这次学习班。

学习到了理论知识，还得不断地实践才能证明这些理论知识的有效性，我们自己的技术才会不断地进步！

我使用眼针疗法等技术手段治疗中风偏瘫 40 多年来，有了自己独到的技术体系，悟出了治疗中风偏瘫的一些道理。

我创立的"五针疗法"治疗中风偏瘫，应用到临床上并取得了良好的效果。比如我在 2018 年接收的一位患者就是一个明显的例子。这位患者姓彭，是当时沈阳军区某部的退休干部，年龄 76 岁，当时在沈阳患了急性脑出血，经过抢救、治疗后，生命虽抢救回来了，但是整个右侧却偏瘫了，上下肢肌力都是零级。

由于他的妻弟、妻妹都在吉林市，再加上很多亲戚朋友都推荐了我，说我治疗中风偏瘫效果很好，于是，他们就从北京将他们的大姐夫"彭大将军"（这是我给彭政委起的别名）接到了吉林市，来到了我的门诊。

我为他做了全面检查之后，就实施了"五针疗法"：眼针、头针、体针、水针、电针等。

经过近半个月的治疗，"彭大将军"患侧的腿就能够克服地心的引力慢慢地平移运动了。又过了十几天，患肢可以慢慢地抬起来一些了。又过一周左右，他的腿可以抬到通过两个拳头的高度了。这个时候，患者本人与家属都很惊讶，他在我国最高级的、最好

1987 年，作者登上了北京八达岭长城

的康复中心康复了近 5 个多月也没有任何进展，来到吉林市经过我仅仅一个来月的治疗就有了效果，全家人都为之震惊！

经过一个半月的治疗，"彭大将军"可以试着下地独立站立一会儿了。能够站稳之后，他能被人搀扶着行走几步了。又经过近一个月的治疗，"彭大将军"在我诊室的大厅里能够独立行走了！

总共经过两个半月的治疗，"彭大将军"能够独立行走后，结束了治疗。

1987 年，我们的生活还是很拮据的，我每月工资只有 43 元，每月还得定期储蓄 10 元钱，一年到头能够积攒 120 元。

前面提到过，我家的家电就是我自己组装的落地式收音机，在当时是很落后的，我一直奢望着购买一台双卡收录机。

这一年，我家新搬入楼房，在新装修的房间里，确实缺少一些时尚的家用电器，尤其是我非常喜欢的双卡收录机。

我自己计算着，等到年末我们的定储钱返回来就是 120 元钱哪！使用这笔钱买一台双卡收录机吧！

一个星期日，我上街逛了几个家电商店，看了几款双卡收录机，价格都很高，最便宜的是吉林市广播局家电商店江南经销店的一款双卡收录机，标价 390 元。

这个价格我也买不起呀，我只有 120 元钱，还差 270 元哪。

我喜欢双卡收录机的事情被我老岳父知道了，他说："没有关系，你买吧，不足的部分，我给你补上。"就这样，在岳父帮助下，我购买了双卡收录机。

另外，我们后来的两大家用电器（冰箱、彩色电视机）也都是我老岳父出钱帮助我们购买的，现在回忆起来真的很惭愧！

一个堂堂正正国有医院的医生，每天起早贪黑地工作着，几年的积蓄，竟买不起冰箱、彩电，很寒酸哪！

以那个时候的经济收入，想都不敢想若干年之后购买住房、购买汽车等奢侈品！

双卡收录机给我带来一种令人愉悦的精神享受，这种收录机除了能够播放录音磁带之外，还有调频波段，可以收听调频立体声广播。那个时候，吉林市的调频广播频段才刚刚试播。

我从小就爱好无线电，很喜欢自己装制一些无线电小物件。

有了双卡收录机之后，我萌生了自己装制一支无线话筒的念头。这样的话筒可以使用调频波段接收，在话筒的一端说话，在收录机这边就能接收到，很有意思。

于是，我购买了无线话筒的散装元件，经过几天的装配，初步完成了自制无线话筒。

经过调试，收录机能够正常接收无线话筒声音的时候，我就把话筒给我儿子赵亮带在了身上，他跑出去玩耍的时候，与小朋友们呼喊的声音都通过这支无线话筒传到了收录机里，并经过收录机的喇叭播放了出来。这支无线话筒的发射距离在 100 米之内，我的实验很成功！

069

向往美好生活是每个人的愿望，有了稳定的工作、熟练的技术，就要利用自己的努力创造更多的财富。

穷则思变，这是每个追求美好生活的人的哲学思路。

我们医院的王院长离休后来到了吉林江北机械厂职工医院土城子保健站的一个诊室，从事针灸临床工作。

他喜欢针灸，在这里，他利用中药"王不留行籽"，为中小学生贴敷耳穴治疗青少年近视。他的行为引来了吉林市《江城日报》的记者，他们专门为王院长写了一篇通讯。

一天，王院长不小心把脚脖子崴了。上不了班的王院长只得回到家里养伤了。

当时，王院长工作过的诊室就空出来了，后来经过我们中医科的负责人向医院争取，就把我和富忠萍派到了土城子保健站工作。

当时我有一个想法：想利用这里为中医科挣钱！

事情是这样的，一次我到市里参加学术活动，见到了我在吉林卫校上学时的老师。当时他在吉林中西医结合医院的理疗科，他们使用一种叫作"电脑诊断仪"的设备，为人们的耳穴探寻诊断疾病，这种方法很新颖，可以挣钱。我详细询问了设备的性能、操作技能、设备的名称、厂家地址等资料后，向我们的中医科主任讲明了情况，认为如果我们买到这台设备，就可以为中医科挣钱了。

主任听了之后，表示支持，并且对我讲："你可以找到工厂里的某个科室，找一个出差的机会，去采购回来，再求人将这套设备的钱通过工厂报销了，然后再与医院的领导们商量挣钱的分配方案。"

很快我就找到了相关科室的领导，他同意给我借支出差。

出差的目的地是南京市。那时去南京只能到长春换乘哈尔滨直达上海的快车。

由于长春是经停站，很难买到卧铺票，只得购买硬座车票了。

记得我是下午在长春上的火车，需要48小时的车程，坐这样的火车真是遭罪，坐过半夜就坚持不住了，我找了一个随身带的皮包做枕头，用毛巾粗略地擦了一下火车地板，就在我座位下面的地板上迷迷糊糊地睡着了。

饿了吃点面包，渴了喝点白开水，就这样，一直坚持到第三天凌晨，终于来到了南京火车站。

南京火车站有来自各酒店的接站车。我没有选择地上了一辆来自南京江山饭店的接站车，时间不长就来到了距离南京火车站不远的江山饭店。办理完住宿手续，暂存行李之后，天也快亮了。由于旅途的疲劳，我找到自己的床位，什么都顾不得了，一头扎到被窝里就睡着了……

第二天吃过早饭，我先到南京市内去找药店，因为我带来了三斤人参，必须先到药店把人参卖掉。

说起这些人参，还得从我的一位同学说起：我的小学同学韩玉宝在龙潭山鹿场药厂做销售工作，需要购买一些人参送给相关的客户。他找到了我，问我有没有认识的参场的朋友。我的另一位同学刘树杰家住蛟河市新站镇，他认识很多种植人参的朋友，很快他就帮助我买到了人参。

但后来我的那位同学由于工作调动，也就没来取这些人参，所以我就得找机会把人参自行处理了。

这次出差我就把这些人参带到了南京。

开始，我走了几家药店，讲明情况，对方都没有要。

后来，我又走到一家药店，这里有一位老药工，他懂中药，很识货。他与药店经理商量之后，给我出了个价，我又与他们讨价还价，最后确认了价格，把人参卖给了这家药店。

看看时间还来得及，我就找到南京市长途客车站，坐上了通往南京秣陵县的长途大客车。

下午，我来到了南京秣陵县无线电厂，厂子销售人员热情地接待了我，并且很快帮助我选择好了一台"耳穴电脑诊断仪"。这台机器体积不大，长500毫米，宽350毫米，厚200毫米，重2.5公斤左右，我一只手就拎得动。

交完款，开好发票等后，我高高兴兴地拎着耳穴电脑诊断仪坐上了返回南京市的长途客车……

这一天虽然很累，但是我很开心，因为把人参卖了出去，并买回来了"耳穴电脑诊断仪"。这台机器带回吉林市就能挣钱了！

当时我的心里就是想方设法地用自己的技术和智慧挣钱！

说来还有一件事，更是笑人，我想挣钱都想红眼了：

有几个人蹲在我住的饭店的门口，摆弄着几个模具。模具装入和好的稀石膏就能制作出小兔子、大肚弥勒佛、小狗狗等石膏像，这些小东西栩栩如生，非常可爱。再一问，他们是要卖掉这些制作石膏像的模具，每套模具15元钱。我摸了摸兜，只剩下能够买10套模具的钱。于是，我狠了狠心，一下子购买了10套。

买完之后，我心里充满了幻想：回到家里之后，买点石膏粉，每天下班之后，利用业余时间，自己制作一些石膏像制品，然后让我老岳父到距离我家很近的新吉林市场去出售，这样一来，每个月又能增加一笔收入！——想得挺美的！

之后，我来到南京市火车站，打算购买回长春的火车票，一掏兜，兜里的钱不够了，别说买卧铺，就是买硬座，也只能买到沈阳站。没有办法，只得买一张到沈阳站的硬座火车票了。

为了解决回来时在火车地板上睡觉的问题，我到江山饭店的洗衣房要了一条淘汰的旧床单，用作火车地铺的床单。

在返回的火车上，我还帮助抢救了一位旅客呢！事情是这样的：我乘坐的是上海开往哈尔滨的列车，在经过安徽蚌埠之后，列车上的广播就传来寻找医生的声音："各位旅客，大家好！现在本次列车上有一位旅客突发疾病，哪位旅客是医生，请到列车的第六号车厢，帮助救治一下！"我听到这个广播，就如同士兵听到了命令一般，很快就来到了六号车厢。只见一个座位周围围着好几位旅客。大家给我让出了地方，我先给这位旅客号脉，脉象是正常的，我的心里就有底了，我拿出随身携带的针灸针，用酒精消消毒，给这位旅客分别针刺了人中穴、合谷穴、素髎穴，很快这位旅客就苏醒过来了！

经过攀谈，我得知这位旅客是黑龙江省虎林市东方红八五三农场的销售经理，50多岁，这次是到上海出差，由于过度劳累，身体出现了不适。她很感激我，反复问我的姓名、在哪个单位工作，还说"回到黑龙江之后一定要专程到吉林市答谢"之类的话语。

当时我心里想，我要学习雷锋，做好事不留名。所以，不管这位大姐怎么问我，我就是不说我的名字，也不告诉她我的工作单位。现在想起来觉得我当时很傻，告诉她我的名字、工作单位并且留下各自的联系方式交一个朋友，不也挺好？！

由于我在列车上救治了这位大姐，当我找到列车长说明我的火车票只买到沈阳站，沈阳至长春这段距离没有车票的情况，列车长告诉我不用买票了，还万分感谢我，帮了他们的忙，还想办法帮助我解决到达长春之后怎么出站台的问题。

很快我就回到了长春，来到了长春的原国家第五机械工业部国防工办招待所。这时我已经"弹尽粮绝"，身上没有一分钱了，怎么住招待所？怎么回吉林市？这都是困难哪！打电话都没有钱了，多惨哪！哈哈！

于是，我来到国防工办招待所的收发室，借用电话给当时在长春中医学院上课的同事姜丽打了个电话，从她那里借了10元钱，才在国防工办招待所住下，第二天返回吉林市。

070

回到吉林市之后，我上班就把买回了耳穴电脑诊断仪的事情向中医科主任做了汇报，然后主任打了一个具体实施的报告，医院领导班子例会批准了我们科的实施方案。

当时我们医院的领导班子思想还是很开放的。

具体分配方案是：我们科里的同事在医院的各项待遇不变的情况下，使用耳穴电脑诊断仪所创造的收入实施倒二八分配，即我们中医科得八、医院得二，这些收入作为我们科里的奖金。

科里派了富忠萍医生与我一起在土城子保健站开展耳穴诊断工作。

当年我们只得动用自己的各种关系来宣传这项工作。比如我自己书写传单广告原稿，然后到我们吉林江北机械厂的复印科室求陈师傅。陈师傅偷偷地为我们复印了100张广告。

有了广告，我们又买了糨糊，骑着自行车从吉林市龙潭区江北城乡接合部的棋盘街开始粘贴，路边的电线杆子上、公交车站旁的建筑物上、食杂店门口都是我们粘贴的地方。

广告还真的有效果，贴完广告的第二天，就有患者前来就诊。

我们当时定的价格很低，每人做一次耳穴诊断仅收1元钱。

这样一来，我们的工作量可就大了，每天从上午8点钟上班，到下午下班，几乎不能休息，忙得不亦乐乎！当时年轻，每天忙碌也不嫌累，因为我们有经济收入哇！

一个月下来，我们科里提成350多元钱。

按照平均分配的原则，我们每人分到了70元钱。当时我的月工资才52元钱，由于开展了耳穴诊断，我们中医科每个人的奖金收入超过了工资的收入，这在当年是很少见的。

我们贴广告还引来了一件麻烦事，就是被吉林市工商管理局广告科的督察人员发现了。他们穿着制服、戴着大檐帽来到了我们的诊室，出示了工作证之后，向我们宣传了相关的法律法规，说我们在外面粘贴广告的行为违反了《广告法》，要对我们进行"罚款"，这下把我们给吓坏了！我们以前从来没有经历过这样的事情。

我灵机一动，对他们说："我们是吉林江北机械厂职工医院的一个科室，您所讲的这些事情我们以前没有遇到过，明天我们把今天您所讲的情况向医院领导汇报，看看怎么解决，好吗？"

后来医院向工商局广告科说明情况后，才没罚款。

1988 年，我在工作当中遇到过这样一件事情：

一天刚刚上班，我就接诊了一位张姓的师傅（在职工医院称呼患者都叫"师傅"），我让他到挂号室挂了号。当时职工在我这里接受针灸治疗，只需要挂一个 1 角钱的号，就可以连续针灸 10 次，平均每次针灸只花 1 分钱，几乎是不花钱。

这位张师傅得的是肘部关节周围疼痛，我进行了常规消毒，选择了相应的穴位，当针刺曲池穴之后，我的手指刚刚行捻转针柄，就觉得针柄捻空了，原来是这支针灸针断了。手持着的部分拿了出来，但针灸针断了的残端还在患者的手臂里。我冷静下来，对张师傅讲："您不要紧张，不要运动这只手臂，不然的话，断针会向前刺进。"我安顿好这位张师傅之后，很快就把所有患者的针灸针给拔了下来。

我叮嘱这位患者，千万不要动，我来想办法，一定会把针灸针取出来。这位张师傅很配合。

当时，我的脑海中出现了两个方案：第一种，使用磁铁吸出来。第二种，用救护车将张师傅拉回医院，通过外科手术取出断针。

想来想去，我还是倾向于使用磁铁取出。

当时诊室里有一只坏喇叭，我把后面的磁铁取了下来，先在针盘里拿一根针，用磁铁吸了一下，看看这种针灸针是不是含有铁的成分，我实验了一下，果然磁铁能够吸住针灸针。

我心里很高兴，暗想：使用这块磁铁一定能够把断在张师傅上肢里的针灸针给吸出来。

由于这块磁铁是一款老式广播喇叭上的，磁铁的磁性已经退化了，试了几次都没成功。我突然想起来，在我们保健站的门口有一个修理无线电的师傅，平时我们都很熟悉。于是，我到他那里找了一块磁铁。这块磁铁可比我刚才使用的那块磁铁磁性强得多了。

回到保健站，我使用这块磁铁吸了不一会儿，就把针灸针的断端吸到了皮肤下，然后用止血钳子的嘴夹破了皮肤，再夹住针灸针的断端，向上一提，就把这根断针拔出来了！

这时我才松了一口气，一颗悬着的心也落了下来！

这时，我连忙向这位张师傅道歉："对不起！对不起！"这位张师傅是我的老患者，总来找我给他针灸，我们处得非常好。

张师傅也连声说："没关系！没关系！给你添麻烦了。"就这样，我们来回寒暄着，结束了这场"危机"。

后来，我根据这次意外，写成了《磁铁吸引取出断针一例报告》的论文，两年之后还凭借这篇论文，参加了在黑龙江中医学院举行的"全国针灸临床经验交流会"。

事后我查阅了很多的针灸教材，关于断针的处理方法，都是"在 X 光下行手术取出"，没有磁铁吸引取出针灸针断针的案例。

我的这个《磁铁吸引取出断针一例报告》的方法应该是填补了这项空白！

来到土城子保健站工作，我接触的人和事比在总医院的时候多了很多，视野也开阔多了。

我们土城子保健站与吉林化学工业公司职工医院的直线距离只有200多米，在吉化职工医院的门前有一位韩大夫，他利用自家的房屋开了"吉林市残青协会门诊"。

那个时候，申请办理一家医疗机构是一件非常不容易的事情，韩医生是一位能人，社会交往很广泛，各界都有好朋友，在朋友的帮助下，他办下了"吉林市残青协会门诊"的手续。

韩医生工作不忙时，经常到我这里来切磋中医知识，我也很愿意与他交往。

时间久了，我们成了很好的朋友，我也时常到他的诊所坐一坐，聊一聊开办诊所的政策、目前市场的形势等。这样一来，我的视野也开阔了，心里总有一种跃跃欲试的感觉。但是，我不敢辞掉"正式"的工作出来开诊所，我只能在现有的职权范围内，做一些合情合理又合法的尝试。

我们这个保健站距离龙潭中医院直线距离也就 1 公里，很多找我看中医的病人，在我们职工医院的药房抓不全的中药，就得到龙潭中医院去购买。

于是，我就找到了当年龙潭中医院的张院长，与他协商将我在他们医院备案，我开的中药处方可以在他们医院的中药房划价缴款取药，并且约定将处方面额的9%给我。

我这样做也不损害我们职工医院的利益，因为我们是国有职工医院，工厂全额拨款，我为职工患者开的中药处方越多，职工医院就越赔钱。另外，职工医院的中药房抓不齐的那部分中药，职工患者需要到外面的药店去购买，回来之后经院长签字才能够报销。这样一来，既给看病的职工患者带来了麻烦，又给医院的院长带来了麻烦。我给职工患者看病，开具的处方到龙潭中医院中药房去抓药，与他们讲明，一律自费。这样一来，就解决了各方的麻烦，我还有了小小的收入。

时间来到了1989年的夏天，工作8年的我，工资每个月还是只有52元。孩子上学、房费、水费、供热费、秋天的储备蔬菜等费用的支出，让我们的经济压力越来越大。

看着韩大夫挣了那么多钱，我的心思也活了，整天想着挣钱的门道。

我岳父的二弟在黑龙江省虎林市八五零农场卫星糖厂工作，当年他主管工厂的建筑材料采购。在工作中，他认识了当地杨岗镇的一位于姓司法助理，并且认了干儿子。

因此，我岳父提议我与这位干哥哥联系一下，看能否到他们那里做一个临时乡村医生，这样就可以挣一些额外的收入了。

我打长途电话联系上了这位干哥哥——于洪宝。

于哥哥愉快地答应了我

1992年12月，作者在哈尔滨参加"全国针灸临床经验交流会"

的请求，同意以他家为基地，为我提供行医方便。

于是在暑假刚刚开始，我就踏上了北上的列车，第一站来到了哈尔滨我妻子的二姐家，准备从那转开往杨岗的列车。

哈尔滨到杨岗还有一夜的车程，那时候购买卧铺车票还是很难的。

二姐在哈尔滨铁路医院工作，认识很多铁路上的朋友，她帮我联系上了我坐的那个车次的列车长，我上车之后很快就被安排到了卧铺，这样我就能够睡一个晚上了。

第二天下午1点多钟，列车到达了杨岗。于大哥与他的妻子一起到火车站来接我，他们争先恐后地帮我拿行李。

这次来黑龙江，我还特意为于大哥带来了我们吉林省特产的黄盒人参烟和新鲜的桃子。

吃过午饭，于大哥家里来了很多的人，他们早就听说我要来这里给大家号脉看病，一直期待着我的到来。

我忙到了晚上才看完最后一位患者。

有需要针灸、拔罐子的，我就利用于大哥家的火炕给这些患者治疗；有需要开中药的，我就给他们开处方，告诉他们到虎林县里的大药房去抓药……

几天之后，这附近的人都看得差不多了。他们说帮助我再找一个人家，就是于大哥的妈妈家。于是，我坐上手扶式拖拉机，沿着凸凹不平的农村小路，一路颠簸地来到了于妈妈家。

于妈妈是一位个子不高，稍微有一些弯腰的小老太太，对人非常热情。

在这里，我继续给乡亲们诊脉治病。

就这样，我做了一个月的"走方医"，这一个月的收入相当于我当时一年的工资。

073

回到吉林市，我又收到了中国针灸学会组织召开"全国单穴针灸临床经验交流会"的通知，我的《针刺对胆囊收缩功能的实验观察》一文被选中了。这次大会在山西大同铁路医院召开。于是，我又踏上了开往山西的火车。

这次我借来了照相机，把会议期间珍贵的瞬间记录在镜头当中。

参加这次会议的同仁都是带着自己的绝活来到山西大同的，我积极地参加小组的学术活动。

记得一位河南省郑州卷烟厂职工医院的郑姓朋友，他看我积极好学，就传授给我了几个绝招，并且告诉我："小赵哇！我传授给你的这些方法够你吃半辈子了！"的确，他的这些方法都是非常实用的，我回来之后在临床上进行了验证，都非常灵验。郑老师传授给我的治疗方法，极大地提升了我的针灸技术水平。

来自福建省东山中医院的陈大姐对我更是偏爱有加，她告诉我，前几年她到新加坡的妹妹家走亲戚，用针灸为妹妹的邻居、好朋友治疗疾病，都收到了满意的疗效，每次治疗后他们都主动给一点治疗费，仅仅两个多月的时间，她就回到福建用这些钱盖了一幢二层小楼。

她还无私地传授给我几种治疗疾病的方法，我都一一记录在笔记本上。

会议结束之后，我们还搭伴去玩了一趟。

074

在土城子保健站工作比在江机医院工作的视野开阔了很多，起码孩子上学的事就不用只盯在江机厂的那三个小学了。当时在龙潭区比较好的小学就数龙潭实验小学。

在孩子上学前班的时候，我就托人把他办进了龙潭实验小学。这所小学距离我居住的地方有 3 公里的路程，我每天都用自行车带他上学。

记得有一次下雪天我送孩子上学，在大马路上骑着自行车还可以，有汽车轧出来的车辙，可是到了小区里就很艰难了。在雪比较厚的地方，我怎么使劲儿，车子也不往前走。儿子坐在车上看着我这么吃力，也不忍心继续坐在自行车上了，说："爸爸，剩下不远的路就到我们学校了，我下来自己走吧！"我目测了一下距离，只剩下 300 多米了，他可以自己走。于是，我就停下自行车，让他下来。我望着儿子在雪地里行走的背影，心里一阵酸楚——如果我身体健全，就能够用自行车推着送儿子上学，不至于让一个 7 岁的孩子自己在大雪地里走着上学！

我心里暗想：我一定努力赚钱，改善家里的经济条件，让儿子、妻子生活得更好！

孩子在距离我单位不远的吉林化工公司化肥厂的三八食堂吃午餐。每天中午放学，我就到龙潭实验小学门前接孩子到三八食堂吃饭，然后再把他送回学校。

等孩子到了二年级以后，他自己就可以到三八食堂吃中午饭了。

每天早上，儿子上学也可以自己背着书包，从吉林北站的过街天桥直接到学校上学，下学再自己回到家里，因为我岳父在家里。

有的时候，儿子还领着同学到我家里面来玩，记得有一次，他领着一名叫常胜的同学来家里面玩，满地堆满了积木，还捏了很多橡皮泥小动

1992年，作者在江机医院土城子
保健站与林艺非主任合影

物，玩得很开心！

前面讲过，我在土城子保健站给患者看病，他们可以到龙潭中医院抓中药，我还能够挣点提成。因为看病的人逐渐多了起来，有人就把我在这里的事情添枝加叶地给我们医院的一位领导汇报了。

这位领导回到医院之后，就给院长说了。我们的院长在到我们土城子保健站视察工作的时候，悄悄来到我工作的诊室，对我说："赵啊！我问你一件事情，你如实告诉我就行。"

我说："院长，您问吧！"

院长："我听说你在这里看的病人，可以到龙潭中医院抓药，是真的吗？有提成吗？"

我回答说："院长，我所看的病人到龙潭中医院抓药是真的，有提成，按照处方面额的9%给我提成。这件事情我自己觉得并不影响咱们医院的利益，咱们是职工医院，都是福利开药。再者说，咱们医院的中药不齐全，职工患者还得到市场上的药店购买，回来还得找您报销，又麻烦，又浪费。我直接让他们到龙潭中医院自费买药，就解决了这些问题，于公于私都有利，何乐而不为呢？还有一点就是，我还很年轻，如果现在不看病人，每天只知道清闲自在，等到我老了，我的中医临床事业就荒废了呀！"

院长听了我的解释，笑着说："我就是了解一下真实情况，对相关人员有个说法。"然后，他指了指自己的耳朵，说："这里都听满了，之前我不知道真实情况，这回我清楚了！"

在此之后这件事情就没有人再提了。

075

时间来到了 1991 年，这一年的腊月二十八，我在家里摔倒了，把有病这条腿摔成了骨折。

这一年的春节前夕，我和妻子一起打扫卫生，这已经是一种惯例了，每年的春节前，我们都要把屋子收拾得干干净净的，一般家里的活凡是我能做的，我都抢着来做。

这次我是要擦拭组合柜，我在上凳子的时候，不小心将凳子蹬倒了，我顺势就摔在了地上，正好右侧腿的膝关节处着地，当时疼得我站不起来。妻子过来要扶我起来，可我怎么也不敢使劲儿。过了好一阵子，在妻子的搀扶下，我挪到了床上。

后来妻子联系了我爸爸，爸爸听说之后，安排他的好朋友李绍安叔叔开着解放牌大卡车来到我的家里。

李叔叔把我送到了吉林化工公司职工医院。

我当时很担心，心怦怦直跳，生怕因为这次摔倒再也站立不起来了！

这个时候，我妈妈、弟弟、弟妹、妹妹、妹夫都来了。我在兄弟姐妹当中排行老大，身体又有残疾，每当我有什么事情的时候，他们都是第一时间赶到。

爸爸、妻子、李叔叔他们也是焦急地等待着 X 光片子，等着看我的膝关节摔伤的情况。

过了好长时间，X 光片子结果出来了，报告说是"骨折"。当时听到"骨折"二字，我的脑袋"嗡"的一下，几乎要崩溃了！

医生解释说："这个骨折很轻，只是骨头裂了一个缝，这个骨裂也叫作骨折。"听到这样的解释，我心里才放松了一些。

医生为我打上了石膏，嘱咐了一些注意事项，开了一些治疗骨伤的药物。由于我是医生，知道骨折怎么治疗、休养，就直接回了家。

在养伤的过程中，我把这些年来治疗疾病的经历、方式方法都一一进行了梳理，还研究了骨折的固定与治疗，借此机会复习了一下有关骨折方面的知识。

当时年轻，气血流通顺畅，加上妻子悉心照顾，我的骨折很快就痊愈了。

但是，这次骨折给我带来了很严重的后遗症，我患肢的膝关节不能够完全伸直了，在行走的时候，只能够独立行走50多米，这条腿就支撑不住身体了。这个现实我实在是接受不了，如果一直这样下去，我今后的工作、生活怎么办哪？虽然每天也上班、下班，别人看不出来我有哪些变化，可是我的心里痛苦极了，一直生活在压抑之中。

于是，我自己设计了一种恢复膝关节伸直的方法：坐在沙发上，将患肢伸直，脚跟放在凳子上，在膝关节上压一个重物，向下借力。我想象着有一天能将膝关节逐渐压直……

我坚持了很长一段时间，但没有多大起色，我的这个试验失败了！

我只有面对现实，继续上班，继续为每位患者解除痛苦，并寻找挣钱的机会。

挣钱心切，就容易上当。

我妻子一位朋友的儿子在江机厂的运输公司工作，时常到我这里坐一坐，唠唠嗑。

一次，他说要到云南的瑞丽做一个买卖，在那里能够买到成包进口的旧西装，按照重量计算付款，拿回来再分门别类批发出去，很赚钱。他向我借750元钱，说不白借，挣钱了还给我利息，买卖做成了就还给我，我轻易地就相信了他，把钱借给了他。

结果过了一年多他也没还，我与妻子经常因为这件事情吵架。每次问他都说快了，货马上就到了，出手就给我钱！一晃就是一年半的时间了，再次找到他时，他主动提出一个方案：我们两家互相换房子。他家住的是江机厂 1981 年建造的新型格局的两室一厅的房子，在三楼；我家住的是小套间，在一楼。由于这个区别，他不用还借的 750 元钱，互相换房抵债，这样我可以改善居住条件了，我就答应了他！

但在到江机厂房产处办理互换手续的时候出了问题。当时的江机厂房产处处长姓王，他不同意我俩换房，理由是我的入厂工龄短。如果为我们俩办理了互换手续，会引起工厂其他人员的误会，以为是分配给我的住房。无论我们怎么解释，王姓处长就是不同意办理换房手续，就这样，这件事情搁浅了很长一段时间。在这段时间里，我想了很多的方法，最后，我找了唐副厂长才办理了互换房子的手续。

手续办完后，问题又来了，对方的妈妈就是不搬家，我和妻子分别登门拜访都无济于事。后来，住在他家对门的蔡师傅，问了他妈妈才知道她觉得不划算，还得补钱才行。

我听了之后，考虑了一会儿，对蔡叔说："这样吧，我基本上同意再补一些钱，但是不能太多，多了我也不接受。如果老太太坚持不搬家，那就马上还钱，不然我就起诉到人民法院。现在从法律上讲，这套房子已经属于我了，法院可以强制执行。"

蔡叔回去转达了我的意思，老人家提出再要 1000 元，我只答应给 700 元。最后我们以 750 元钱达成协议，顺利地互相搬了家。

这次搬家是我自结婚以来的第五次。

这套房子在当年是我们江机厂格局最好的住房。两居室，南北通透，还有一个大约 6 平方米的小客厅，又是三楼，属于甲级楼层。

但这套房子我只住了 3 年。

　　后来，我们土城子保健站所在地被确定为工厂建造家属住宅楼的位置，工厂就为医院土城子保健站建造了一个 250 平方米的新房舍。

　　1991 年，我们土城子保健站搬入了新房舍，这里与龙潭区防疫站仅仅一墙之隔。

　　这里窗明几净，大家工作的时候心情很舒畅。

　　我真正的经济承包就是从这里开始的。

　　一次偶然的机会，我萌发了承包科室的想法。一个星期日的早上，我的一位在江机厂第二小学工作的患者来到我的诊室，她患了感冒，当时发热、咳嗽、周身疼痛。由于是星期日，医院的医生、护士都休息，不能给她看病。她来到我这里，要求给她开点滴，当时我的药柜里正好有一些点滴的药品，于是，我就给她开了两瓶点滴，我自己给她扎的静脉穿刺。我静脉穿刺的技术还算可以，一针就给她扎上了，连续点滴了两瓶，她的病很快就好了，我还有了经济收入。

　　通过这件事情，我萌发了在这里承包科室的念头。

　　于是，我专程找到了我们医院的徐福仁院长，与他说了我要在我们医院土城子保健站承包科室的想法。

　　徐院长是一位思想开放的院长，他非常支持我的想法，并答应我等医院领导班子研究之后再给我答复。

　　没过几天，江机厂医院领导班子开会研究后，一致同意我进行承包试点。开始的政策是：我在那里完成医院的正常医疗工作之后，可以自己开展一些项目，自己直接收取费用，工资照常发放，自己挣奖金，医院的奖金就停止发放了。这样一来，我心里就有底了。

医院给我两个房间，一个做诊室，一个做针灸室。我又搞来了一套中药架子，由于我的房间已经布置满了，药架子没地方放了，经过请示医院，医院同意把药架子放在土城子保健站的药房里，医院派药房的张药剂师、朱药剂师为我兼职抓药，每个月我给她俩一定报酬，我们合作得很愉快。

我自己制作了简易电子火针仪，买来了电针仪、理疗仪等简单的医疗器械。

我又开展了推拿、按摩等业务，自己购置药品、大补液、注射器、输液器等物品。

那时候我是自己看病、自己配药、自己扎点滴，每天起早贪黑，早来晚走。我为附近的居民提供医疗服务，既方便了附近居民的就医，也为自己增加了收入。这种承包形式既体现了社会效益，又有了经济效益。这是在企业医院工作量不饱和的情况下，一种值得探讨的承包形式。

那时候企业医院都是双休制。记得一个冬天的星期日，我从早上 7 点多上班就开始接待患者，边看病、边配药、边扎点滴，中午饭一直到了下午 3 点多钟才吃。

那一天，我一直忙碌到晚上 10 点半才回到家里。回到家里虽然很疲劳，但是摸一摸装钱的裤兜，心里就甜滋滋的，很有满足感、成就感，一天的疲劳也就烟消云散了。

那时候的工作热情特别高，静脉穿刺的技术也逐渐地熟练起来了，就连给三五岁的孩子穿刺也能够做到一针见血。有一个 11 个月的孩子，我还为其成功地扎上了头皮针。

开展西医诊疗的同时，我还是扎实地从事着我热爱的中医工作，除了正常开展针灸、诊脉等项目之外，我还自己配制中药散剂，因此还专门购置了中药粉碎机，配制药酒的大玻璃烧杯、电炉子等物件。我先后配制了治疗各种痹症（各种风湿病）的药酒，临床上治疗效果非常理想。江机厂的一位女工，患有风湿病多年，我为她配制了药酒，她连续服用了两个月，风湿病就好了。

这个方子的药力还是很强烈的，如果不按照安全剂量服用，是会出现不良反应的。

一次江机厂43车间的工会主席得了急性风湿病，双侧下肢酸胀疼痛，接连几天都下不了地了。

我为他配制了药酒。

这位工会主席爱喝酒，平时都是按照我告诉他的剂量服用。可是有一天他到父亲家里喝了一些酒，回到家又拿起药瓶子喝了一大口，这一口远远超出了我限定他每次口服的剂量。在喝完药酒一个多小时之后，他就开始四肢抽搐。他们还不知道我的家住在哪里，等他们的家人找到我家的时候，都是晚上10点多钟了。我赶紧穿上衣服，骑着自行车赶到这位工会主席的家中，为他进行了解药处理，一直忙活到后半夜，我才回到家里。

我就是这样为每一位患者精心地治疗着各种疾病，渐渐地有了一些小名气，远近找我看病的患者也逐渐地多了起来。

为了进一步扩大影响，我们单位的王晓燕同志还为我约请来了《江城日报》和吉林市人民广播电台的记者，把我在临床一线工作的业绩以及身残志坚的精神等都一一写入了文章之中。

当年由于我的身体还好，每天都有患者家属约请到家里治疗。由于我在临床上练就了一手静脉穿刺的好技术，到了患者的家里，基本上是一针见血，所以这些家属都很信任我。一年下来，经济上也有了丰厚的回报。

一年的承包期到了后，医院领导班子决定不再给我发放工资了。从那时起，我就开始自给自足了，也就是从那时起，我就没有再挣过工资——那是1994年。

由于我的勤劳与专研，临床经验越来越丰富，治疗起各种疾病来也就越发得心应手。但在单独承包行医的过程中，我也遇到过很多的难题，比如常见的输液反应、过敏现象等。

那个时候，有一些药厂的生产还很不规范，药品质量低劣，医疗安全得不到保障。

记得有一年，某地生产的水针制剂双黄连注射液，产品质量极为不稳定，经常会有病人发生输液反应。他们的临床表现为发冷、高热等表现，体温可迅速升高至40℃—41℃。

当时我就立刻停止输液，给予患者相应的治疗。有的时候一位输液反应的患者还没有处理完毕，另一位又出现输液反应。我都一一进行了有效的治疗，从没有出现过医疗差错与事故，这一点是非常庆幸的。

回想起那些年，真是有些后怕！好在我平时就注重医学知识的学习与积累，在临床上，遇到一些紧急情况处理得还是很恰当的，这样就避免了医疗差错的发生。

我自打单独承包，每天都很紧张，谨慎小心，真是如履薄冰。因为人命关天，不可有半点的马虎！

承包的第三年，医院又有新的规定：除了工资奖金自己挣之外，每年还要向医院交3000元钱。经济压力逐渐加大，我就要自己想方设法创收。

由于两年的承包有了一点经济基础，我就与朋友们干起了其他经营项目——倒卖二手车。

那时候，吉林市二手车行业刚刚兴起，来自全国各地的二手车经纪人蜂拥而至。

记得我从江机厂六分厂购买了一台吉林市微型车厂生产的六座小客车，公里数也不多，保养得也很好。我只花了 17500 元钱就买到了手。稍稍加以收拾，这台车子就焕然一新。

我求朋友将车开到吉林市二手车市场，展示待卖。

我的这台车子被一名来自北京的经纪人相中了。经过几轮的讨价还价，我们最后以 26000 元的价格成交。

这台小客车我一转手就挣了 8500 元，这在当时是一笔不小的收入，相当于我一年的收入了。

我卖二手车的信息，也使得一些别有用心的人有机可乘。

我的一个发小就欺骗了我。

这个与我一起长大的发小会开车，是龙潭区某公司的司机。

一天他说从吉林省延吉市买回来一台二手面包车，说是为我买的，直接让我到他家院子去看车。

那车表皮已经不是原厂漆了，四个轮胎的花纹已经没有多少了，车子打着火冒着蓝烟，内行一看就知道发动机已经需要大修了。

卖家给了一套活塞环，说只要换一下活塞环就可以了。这个发小自称花了 8000 元买的这台车子，又是专门为我买来的，我不好意思推托，就违心地留下了这台车子。

现在想起来，当时我可以有 N 个理由拒绝买这台车。

买回来这台车之后，每天可就有事做了。

开始，我请来了江机厂基建公司车队修理班的张立君和他的徒弟一起为我修理这台车。

后来张立君告诉我，这台机器需要大修了，单换活塞环不行。

这一次大修后，我又投入了很多钱才把它修好，但把它开到二手车市场去卖，有人看，没有人买。这种情况持续了很长时间。

功夫不负有心人，我的一位同学的亲属正好要买一台微型小客车，他看车以后很满意，最后这台车以 12000 元成交了。

这台车子最终也没有挣到钱。

做买卖就是有挣有赔，不可能总是挣钱，这个赔了，下次再挣吧！

时间来到了 1995 年，我的病腿自打 1990 年摔伤之后，只能独立行走 50 米左右，压着膝盖走也超不过 1 公里，5 年来严重地限制了我的活动范围！我心里很苦闷，总在研究怎么能使右腿的膝关节伸直。

后来我想到了吉林市骨伤医院，这是一家骨伤专科医院，遇见过各种骨科疾病的情况，他们一定会有好的办法！我抱着很大的希望来到了吉林市骨伤医院。

医院的张院长是骨科专家，他对我说："我这里遇到你这样的病例很少，你这条腿的情况我处理不了，我可以给你介绍一位儿麻矫形专家张振龙主任，他会有办法治疗你这条腿的。"

听了张院长的话，我的心里敞亮了许多。

我电话联系上了张主任。

他详细询问了病情后对我说："根据你说的情况，应该能够手术治疗，你可以先来长春，我再具体给你会会诊，看看实施哪一种手术最佳。你来之前再给我打个电话，免得我外出了，你就白来了。"

我的病腿终于又有希望了，我把这个消息告诉了我的妻子，后来又告诉了爸爸。全家都在为我的腿能够治疗而高兴！我也盼望着早日成行，早日手术，早日能够独立行走。

我与爸爸很快就确定了去长春的时间。

这天，我们起了一个大早，早上4点多就出发了，来到医院的时候，人家还没上班呢。

见到张主任，他热情地接待了我，为我做了全面的检查，并制定了具体手术的方案，听了以后，我心里非常高兴，期盼着早日做手术。

回到吉林市，我把邀请张主任来我们江机厂医院为我做手术的事情向徐院长进行了汇报。徐院长听了以后也为我高兴，同意了我的请求。

医院这边联系好之后，我联系了张主任，确定了时间。

1995年的12月15日下午3点多，我们在吉林市岔路乡接到了张主任。

第二天，吉林江北机械厂职工医院外科的医生、护士们做好了术前的准备，进入了手术室。

手术非常成功！

手术的第二天，爸爸、妈妈亲手做了我爱吃的饭菜，早早地就来到了医院，进屋就问我："昨天晚上手术的伤口疼了吗？"我说："过了麻药劲，稍稍疼了一点。护士给我打了止疼针，这一宿睡得很好，为了我能够重新站立起来走路，什么困难我都能克服，你们放心吧。"

住院这些天，爸爸、妈妈每天都是如此，可怜天下父母心哪！

手术之后，我在吉林江北机械厂职工医院住了一周，就回到了家里进行疗养。

这下可忙坏了我的妻子，她每天除了上班，中午还要回家为我们做中午饭，当时儿子已经上小学六年级了，我岳父还在我家。最为难的是每天要为我接大小便，妻子从来没有怨言，我深深地被感动着。

在我养伤康复这段时间里，我认真地研读了《中医骨伤科学》，对于骨折又有了新的认识。

我认为在临床上中西医结合治疗骨科疾病更为实用。比如，我做完手术，患肢用石膏固定就比较实用。石膏固定不会变形、移位，但是也有弊端，就是患肢的通风不好，随着时间的进展，患肢瘙痒难忍，也很难受。但换一种固定方法，用中医的小夹板固定就能够解决这个问题。小夹板固定可以随时调整松紧度，患肢通风良好，血液循环流畅，有利于骨折部位的康复。

养病期间，我承包的科室就停止看诊了，我每天躺在病床上很着急。伤筋动骨一百天哪！于是，我就给自己制定了一个床上康复流程，每天除了口服药外，还按照"华佗床上八段锦"做一些运动，并且阅读了苏联作家奥斯特洛夫斯基的《钢铁是怎样炼成的》、中医教科书《外科学》、邵伟华的《周易与预测学》等书籍。

术后两个半月的时候，我就试着将石膏筒子一点一点剪开，这时的患肢皮肤整整脱掉了一层。这个时候，手术骨折的部位，骨性骨痂已经长成了，患肢整体可以移动，我双手扶着凳子，一步一步地在屋子里移动。这次矫形手术很成功，到了三个月的时候，我就试着迈出了第一步，膝关节支撑住了整个身体，紧接着我又迈出了第二步、第三步……"我能走了！我能走了！"我在心里呼喊着。妻子下班回来，看到我在地下行走也很高兴，我们一起分享着手术成功的喜悦！

时间来到了 1996 年春天，我的腿恢复了独立行走能力，我真的是高兴极了，从内心里感谢长春 208 医院的张振龙主任！同时感谢吉林江北机械厂职工医院为我的手术付出心血的医护人员，感谢我爸爸、妈妈的辛勤付出，还要感谢我的弟弟、妹妹几个家庭。我特别感谢的是我的妻子，她每天每夜都守护在我的身边，正是有她无微不至的关怀与照顾，我才能康复得那么好。

养伤这段时间里，有一件事我也是很上火的。在手术之前，我买了一台 212S 北京吉普车，买的时候很便宜，如果开到二手车市上，能赚 1 万多元钱，但是由于急于手术，就只能把车子临时停放在"龙潭区防疫站"

院子里。防疫站时常打来电话让把车子移走，我只得求人把车子临时开到朋友家的院子里。存放在防疫站时，有人把车子的篷布给割了个大口子，我病好了还得修理车子。

这一件件事情压在心里，养病期间真的是度日如年，又着急又上火，没有办法，只有等待再等待！

我稍稍能走，就急着上班了。

那时候，我的主要交通工具就是自行车，每天骑车上下班。

我整理了我的诊室，随即就开始投入工作。很快，我的患者又一个接着一个来诊疗了……

我的那辆吉普车最后卖给了吉林市江北制药厂。

时间来到了 1997 年。

一次偶然的机会，我认识了一位尚姓患者，攀谈之中得知他有吉林江北机械厂的两个独立的单间房子，他家里是老少三代人，在这两个独立单间楼房居住照顾老人很不方便，想换一个两室一厅的楼房，我听到这个消息，就动了心！

我是想先与他谈成换房，互相不实际操作，谈成之后，我再寻找一处三室一厅位于一楼的房。当时，吉林江北机械厂职工住宅楼一楼的房子都是三室一厅的格局，厂子就把这样的房子分配给两家。

我在地理位置相对比较好的吉林江北机械厂住宅汉阳小区贴出了换房启事，很快就得到了回应，这套住房位于这个小区的中心地带，门口就是江北有名的大华市场。这套房里面的里间住的是一对老夫妇，外间住的是一对年轻夫妇，他们对我用来交换的两个独立单间很满意。我们三方互相看了房子，很快就到吉林江北机械厂房产处办理了相关的手续，我们一起协商选择了良辰吉日同时搬家。

这样一操作，我这么一个1981年参加工作的年轻职工就得到了1950年代老龄职工才能得到的待遇——三室一厅的房舍，我很满足。

得到这套房子以后，我们搬进来仅仅居住了3个多月，我就萌发了使用这套房子做点什么的念头。这套房子的位置相当好，地处江北大华市场的十字街，每天门前车水马龙，人流量很大，这个市场经营着各种蔬菜水果、肉类熟食、米面粮油等，真是应有尽有，很繁华。

想来想去，还是围绕我们自己所熟悉的专业为好，我想开一个西医诊所。

当时办理诊所手续是很难的事情，经过很长一段时间的努力，终于可以办理。当时我是国有企业职工医院在职工作人员，妻子也在公立医院工作，我俩都不具备担任诊所法定代表人的条件。

于是，我想到了曾与我一起工作的王大夫——王淑范。

她原是我们医院妇产科的医生，心地善良，乐于助人，当时她就在我的诊室上班，我们一直处得很好。

当我求她的时候，她二话没说，第二天就把相关的证件都给我拿来了。

开办诊所的手续问题解决了。

我们全家研究决定再买套住房，最好是二手的，于是就四处打听二手房的房源。

说来也巧，我的小学同学尹延国手里有套毛坯房，楼层是三楼，甲级楼层。

后来，这套60多平方米的房，他以6.5万元卖给了我。

这套房子比我那套吉林江北机械厂的房子强多了。用一个月时间装修完后，我们还购买了家庭影院，还可以唱卡拉OK，家具也换了。我给儿子那个房间购买了箱式床、写字台、收录机。

很快我们就搬入了新家。

这样一来，我刚刚换完的那个三室一厅就可以用于开办诊所了。

这套房子在一楼，出入很方便，经过一番改造，初步改成了诊所要求的格局，包含诊室、注射室、药房、观察室。我们把药品柜、操作台、局部隔断、点滴架、各种药品等都准备齐全了，就等着卫生局的领导择日光临检查验收了。

这么一等就是半个多月，一天我接到电话，说领导要来诊所验收了。

下午2点多钟，几位领导来到现场，视察后提出一些整改意见就结束了。

过了十几天，他们通知我可以到卫生局领取医疗机构执业许可证了，这就是行医执照，有了这个就可以合法地行医了！那是1995年9月的事情。

诊所的全名是"江城王淑范西医内科诊所"。

经过一番研究，我决定先聘任吉林江北机械厂职工医院内科退休的赵姓医生为我出诊，并聘任了一位护士。

经过一个月的运行，患者寥寥无几，如果一直这样下去，不是要亏损吗？

正在这时，吉林江北机械厂职工医院儿科原主任李洪在另一个诊所的承包期到了，想寻找新的合作伙伴，我们两家人见面一谈，一拍即合，于是我们就开始合作了！

李洪主任个子不高，略显瘦小，为人谦虚，和蔼可亲，儿科诊疗技术十分娴熟。

对于患儿，他查体耐心细致，诊断准确，经过他诊治的患儿，病程时间短，用上药物后，很快就能够见到效果，患儿家长都非常相信他，他走到哪里，患者就跟随到哪里！

在他刚刚到我这里的时候，有很多患儿家长一时找不到他。于是，我就制作了很多广告，从农村贴到城区，整个吉林市的龙潭区，基本上我都贴了！

慢慢地这些患者就都找回来了。那时我的儿科诊所门前真的是车水马龙，每天早上，人们早早地就来到诊所门前排队看病，很快我的儿科诊所就在吉林市出名了！

080

我们搬到了新的房子后，居住环境比原来好多了。虽然距离我承包的土城子保健站只有200多米，我还是买了一台国产建设牌踏板摩托车，这样一来，我的活动范围就扩大了很多。那个时候，我经常到患者家里，有这台小摩托车后就方便多了。

这个时候我已经有两个诊所了。当时儿科门诊的收入比我承包的科室高。儿科诊所那边聘了一位护士，我的妻子亲自管理，也参与具体工作。她的小孩头皮针穿刺技术还是蛮不错的，好多孩子家长都专门找她扎针。前面我介绍过，我们是吉林卫校的同学，她始终在临床一线工作。

正当两个"实体"的经济收入逐渐走高的时候，一场灾难又向我走来。

1998年的一天晚上，我不小心摔倒了，致使右侧（患肢）股骨骨折！当时家人打电话叫来了我的两个弟弟、妹夫以及二弟弟的内弟宋德江、内兄宋德臣等人，他们用担架抬着我去医院。随着担架的上下颠簸，骨折的两个断端相互摩擦，疼得我后背发凉，我双手紧握、咬紧牙关，一声不吭。来到医院拍过 X 光片子后，诊断为"股骨上 1/3 骨折"，情况知道了，我也没有住院，天亮就回到了家里，因为我知道骨折的治疗程序。

第二天，妻子找来了龙潭中医院的马福德医生，马大夫是骨科专家，有丰富的临床经验。我找到他来接骨，就是想使用中医骨科治疗这次骨折。

马大夫为我进行了小夹板固定，对骨折的远端进行牵引，然后让我口服龙潭中医院自己制作的"接骨丹""活血散"。

这次骨折的治疗，我凭着以前骨折手术的经验和教训，想采取纯中医的治疗方案，可是，牵引了两天，进展不明显，我怕出现骨不连接或者变形，出现畸形，再次影响我行走！经过反复考虑之后，我还是决定联系张振龙主任，让他再次为我手术。

我连夜给张主任打通了电话，他答应第二天就赶过来，我赶忙联系吉林江北机械厂职工医院的院长。

第二天，张主任准时来到我们医院，亲自操刀为我做手术。

手术之后，我在医院只住了 7 天，就回家慢慢地疗养了。

再次卧床让家人护理的滋味，只有我自己才能够体会到。这回又难为了我的妻子：她每天为我打来洗脸水、端来饭菜，我吃完了她还得端下去洗，收拾厨房。孩子上学走了，她把我安置好了，再到儿科诊所上班。那时的儿科患者还多，一忙就是一上午，中午还得回到家里管我的吃喝。我养病这几个月可辛苦了我的妻子，我真的很过意不去！

我的妻子是一位非常传统的东北女性，性格刚烈，干净利索，干啥像啥，是一位合格的贤妻良母！

那时我家住的这栋楼位置很偏僻，没有路灯，忙了一天，不敢把当天的收入放在身上，只得藏在诊所里，第二天再存入银行。

那段时间，我过得很郁闷，每天只能用看电视、看书来打发时间，确实是度日如年哪！

我由于休息，没有了经济收入（因为吉林江北机械厂职工医院已经不给我开支了）；我存在土城子保健站仓库里的一件输液器也丢了；很多患者中断了治疗，还得把已经交的款给人家退回去；我的人事关系又给转到了吉林江北机械厂的"再就业中心"，听到这个消息，我很震惊，也很担心，很迷茫！

在养伤的几个月里，我的心灵再一次受到了煎熬。

孩子还小，妻子压力太大了，唯一能够有一点安慰的，就是我开的儿科诊所每天还有点收入。

尽管精神上、肉体上的痛苦折磨着我，我也得咬紧牙关，坚强地承受着！我心里在想：这只是我生活中的一个低谷而已，黑暗总能过去，曙光就在前面，老天爷饿不死活家雀！加强营养，加强锻炼，骨折终究会长上的，等骨折好了，一切都会好起来的，目前就是坚持、坚持再坚持！

我就是这样每天坚持锻炼，数着天数。在手术之后150天的时候，我认为骨性骨痂应该长得牢固了，就试着独立站立。我将身体的重量逐渐加到右侧的下肢上，当加到一定程度的时候，就试着向前走了一步。这时，"咔吧"一声，我一下子就意识到坏事了，刚刚长好的骨骼又骨折了。

因为急功近利，操之过急，造成了二次骨折，又得重新养伤几个月，一切又都归零了，我的心情又跌至冰点！

在这次养病的过程之中，我系统地翻阅了1979年从乌拉街镇公拉玛村杨多三老中医家里拿回来的那些古老的手抄本黄皮书《亲记杂方》。我爸爸的姥姥家有一位远房的舅姥爷叫杨多三，我爸爸叫他老人家六舅姥爷（我得叫他六太姥爷），他在我爸爸舅姥爷的熏陶之下学习了中医。我爸爸的舅姥爷是正统的中医，学成之后一直从事临床工作，可是英年早逝。后来，杨多三继承了他的中医书籍，自学中医。杨多三刻苦钻研，后来成了远近闻名的中医大夫。

　　他的三个儿子都没有继承他的中医事业，这些中医书籍也就束之高阁了。我的姑奶奶（我爸爸的姑姑）与杨多三的女儿（我叫四姨奶）要好。1979 年暑假的时候，我姑奶奶与我说："我去你六太姥爷家，与你四姨奶说好了，他的那些书籍没人要的，你学习中医了，把这些书籍拿来，以后看看有哪些用处！"于是，我与姑奶奶约好了，她坐车去，我骑着自行车去。

　　那天我自己从我的老家出发，一直骑自行车来到乌拉街镇的公拉玛村，全程 45 里左右，当天骑车子走了一个往返，全程接近 100 里路。我当年 22 岁，很有朝气，不知疲劳。拿到六太姥爷的这些书籍后，我如获至宝。回来之后，我把这些书籍放在我家的书架上，标上了号码，每次搬家，我总是把这些书籍精心地包装好。这次我养病就想起了这些书籍，我翻着翻着，突然看到了一个治疗骨折的民间秘方，这张方子也是我多年寻找的秘方。早年我就听说我们医院一名护士的丈夫，掌握一个治疗骨折的秘方，经常为吉林江北机械厂的一些职工治疗骨折，据说止痛、消肿、接骨的效果不错。这些年我也一直寻找这个秘方，没想到在这本书里找到了，真是"踏破铁鞋无觅处，得来全不费工夫"！

　　我按照此方进行治疗，果然效果很好，很快我的骨折就好了。

　　在我骨折刚刚好一些的时候，我就与吉林江北机械厂职工医院新任院长宋铁宏通了电话，约好与他见个面。

　　交谈之后，我的人事关系问题解决了，他同意将我的人事关系转回吉林江北机械厂职工医院。

　　宋铁宏院长还给我说了一个信息：吉林市卫生局要求每个二级医院成立一个社区卫生服务中心和若干个社区卫生服务站，现在就开始试点了。当时我对"社区卫生服务站"这个概念感觉到很新鲜，不知道是一种什么形式与性质的医疗机构。宋院长告诉我，基本上就是一个小诊所。因此，我就尊重宋院长的计划，决定建立一所社区卫生服务站。

　　但问题来了：租房子，短时间内找不到合适的；买房子，又没有经济实力。

　　这时老爸提出一个方案：利用三弟媳妇经营的那个小吃部的房子作为开诊的场所。

　　这个小吃部是老爸为下岗的三兄弟媳妇再就业开的。当时，我三弟弟、三弟媳妇先后下岗了。三弟媳妇烹调技术不错，"民以食为天"，经过考察，就决定在新吉林前进街办一个小吃部。

　　然而，新吉林这个地方没有流动人口，只能靠着当地的居民消费，每天来小吃部吃饭的人很少，小吃部开张半年多来一直处在亏损状态，老爸正为这事为难呢。

　　于是，我接受了老爸的建议，用这个小吃部开办社区卫生服务站，另外他还要求我安排三弟媳妇在这里工作，我都一一答应了下来。

　　这个时候，我出来开社区卫生服务站的事情也与宋院长谈成了。我这个社区卫生服务站隶属于吉林江北机械厂职工医院，在经济上我是自负盈亏，每年还要向江机医院交一些承包金。

　　于是，我就将这个小吃部改造成为一所社区卫生服务站（实质上就是一个诊所）。我聘任了我们医院刚刚退休的一位护士；我是中医，但西医、针灸、理疗等也都由我一个人完成；三弟媳妇为我们做一些零活。社区卫生服务站的一些功能，比如儿童预防接种、儿童保健、妇女妊娠检查、产后随访等都是由山前街社区卫生服务中心来完成，我们每天只接待门诊的患者。

1999 年 4 月 19 日，我请来了山前街道的书记、主任等领导，举行了一个简单的仪式，"龙潭区山前街第三社区卫生服务站"就正式挂牌营业了。

我使用中西医结合的方法治疗疾病，很快，很多居住在新吉林街、山前街附近的患者逐渐地接受了我，再加上老患者也找回来了，服务站每天接待的患者络绎不绝。

在这里开办社区卫生服务站的时候，我将所掌握的新药物、新技术都应用在临床上，并且取得了很好的疗效。

082

医生的口碑来自两个方面，一方面是有高超的医学技术，另一方面是要有高尚的医德，也就是说要德才兼备。

记得我刚刚来到新吉林前进街开办社区卫生服务站的时候，遇到这样一件事：一天，我在门诊接待了一位老妇人。她说："胃疼，恶心，还吐了一次。"当时的条件，只能是凭病人的主诉和简单的查体来诊断疾病。听了之后，我先让患者上床，在腹部进行了触诊，初步诊断为急性胃炎。

我给开了治疗胃肠炎的点滴，就让跟来的男孩领着他奶奶到观察室等。男孩说："她不是我奶奶。我是北华大学的学生，打这路过，看到老奶奶坐在马路牙子上，就把她搀扶过来了。"这个时候，我才知道这是一位大学生在助人为乐。我说："好样的，你做得对，向你学习！"随后，这位大学生把老人搀扶到观察室，安排老人坐下来后，他才离开。

这位患者刚刚点滴了十几分钟，还是觉得周身不舒服，我担心有其他疾病，就安排我们的护士打来了出租车，带着点滴，吸着氧气。我又从兜里掏出了 500 元钱，随车去的还有老人的老邻居，我们把老人送到了吉化总院，经过检查得知，这位老人家得的是"急性心肌梗死"。我们的护士就用我给带去的 500 元钱作为住院押金，为她办理了住院手续。在办理住院手续的过程中，她家邻居给她儿子打了电话，当她儿子赶到吉化总医院的时候，老人已经打上了针，基本上脱离了危险。

当天下午，她儿子安置完老妈之后，赶到了我的诊所，还给我那 500 元钱，握着我的手非常激动地说："赵大夫，是您救了我妈妈的命！谢谢！谢谢您了！"住了一段时间的医院，这位患者康复出院了。她逢人就说："赵大夫好啊！医德高尚，救死扶伤，是赵大夫救了我的命！"

通过这件事情，居住在新吉林街道、山前街道的老百姓都对我们交口称赞，这下子我们的口碑就树立起来了！

前来看病的人逐渐多了起来，我虽然累一点儿，但是感觉到很充实。

第一个冬天就是在这个简易的板房里过的，没有集中供暖，自己使用电暖气取暖。那个板房四面漏风，怎么烧煤也不暖和，这一个冬天过得很遭罪。

这个房子哪里都不结实，就连门锁也不结实，晚上没有值班更夫，我的诊所又被小偷给盯上了。

有一天，我上班来到诊所时，看到门锁被人撬开了。我立刻报告了派出所，警察来勘察了现场，并问我们都丢了哪些东西。我们盘点之后发现只丢了一件"头孢唑林钠"，其他的没丢什么。

由于我们这个板房是临时建筑，根据政府的规划，这些临时建筑都得拆除，没办法，只得再寻找开诊的房子。后来我妹妹找到了新吉林街道的一栋小黄楼，独门独院，很适合开诊所，后院还有个工厂，晚上经常有人出入，还可以防贼，房租也很便宜。于是，我们就租下了这座小楼的几个房间，进行了修整、改造，一个新的诊所就建成了。

083

2000 年，一位吉林市的房地产开发商看上我的儿科诊所前面的一块空地，要投资搞房地产开发，当时这个项目预售价为每平方米 1200 元。

妻子听到消息后，看了图纸，觉得房子的布局很合理，就动了心。于是，我们决定在这个开发项目中购买一套 98 平方米的房子。这套房子南北通透，两厅两卫。房子交工之后，我们利用空闲时间选择材料，从水暖工、瓦工、木工到最后打扫干净，用了近两个月的时间，就把这套房子的装修完成了。

整体来看，新房比我现在住的这套房子又进了一步，我们都很满意！

人们对于美好生活的向往与追求，是贯穿生活始终的，每当有了一定的购买力，他们就会寻找新的消费商品。

那时，每天上下班我都骑着那台"建设牌"踏板摩托车，摩托车再好也比不上小汽车安全、舒适。这个时候我就产生了购买一台二手小汽车的想法，并多次到二手车市场寻觅。那个时候，二手"奥拓牌"轿车还是很便宜的，反复斟酌后，我购置了一台。这是一台私家车，第一位车主只开了两年，没跑多少公里，没有经历过出租车的运营，保养得很好，车况有八成新，我们谈价最后谈到 28000 元。

这台车子是手动挡，我需要把刹车踏板改成手控才能够驾驶。我在刹车踏板上焊接了一根钢筋，顺着方向盘杆引上来，末端安上一个变速杆手柄，这样手刹车就改制成功了。开车的时候使用右脚踩油门，左脚踩离合器，右手操作刹车，使用起来得心应手。我终于能够开汽车了，心里别提有多高兴了！

当年春节的正月初一，我就开着这台小轿车，满载春节的礼品，去哈尔滨到岳父的住处看望老人家。这是我第一次开长途，因为是大年初一，路上没有几台车，但是我也不敢开得太快，两手紧握方向盘，两眼目不转睛地盯着前方，平均车速 70—80 公里每小时。

来到岳父住的地方已经快要黑天了，把岳父急得够呛！

从有了车子之后，我们基本上是一个月来一次，

那时候开着车子，播放着录音磁带，听着喜欢的歌曲，很有一番情趣！

人生就要不断地追求新鲜的事物，享受美好生活的点点滴滴。

有了购买力，心里就想着消费，一款"吉利"牌小轿车进入了我的视线。这款"吉利"牌轿车实质上就是原来的"夏利"，吉利集团将夏利的生产线买过去了，改造一下就造车了，我把车子开回来才知道。这辆车质量非常差，那也没办法，先开着吧！

这是我开的第二辆车，这辆车也是手动挡，把车子提回来以后，这回改手刹车，我就有经验了，不能像第一台车那样选择又粗又笨的钢筋了。这回我先到吉林市钢材市场，买来了 1.5 厘米直径的钢筋，又到吉林江北机械厂进行了加工。经过加工的这条钢筋又轻便，又光亮。车子改造好后比上一辆车驾驶起来更得心应手。

驾驶这台车子，往返于长春、哈尔滨、吉林市之间，我的活动空间扩大了很多。

084

在这座小楼开诊很不称心。由于我们使用的照明用电是小楼后院炼钢

厂的线路，不知是什么原因，我们时常被炼钢厂的老板拉电闸。后来我们决定找到合适的房子就离开这里，不跟这种人惹闲气。在寻找房子的过程中，我得知临近前进街的一所住房要卖，他们家里一听说是我要买，立即就把房子价格抬了起来，原本市场价格是 16 万元，卖给我就要 18 万元。我看了这栋楼房后，还是动心了，因为它正临街，门前还有一大片空地，房山墙这边有一个窗户，将来可以将窗户改为门。于是，我就把这栋房子买了下来。

这栋房子与我开儿科诊所那栋房子的结构一样，也是三室一厅，把它改造成诊所足够使用了。进行了一番改造后，我们就把山前街第三社区卫生服务站搬迁过来了。在这个社区服务站的工作很顺心，每天迎来送往忙个不停，收入也逐年增加。这个时候，两个诊所同时开诊，收入比较稳定。

由于忙碌，上次手术留在身体内的"克氏针"每天绞着臀部很痛。

拍摄 X 光片子后，我决定住院手术治疗。

住院的第二天就实施了取出"克氏针"的手术，由于这根克氏针已经弯了，如果硬往外取，会人为造成股骨新的骨折，没办法，只得启动备用方案，用铁锯贴着股骨的侧面，一点一点将克氏针露出的这端锯断。这次手术很成功，以后走路就不会疼痛了。

术后第三天我就出院了，第四天我就拄着双拐，开着车子来到诊所为患者治病了。

诊所刚刚安置好，留在体内的"克氏针"问题也解决了，但又有新的灾难来临。

"天有不测风云，人有旦夕祸福。"我的前半生，灾难重重，痛苦一个接着一个，不经意之中就有灾祸来临！

2000 年春天的一个星期日，我二弟的内弟结婚，我联系的婚礼头车需要我来接车。我早早地就来到了江机文化宫操场门前接车，当时虽已是春天，但地面上还有一些冻冰。我停车的时候，没有注意地面上的情况，把车子停在了地面有脚印又冻成冰的地方。我下车不小心两只脚别了一下，一下子就倒在了地上。我用手握了一下脚，感觉胫骨骨折了，这时候心里"咯噔"一下，浑身都酥了，我只得低声对我身边的人说，把我扶到车子座位上开着车门坐着，等婚礼的头车来了，接上了头，我才留下身边一个人，陪我去医院拍 X 光片子，之后回到楼上，又一次躺在了床上……

回忆这次骨折的发生过程，主要原因还是我自己思想麻痹大意，对于自己随时可能摔倒导致骨折认识不足，不能够根据自己身体的实际情况，时时增强自我保护的意识，我很后悔，很自责！自己暗暗下决心，这次养好伤，在以后的工作和生活之中，一定要时时提醒自己："千万别再摔倒了！千万别再摔倒了！"

我每次摔伤骨折都给爸爸妈妈和弟弟妹妹们几个家庭带来很多麻烦，更主要的是给我的妻子许艳华带来更多的痛苦和烦恼，她增加了很多工作量，每天都要接屎倒尿，真的苦了她了，总觉得对不起她！

在这次骨折痊愈之后多年，我们兄弟妹妹们几家聚会的时候，妹夫穆长吉就曾经对我说过："哥呀，我就怕半夜接到您的电话，生怕您又摔倒了！"在我回老爸老妈家的时候，每次老妈送我到电梯门口的时候，她老人家总是反复嘱咐我："立志呀！一定要注意呀，千万可别再摔倒了，再摔倒了，可就不容易恢复了！"我的亲人们时时都牵挂着我的身体状况，再次感谢亲人们对我的关爱！

冬天地面下雪结冰，我把车子开到诊所门口，张立君早早地就把停车位地面的积雪清走了，露出水泥地面，他打开车门扶着我走入诊室，晚上再扶着我上车，他再回家。20 年多来他一直是这样照顾着我，在这里也再次感谢张立君多年以来对我的情义！

从 2000 年起，我始终这样小心翼翼，在平时的生活、工作过程中，时时提高警惕，保护着自己的身体，我实在是摔不起了……

在新吉林这个社区卫生服务站工作期间，我当选为吉林市龙潭区政协委员，此后，我总有一种责任感，每年年末参加吉林市龙潭区的"两会"我都写几篇提案，为老百姓做一点实事。

我所在的这条街叫"前进街"，早年归吉林化学工业公司管理，后来归属到吉林市龙潭区人民政府管理，由于种种原因，道路十几年都没有人修缮。

50 路公交车走这条路，汽车开过的时候，晴天一路灰，雨天满地水，路面凸凹不平。为了解决这个问题，我曾经用车子拉着附近的居委会主任到过吉林市电视台《直播江城》节目组；我拍的公交车溅起泥水喷到行人身上的照片，还刊登在《江城日报》上，但是依旧没有人管！

在我担任龙潭区政协委员的当年，我就提了一个《关于龙潭区新吉林前进街年久失修的提案》。转过年，龙潭区相关的部门特批 20 万元，把这条路给修缮了。扯皮几年的问题，政协委员的一个提案就能够解决，我还真为政协委员的地位与作用而感到欣慰！我总共担任了 15 年的政协委员，先后提出了数十个提案，解决了新吉林街道、前进街、新工 1 条至新工 5 条、山前街道的团结路、江机大学生公寓、土城子大华市场的宣化路等地方马路没有路灯的问题；我写的《关于龙潭区郑州路路况情况的报告》，被龙潭区政协原主席杨主席带到了吉林市政协会议上，问题很快得到了彻底的解决；我写的《一药多名带来的危害》还获得了2004年龙潭区政治协商会议第14届会议"优秀提案奖"，受到了龙潭区政协的表彰。

每年我都向来到我这里看病的居民征求意见，问他们有哪些困难，需要政府解决什么问题。每一条人民群众的意见与建议，我都认真地进行了记录，并且写成提案提交到每年召开的政协会议上，使得政协委员真正成为党和政府联系人民群众的纽带和桥梁。

吉林江北机械厂老住宅4号、5号楼发生火灾，百姓的住房全部烧毁，受灾百姓没有地方居住，政府答应启动"棚户区改造项目"，但是，由于种种原因，这些百姓回迁的"棚户区改造项目"迟迟落不到实处，百姓几年都在外面租房居住。

我们山前街道活动组集体提出提案，由我以政协委员身份来执笔，题目为《关于山前街江机4号楼、5号楼回迁问题的提案》。这个提案提上去之后，龙潭区政协转交到吉林市人民政协，后来转到了吉林市人民政府，第二年，"江机馨苑"两栋楼就立项施工了。

经过一年多，受灾百姓高高兴兴地搬入了崭新的楼房！他们感谢的是中国共产党和吉林市人民政府，作为政协委员，我也感到欣慰与自豪。

这些年来，我有了房子、车子，生活无忧无虑，就总想着利用各种机会回报社会。

2001年的一天早上，我的好朋友张立君来到了我的诊所，向我说了头一天发生的事："一位叫金楠的小朋友，刚刚7岁，一夜之间就成了孤儿。"

金楠的家住在距离我们诊所不远的新吉林沟北平房住宅区，他的爸爸妈妈由于煤烟中毒双双离世，金楠就成了孤儿。

那天金楠因住在姑姥姥家才躲过一劫。

张立君说："我看着小金楠送别爸爸、妈妈时的情景就觉得心酸，这么小的年龄，今后的生活怎么办哪？"

我一下子就想到了爸爸给我讲过的他小时候的故事，一年之中，我的爷爷、奶奶相继离去，就剩下8岁的爸爸和5岁的姑姑。想到这里，一种同情、怜悯之情油然而生！

我对张立君说："咱俩一起研究一下，怎么帮助小金楠吧，这个孩子太可怜了！"

金楠5个大伯各自都有实际困难，收养不了小金楠。

第二天，张立君领着金楠的姥爷、姥姥来到了我的诊所。

金楠的姥爷和姥姥老家都是农村的，他们都60多岁了，家里有土地。在失去女儿的同时，面对失去爸爸、妈妈的外孙子，两位老人的心情是很复杂的。凭着两位老人的体力、财力是抚养不了小金楠的。但是，那是女儿身上掉下来的肉啊！小金楠的姥爷对我说："有人要把小金楠送到孤儿院去，我坚决不同意，我能养活他，实在不行我就把他领回农村去，怎么也饿不着他，怎么也得把他养大。"

我听了以后很受感动，对小金楠姥爷承诺说："大哥，只要您能够担当起监护人的义务，从今以后，小金楠日常生活、求学等方面的困难，我来帮助您想办法解决！"

小金楠的姥爷听我这么一说，非常感激，他激动地说："有你的帮助，我就更有信心了！谢谢你！"

从那之后，我就承担起了援助小金楠的任务。

首先，我为小金楠一家租了一间暖气平房，我与房东亲自讲妥了价格，房东听了小金楠的遭遇和家境，就主动将房租从每月300元降到了150元。我一下子为他们交了半年的房费。

　　小金楠上学的小学是龙潭区第七小学，我来到学校，找到了校长介绍了小金楠的遭遇和困难，校长主动免除了小金楠所有在学校自费的部分，他上学所必须花的就只剩下学习用品了。

　　我的妻子许艳华心地非常善良，听说我要帮助小金楠，她二话没说，领着小金楠，给他买了衣服、鞋子、书包、文具等用品，还买了很多水果。

　　我又找到了龙潭区民政局低保中心的主任，为小金楠领来了救济的大米、白面、豆油等生活必需用品。

　　除此之外，我还通过吉林市人民广播电台继续寻找爱心人士，大家一起来帮助小金楠。

　　很快我就得到了很多爱心人士的响应，大家纷纷捐送物品，有的找不到小金楠的家，就通过我转送这些物品，一时间，很多人知道了小金楠的遭遇，纷纷伸出了援助之手。

　　龙潭区民政局、吉林市民政局、吉林市慈善总会等相关部门和有关社会团体都知道了小金楠的情况，这为以后政府照顾小金楠的生活与成长打下了一个坚实的基础。

　　经过我的一番工作，龙潭区民政局为小金楠办理了孤儿证，这样一来，小金楠就可以享受国家的一些扶持政策了。

　　每到节假日，龙潭区民政局低保中心就会给小金楠送些米、面、油等物资，我都会与张立君一起给他领取回来。

　　就这样，小金楠顺顺利利地读完了小学。

　　由于我们的共同努力，吉林市第九中学接纳了小金楠到第九中学读初中，费用全部免除。

孩子自己也非常努力，初中毕业报考了一个职业技术学院汽车维修专业。毕业实习阶段就被所在单位聘用，小金楠终于可以自己赚钱了！

这期间，他的姥爷又多次往返吉林市民政局、龙潭区民政局，最后为小金楠要下来一套保障性住房，有了新的住所，一家人总算心里踏实了。

十几年过去了，当年的小孩已经长成大小伙子。

姥姥、姥爷、小金楠一家人其乐融融！

看着孩子的成长，能够独立生活，我的心里也有了几分安慰，因为我们的努力付出有了好的结果。

"一个人做点好事并不难，难的是一辈子做好事。"

这句话一直是我为人处世的座右铭。

崔忠甫是一位不幸的女性，也是一位幸运的女人。

她的人生经历验证了"大难不死，必有后福"这句俗话。

1994 年，她刚刚结婚，建立家庭，正是风华正茂的年龄，想要靠着辛勤劳动创造财富，开始自己幸福的家庭生活。

正当她憧憬着自己美好生活前景的时候，一群姐妹找到了她，说到南方某地打工，每月能够挣很多钱。于是，经过与新婚丈夫和家人商量，她决定南下打工。

乘坐火车之后，需要转乘长途汽车才能够到达目的地。

不幸的是，在转乘长途汽车去往打工目的地途中发生了车祸，崔忠甫的伤势很重，昏迷了多天，当地医院经过抢救，总算把她的生命从死神手中抢救回来了。遗憾的是，她高位截瘫再也站立不起来了。

1999 年 4 月，我来到龙潭区新吉林前进街开办社区卫生服务站的时候，她就经常为她的丈夫购买药品，找我们为她丈夫打针。

后来我们才得知，在她发生车祸之后，丈夫又得了尿毒症，需要常年吃中药、打针维持。

这可真是祸不单行，这两口子今后可怎么生活呀？

据后来她对我讲，她的丈夫知道自己的时间不多了，担心自己走了之后，她生活不下去，再发生别的意外。

一天，丈夫对她说："崔忠甫，我的时间不多了，我最挂念的就是你，我是这样想的，大伯家有一个弟弟，住在农村，至今还单身，我与他说，先来吉林市照顾咱俩，哪天我不行了，我走了，还让他继续照顾你，如果他愿意，你俩就一起过，那样我才会放心！"

崔忠甫同意了丈夫的安排，不久，小叔子钟宝成就来到了他们家，担负起照顾哥哥、嫂子的责任。

每天他俩的生活起居、吃喝拉撒睡都是由钟宝成来完成。

钟宝成是一位朴实憨厚的小伙子，话语不多，身体健壮，一说话脸就红了，很腼腆，来到哥哥家里很快就进入了角色。他不怕脏，不怕累，任劳任怨，每天起早贪黑忙碌着。

时间不长，崔忠甫的丈夫因为"尿毒症"加重，病逝离去了。

钟宝成这位朴实憨厚、心地善良的小叔子，根据哥哥的嘱托，继续一如既往地照顾着嫂子。

人是有感情的，钟宝成朴实善良，耐心细致，深深地打动了崔忠甫。崔家人也万分感激钟宝成，给他买新衣服，还经常送米面油、猪肉、鸡蛋等。

崔家人和崔忠甫对钟宝成的好，他也时时记在心里，逐渐地两人就相爱了，并且于2000年领取了结婚证书，真正成了一家人！

第二年，崔忠甫为钟宝成生了一个大胖小子。

崔忠甫与钟宝成的爱情故事，我专门到她家里进行过采访，制作成了DV视频专题片。此片以"爱的力量"为题目，分为上、下两集，随后就在吉林市电视台《直播江城》栏目分两期播出了。这个电视节目也给崔忠甫、钟宝成带来了一次补拍婚纱照的机会。

长春的一家婚庆公司看到了电视节目，通过吉林市电视台联系上了二位，答应来车接他们到长春补拍婚纱照。这个消息可乐坏了崔忠甫、钟宝成夫妇，至今他们的婚纱照还悬挂在家里最醒目的地方。

多年以来，不管是崔忠甫有病，钟宝成有病，还是他们的孩子有病，到我这里来看病，我都是优惠收取费用。

钟宝成非常能干，自己买了一台电动三轮车，为邻居们取送液化气罐，赚点零花钱，再加上国家给发放的低保金，他们这一家子就能够生活下去了。

他们的孩子考上了吉林省经济管理干部学院，2020年毕业实习后，就留在了丰满区疾病控制中心工作。

"人之初，性本善；性相近，习相远……"受传统文化的影响，每个人都有自己的价值观，也许是从事医疗行业的原因，凡是遇到有人需要帮助的时候，我都要权衡一下，我能否帮助他们……

一次偶然的机会，我得知一位乡下的初三年级的学生，由于家境困难，爸爸有腰椎间盘突出，面临着辍学的困境。

这位学生叫郭维新，在距离我们诊所40多公里的龙潭区大口钦镇中学读书。

我们全家人驱车40多公里，来到了大口钦中学，看望了这名学生。他有些腼腆，不爱言语，踏实本分，老实憨厚。

校长和班主任老师向我们介绍了郭维新的情况：认真学习，思想上进，热爱读书，希望通过读书改变自己以及家庭的命运。

了解了这位同学的基本情况之后，我们全家决定资助这名同学，一直资助到他考上大学。

后来他顺利地读完了初中，但在报考吉林市第四中学的特困班时没有考上。于是，我就通过关系把他办到了江机中学的重点高中班。我对江机中学的校长说："这是我资助的学生，就像我的孩子一样，在学校里您能减的就减，能免的就免，除了这些之外，所有的费用都由我来支付。"

这个孩子也很要强，很争气，后来考上了石家庄的一所高校，读完了本科，现在在北京工作，收入也不菲。

后来，他回到吉林市特意请他当年初中的班主任老师和我一起吃了一顿饭，席间他告诉我，他现在在他的母校也资助了一名学生。听到这里，我很高兴，我所做的这些有了精神上的传承！

这些年来，在资助郭维新之后，我又资助了两名学生。

087

有了财富之后，我总想着要"扶危济贫"，多做一点好事！

创办新社区卫生服务站后，我每年为孤寡老人、残疾人、五保户、军烈属、贫困户、特困户、低保户免除医药费用达1万多元人民币。

社区居民王振铎，90多岁，孤独一人生活，经常到我们社区卫生服务站看病，我看他很可怜，就为他提供了免费医疗服务。

社区居民侯淑珍，70多岁，婆媳不和，被儿子媳妇打伤，双手鲜血直流，我们为其包扎。得知她没钱，就没有接受她手绢里保存的那几角钱，全额减免了费用，并又为其免费打了消炎针。她感动得逢人就说："赵大夫好！"

残疾人李淑芹，60多岁，单身一人，是五保户，每月以政府发放的150元低保费和捡拾废品为主要经济来源。她2003年先后得了肩周炎和脑血栓，生活自理能力很差。我为她先治疗了肩周炎，而后得知她的具体情况，在治疗脑血栓时就全额免除了她的医药费。

2003年春天"非典"期间，我们除了正常监控发热的病人外，还为外出返吉的人测量体温，并每日报告给上级卫生局。此外，我们又承担了所在社区所用医疗防护物品、消毒药品的发放工作。

我们先后义诊两天，发放宣传单 2000 多张；同时为居民免费发放预防"非典"口服中药汤剂 40 多公斤，播放广播宣传 8 个多小时。

2003 年 7 月 1 日，我被中共龙潭区山前街道党工委评为"优秀共产党员"，并受到了表彰奖励。

2008 年汶川地震，我主动捐款 1000 元人民币。

2015 年的一天，门诊来了一位患有先天性"脑瘫"的患者，她叫付兆华，30 多岁。她听她的同学说我针灸诊疗疾病效果挺好，就抱着试试看的态度来到我的诊所接受治疗。由于有 30 多年的病程了，诊疗能不能见效是一个未知数。我仔细地分析了她的病情，查阅了很多资料，但这些资料显示没有更有效的方法治疗，使用针灸进行康复治疗是唯一行之有效的方

2005 年，作者荣获吉林市"自强创业标兵"

法。于是，我就与她和她的家属说明了情况，阐明了治疗的前景和具体的治疗方法。

我对她说："你这是疑难杂症，目前医学界没有特别好的治疗方法，我可以研究着给你治疗，但需要很长时间持续治疗。治疗费用你就不用付了，因为你没有工作，没有经济收入，我就当作学雷锋做好事了。治疗如果没有效果，希望你能理解，不骂我就行；如果有了效果，说明我们的针灸疗法能够治疗你这种疾病，大家皆大欢喜。"

2003 年，作者与妻子许艳华、儿子赵亮合影

付兆华听了我的这番表述，激动得跪在了地上，要给我磕头，我立即起身扶起了她，连忙说："使不得！使不得！"并且安慰她说："你看我的身体也有残疾，小的时候，我爸爸妈妈一听说哪里有能治疗我这种病的医生或者好的治疗方法，总是抱有很大的希望前往咨询乃至治疗。你的心情我是理解的，你放心，我会尽最大的努力给你治疗的！"从那以后，我每天都为付兆华进行针灸治疗，我把我的"五针疗法"都用在了她的身上。付兆华也很配合，每天都按时来到诊所接受治疗。每次来怕影响我给其他患者治疗，她总是排在最后，等到没有其他患者了，她再上前接受治疗；每次要走之前，她都要到我的面前深深地鞠上一躬，说一声"谢谢赵叔"。就是这样，经过一个多月的治疗，就有了一点效果。她头部抖动的频率减少了一些，面部表情肌的抽动也少了，这样一来，别人就能听清她比较完整的话了。大家看到了效果，也都鼓励付兆华坚持。这样的治疗持续了近

2007 年，作者与妻子许艳华旅游合影

两年，疗效还是不错的。现在，付兆华病情比较稳定了，症状虽然没有完全消失，但是与治疗之前相比，应该说已经判若两人，她在自己的小家庭里生活得很幸福。我的心里也很高兴，因为我又治疗好了一个病人，"康复一人，幸福全家"啊！

时间来到了 2006 年，吉林江北机械厂的老俱乐部这个位置，被一家房地产公司开发了，一楼全都是商铺，可以开设门诊。我反复考察，认为这个地方很有发展前景。它地理位置好，又是一个交通要道，出入吉林市北出口的车辆都经过此地，还是吉林江北机械厂家属住宅区的中心地带，应该是一个风水宝地。当时的房价款是 3800 元 / 平方米。我又找了做开发商的好朋友，每平方米又优惠了 300 元。这样我就在这里购买了 131 平方米的商铺，经过装修改造后，扩大为 231 平方米，开一个社区卫生服务站足够用了。

这里开张后，门诊量增加了很多，每天上午一点都闲不着，两个针灸理疗的房间，总共 7 张床，总是不够用，使得患者早早就得来到这里"抢占"床位，来晚了就得等到午后了。

对于美好生活的向往，一直是我追求的目标！

由于有了小轿车，我的活动范围扩大了很多，晚饭之后，我经常开着小车带着妻子看吉林市的夜景。

一天，我俩来到了吉林市早期的封闭小区——锦东花园，北门的门卫

2005 年，作者登上了长白山

发给我们一张磁卡，出来的时候必须交回门卫，否则就不让你出来。对于这样的封闭管理小区，我们还是第一次体验，觉得很新颖，很安全。因为我们生活在吉林市龙潭区这么多年，住的都是开放的老旧住宅区。

这次"锦东花园"封闭小区的体验，激发了我俩再买一套新的住房的想法。

于是，我俩就经常开车到吉林市已经开盘和正在建设销售的楼盘去看房，我们反复斟酌，但还是没有找到理想的楼盘。

一次，我们偶然在《江城晚报》的广告栏里面看到了一则卖房广告，这套房位于松花江边，165平方米，要价2000元/平方米，总房价款33万元。

我打通电话的时候，对方说是替朋友卖房的，他的这位朋友买完这套房子就到沈阳发展去了，房款都押在里面了，需要兑现做生意。

当时，这个楼盘在电视台打着广告，我们又专程来到这个楼盘的售楼处，在售楼人员的引导下进到了这套房里。这是一幢25层的高层建筑，登上高层之后往下观看，人、车显得非常小，有恐高症的会发生眩晕。经过这次实地体验，我们基本上确定下来要购买这套住房了，就是还要继续谈一谈价格。但经过几轮的讨价还价，就是谈不下来，当时那个楼盘里房子的市价是2600元/平方米，这套房卖2000元/平方米，也是最低的价格了。

他的这套住房挂出来近两年了，基本上没有人问，当时吉林市的购买力是有限的，能够遇到我这么一个真心买房的人，也是不容易。

这是一套三室两厅两卫的住房，临江而建，眼前一江春水向东流，江上的美景尽收眼底，还能看到吉林市区的两座桥梁和吉林市政府门前的广场，每逢重大节日燃放焰火，五彩缤纷，一览无余。

一个人有了既定的目标，不断地努力追求，就能实现自己的梦想，在享受美好生活的同时，也要丰富自己的精神世界。

在一次吉林市肢残协会组织的联谊活动中，我结识了中国民间剪纸艺术家华丽，我们成了好朋友。

华丽是一位自幼因病高位截瘫的残疾人，她只有上肢几个手指头稍稍好使一些，自幼跟着父亲学习满族剪纸艺术，靠着自己坚强的意志，在那仅仅10厘米的间距里剪出了华丽的人生。她用那残疾的双手剪出了很多艺术精品，并且多次在国内获得大奖。2004年，在天津举办的艺术精品博览会上，她的剪纸作品《蝶恋花》荣获了金奖。2008年，在首届中华世界语大会书画美术大赛中，她的剪纸作品《世界语》再获金奖……

2009年，她在北京举办了"华丽个人剪纸作品展"。2010年，她的剪纸作品参加了"上海世博会"。

自从与华丽认识之后，我很理解她，也很敬佩她，曾经约我的好朋友驱车往返50多公里拿着慰问品前往当时她的住处看望她。她赠给我的剪纸作品《雄鸡图》，至今我还保存着。

多年来，华丽有一个梦想，就是在她30岁生日的时候看一看北京天安门的升旗仪式，并且看看万里长城。2007年，我们这些好朋友都在为圆华丽这个梦而努力着。吉林市经济广播电台都市110台以"剪裁春天——2007我们与华丽同行"为专题组织了这场大型活动。

他们派出了多路记者全程跟踪报道，还邀请来了爱心商家赞助此次活动，并派出了专车。就在大家紧锣密鼓为她的"北京之行"做准备的时候，华丽突然得了感冒，她的身体本来就虚弱，再加上感冒，身体就更虚弱了，当务之急只好改成赶快为她治好感冒，让她快速恢复体力，不然会影响3月24日启程去北京。

这个艰巨的任务，自然就落到了我的头上。在"三八"妇女节的头一天，华丽就感冒了，为了不影响第二天的活动，我在当天就把她接到我的诊所为她进行了治疗，使她顺利地参加了"三八"妇女节的表彰活动。

　　3月25日是华丽的生日，也就是吉林市经济广播电台都市110台组织的"剪裁春天——2007我们与华丽同行"大型活动的当天，所以必须于3月25日之前到达北京。"三八"妇女节过后，华丽就没有回家，一直住在吉林市残联大厦。她因身体状况不能通勤来我这里治疗，那样会消耗华丽的体力，影响3月24日的北京之行。无奈，为了华丽能够按照计划从吉林市出发去北京圆梦，我就破例收留华丽她们娘俩住在了我的社区卫生服务站里，我把理疗室的理疗床位腾出来给她们娘俩使用。每天我精心为她安排处方，打针吃药，还特意为她煎制了中药。

　　这样连续治疗了7天，华丽的病情很快就见好了，在出发之前的头一天晚上，我还到她居住的酒店为她打了一个吊瓶。

　　2007年3月24日早上，我开车来到了吉林市经济广播电台都市110台的门前，与吉林市广大市民、爱心人士们一起欢送华丽的专车启程，记者方艾做现场直播。我的车子一直跟在华丽车子的后面，大家一起送到高速公路入口，目送车队远去。

　　经过我们的努力，华丽安全顺利完成了梦想，我们大家都为她感到高兴，也都与她一起分享着喜悦！

　　为此，我特意为华丽30岁生日作了几首诗：

有感"剪裁春天——2007我们与华丽同行"

> 而立生日在北京，剪裁春天来圆梦。
>
> 梦想成真江城爱，阳光女孩好前程。
>
> 父老乡亲祝福你，珍惜健康多保重。
>
> 走进央视展才华，周末荧屏喜相逢。

快乐人生

三十华丽，阳光生命。

身残志坚，快乐人生。

战胜病魔，走出阴影。

热爱生活，理想鹏程。

精神可嘉，令人感动。

义工协会，都市110。

西林食品，共同策划。

剪裁春天，北京圆梦。

爱心市民，送她启程。

历尽艰辛，终到京城。

不畏疲劳，国旗冉升。

爱国之心，感动武警。

走进央视，畅谈人生。

宣传吉林，弘扬江城。

剪裁奥运，作品相赠。

2008 民族精英

收获果实沉甸甸，花儿笑开红艳艳。

播种辛劳苦与乐，梅花品格傲霜寒。

2007 年 3 月 25 日星期日

2008 年北京奥运会火炬传递即将到达吉林市，需要从全市残疾人中选一名火炬手，市残联领导研究决定由我来代表吉林地区的残疾人传递火炬。市残联通知我，并给 3 个小时的考虑时间。

当天传递的时候，我必须坐在轮椅上进行火炬交接。作为火炬手是非常光荣的事情，是千载难逢的好事；但是，必须坐轮椅进行，又要面对电视摄像机、照相机，是很难为情的，最主要的是我担心妻子接受不了，因为她不想让我这么高调地面向社会。我犹豫了 3 个小时，还是非常惋惜地将这次奥运"火炬手"的机会让给了别人……

我的前半生一直受老爸的道德思想影响，也是看着老爸的为人处世长大的，老爸的处事原则就是"吃亏是福，有恩必报；有恩不报非君子"。在我儿子小时候的托儿费和福利分配房子等事上，吉林江北机械厂原后勤厂长、工会主席李维福给我帮了很大的忙。李维福得知我的情况后，出于公心，批准了医院工会组织递交的相关报告，减免了赵亮的托儿费并为我办理了福利分配二手楼房的相关手续。

在此过程中，李维福主席没吃过我一顿饭，没喝过我一口酒。这样的好领导我一直记在心里，同时也告诉家人和孩子"滴水之恩，当涌泉相报"。

李维福后来因为一些事情离职到南方的无锡发展去了，在南方成立了一个婚庆公司，20 多年来，业务发展得很好。2016 年 12 月，李维福回到吉林市探亲。我得知之后，就约请他到距离市区 50 多公里的雾凇岛观赏吉林市雾凇，略表寸心。

这一天，我早早地就来到了诊所，为前来针灸治疗的患者治疗后，就开着车子前往李维福的住处接他。之后，我又约来了帮我开车的好朋友，我们一行5人经过一个多小时的车程来到了著名的摄影基地——乌拉街镇的韩屯村。

李维福虽然在吉林市工作了二三十年，但专程来观赏雾凇还是第一次。我为他在不同的角度拍摄了很多雾凇美景。我们一直玩到了下午两点多钟才离开。随后，我又特意安排他到乌拉街镇最有名的"凤吉源"贾家火锅品尝美食。

李维福玩得很开心，同时也了却了我的一个小小的心愿。

我还为这次雾凇岛之行，作了一首小诗，与大家一起分享。

吉林雾凇甲天下
——与友人李维福游雾凇岛有感

岸上结冰，江水不冻。

2016年，作者与老朋友李维福在韩屯村雾凇岛合影

寒江雪柳，吉林雾凇。

天下奇景，身临其境。

漫步雪中，其乐融融。

欣赏不尽，寒意无影。

乌拉火锅，享受口中。

天寒地冻，不虚此行。

欢迎朋友，观赏雾凇。

践行此愿，回味终生。

吾与好友，维福长兄。

无锡南国，北国隆冬。

寒暑变迁，友情未除。

滴水之恩，喷泉之涌。

相述旧情，畅谈人生。

人生易老，快乐无穷。

在此之后，李维福回到吉林市定居。2021 年 10 月 25 日，他还在我的"吉林市龙潭区赵氏中医院"成立那天，特意前来祝贺。

愿我们的友谊地久天长！

时间到了 2017 年，这一年是我中专毕业 36 周年，也是我国恢复高考 40 周年。我的人生经历验证了"知识改变命运"这条真理。我是一个对生活茫然的残疾人青年，是高考给了我进入专业学校学习的机会，使得自己插上了知识的翅膀，能够在专业的天空翱翔！吉林市委机关报《江城日报》在恢复高考40周年之际，发出了征稿启事。我看到之后，与报社的记者取得了联系，很快就得到了编辑部的回复，现将记者的文稿转发如下：

高考改变了我一生的命运

（记者　刘巍）

恢复高考四十年，往事幕幕在眼前。

复习短短二十天，考场不慌答得全。

金榜题名把学上，改变命运铁饭碗。

一技之长用一生，吃穿不愁勤劳换。

知识改变我命运，勤奋好学克难关。

学术造诣多学问，国际讲堂站台前。

针灸国粹多精湛，发扬光大莫等闲。

这是60岁的赵立志为恢复高考40年而创作的小诗，回忆起当年的高考，他感慨万千。

赵立志的出生地，当年叫吉林市郊区大屯公社孤家子大队，他3岁那年患上小儿麻痹，父母千方百计带他到处看病，但最终还是落下了右腿残疾，走路受影响。

赵立志从小就特别聪明，对无线电知识触类旁通，初中学了物理以后，更是如虎添翼，自己能组装半导体收音机、电铃、电风扇等物件。

1974年，初中毕业后的赵立志考上了吉林市第二十中学读高中。他聪明好学，文理兼优，担任学校红卫兵团宣传委员和共青团委宣传委员，负责给全校出黑板报，还担任广播员。无奈在当时的环境下，他刚读完高一，就全体停课了。本来梦想考大学的赵立志一时失去了人生的方向。

鉴于他的身体条件，父亲为他的未来着想，便把他送到当时的昌邑区第二人民医院中药房实习。他学什么悟什么，在医生的指导下，熟读了《汤头歌》《脉学》等比较浅显的医药学书籍。他觉着不过瘾，又自己到河南街新华书店购买了仅有的《瘟病学》《伤寒论》等刻苦研读。

因为积极上进，1977年3月，赵立志被推荐到吉林卫校双河镇分校"赤脚医生班"学习。他特别珍惜这个机会，在这个班里深入学习了生理解剖、病理药理、内科、外科等理论知识。

当年10月末，正在吉林卫校附属医院实习的赵立志听到恢复高考的消息！他拍了拍自己残疾的右腿，下定决心："我要考大学！"

距离高考还有20多天，在家人的劝说下，赵立志保守地报考了中专，并开始夜以继日地复习功课。他回忆说："我在家里点上了200瓦的大灯泡，每天晚上几乎都学到天亮。"

高考结束后，赵立志回家跟父亲说："有希望。"果然，发榜的时候，他如愿考取了吉林卫校中医班。

1981年4月，赵立志毕业被分配到原江北机械厂职工医院理疗科，端起了铁饭碗。

1983年，赵立志又考取了长春中医学院（现在的长春中医药大学）。1987年获得了毕业证书。

后来，他响应号召率先承包了科室，开始"单干"，之后又成立了龙潭区山前街社区卫生服务站。

赵立志不懈钻研，把临床经验上升为理论文章，他的多篇论文在国家级刊物上发表。他通过中西医结合的方法治疗中风、半身不遂、肝硬化、风湿病、面部神经麻痹等病症，成为有名的中医专家，还带出一批又一批的徒弟。

今年，60岁的赵立志该退休了，但他决定退而不"休"，继续发挥自己的专业特长，独立门户开一家中医门诊。同时，他还将继续培养徒弟，把自己的专业知识传承下去，为更多的患者解除病痛。

自从当选为龙潭区政协委员之后，我总有一种责任感在肩上挑着。于是，我就在多种场合为残疾人事业的发展和吉林市的无障碍设施建设建言献策。

比如，有一次在吉林市公共事业管理局开座谈会时，我提出："我市的清水绿带工程建设得很美丽，但是有相当多的肢体残疾朋友分享不到这些美丽的景色。我考察了5公里以上的江堤，没有一处正规的无障碍坡道，坐轮椅或者骑电动三轮车的肢残人朋友到不了松花江边，享受不到'清水绿带'带给人们的美景。"

相关部门的领导做了详细的记录，并且当场承诺第二年把无障碍设施建设纳入规划之中，进一步全面落实《吉林省无障碍环境建设管理办法》。

除此之外，我还经常应吉林市人民广播电台《同在蓝天下》节目主持人卫东的约请，参与这个节目，宣传党和国家有关无障碍环境建设的法律法规，促进吉林市的新建、扩建小区以及公共设施建设当中无障碍设施的建设与配套。

在全国无障碍建设设施评比中，吉林市榜上有名，吉林市经济广播电台都市110台还专门采访了我，我讲的内容主要是肯定吉林市无障碍设施建设的主要成绩，最后也提出了其中的不足。

由于我们吉林市肢残人协会的同志们在不同的时间、不同的地点多次反复宣传《中华人民共和国无障碍环境建设条例》和《吉林省无障碍环境建设管理办法》，吉林市的无障碍设施建设有了很大的改观。比如说，我们大家能够看到吉林市各个银行的营业厅门前都有一个无障碍坡道，尽管有的坡道的坡度还很陡峭，但总比没有时强多了。

对于我那次在座谈会上的提议，第二年，吉林市公共事业管理局领导兑现了承诺，吉林市的"清水绿带"工程的主要江段新修了两处通往江边的无障碍通道，这些无障碍通道都是严格按照国家无障碍设计标准设计施工的。

"清水绿带"工程是一项保护自然环境、开发松花江资源的城市生态工程，以"生态走廊、景观公园、魅力精品"为主题，创造性地把城市防洪与城市美化结合到一起。这项工程沿市区松花江段全长57公里，在松花江滩地较宽、自然景观好、人流多及具有历史文物的区域，设计建造了许多休闲、娱乐、体育、旅游等精品区域。风帆广场、温德游园、青年园、国防园、智龙怡园、星宇广场、鑫港球场、滨江公园、松江植物园、阳光浴场、吉林石化园林、雾凇园林等，成为点缀在松花江畔的一颗颗璀璨明珠。

为了感受"清水绿带"工程的美景，2017年的春天，我提议吉林市肢残人协会组织一次无障碍设施体验活动。我们约请了吉林市五大媒体的记者同我们一起全程参与了这次无障碍设施体验活动。全市近50位各类肢残人朋友参加了活动，他们当中有不少人平时只能靠轮椅或电瓶车才能出门，如果没有这样专用的无障碍坡道，他们根本不能走下江堤零距离亲近松花江。

正像媒体采访坐着轮椅的残疾人代表杜艳华时她说的那样："今天我很高兴，有了无障碍坡道，才使得我们这样的残疾人能近距离亲近母亲河——松花江，感谢党的好领导、好政策，让我们分享到了清水绿带的美丽景色！"大家高高举着国旗和各种彩旗，排着整齐的队伍，浩浩荡荡地沿着江边的人行道前行，体验着家乡美丽的风光！我们这支队伍也成了一道亮丽的风景线！

江边上的"无障碍卫生间"、橡胶铺设的路面，大家都一一进行了体验。我骑着那台微型电瓶车走在队伍的最前面，一会儿举起手中的照相机给大家拍照，一会儿用手机为大家录制小视频。这些肢残朋友平时都不常出门，更看不到这样美丽的风景，大家一路上一边说笑，一边拍照，高兴极了！这次活动让这些平时不出门的肢残朋友在精神上受到了洗涤，相当于吃了一顿精神大餐！折返时，我们选择平时大家步行的栈道，栈道是木板铺设的，走在上边另有一番感觉。活动总共用时 1.5 小时，最后大家通过出发地点的无障碍坡道，顺利回到了江堤上面。

自从 2008 年中共中央政治局召开常委会会议专题研究了中国残疾人事业发展议题之后，党和政府更加重视残疾人事业的发展。对于一、二级残疾人实施的两项补贴，有相当一部分困难残疾人受益。

随着社会的发展及残疾人生活水平的改善，残疾人对于文化生活、精神层面的需求也逐渐增加。

为了促进残疾人文化事业的繁荣发展，丰富残疾人的业余文化生活，增强残疾人的个人能力，实现残疾人对文学艺术梦的追求，更好地发挥残疾人的艺术才能，吉林市残联于 2014 年 7 月成立了吉林市残疾人文联。

吉林市残疾人文联由五大协会组成：吉林市残疾人摄影家协会、吉林市残疾人音乐舞蹈家协会、吉林市残疾人书画家协会、吉林市残疾人民间艺术家协会、吉林市残疾人作家协会。

我当选为吉林市残疾人摄影家协会主席，协会另有副主席、秘书长、委员若干、摄影作者等上百人。

我爱好摄影，这次当选吉林市残疾人摄影家协会主席对我来说既是鞭策又是鼓励。我们平时经常组织一些爱好摄影并有自己代步工具和摄影设备的残疾人朋友，一起走进大自然采风。我们先后到过吉林市龙潭区乌拉街镇的"中国雾凇仙境第一村"的韩屯村和"长白岛"。

韩屯村有吉林市雾凇景观得天独厚的自然资源，中央电视台《东南西北过大年》、中法纪录片《粉雪奇遇》等影片都在这里拍摄。

我们这些残疾人摄影爱好者，看到这里的雾凇景观，端起手中的照相机拍个不停，忙得不亦乐乎，有的还直接躺在了厚厚的积雪上，让同伴拍摄。大家拍摄了很多的好素材，一直忙到下午还不张罗回家呢。真是乐此不疲呀！大家在回来的路上还沉浸在拍摄雾凇的欢乐之中。

大家提议这样的采风活动，吉林市残疾人摄影家协会要多组织一些，让更多爱好摄影的残疾人参与进来。我们采纳了朋友们的建议，第二年的3月份，我们又组织了一次到吉林市的"长白岛"的采风活动。

吉林市松花江百里生态长廊长白岛段湿地水生态修复工程在长白岛开工建设，长白岛的生态环境逐步改善，野鸭的数量也明显回升。每年冬天

作者参加第四届世界摄影联盟（WPU）巡回赛获得金牌的作品

来到这里越冬的水鸟陆续增多，一般约有 3000 只，以赤麻鸭、绿头鸭和斑嘴鸭为主。野鸭在距离长白岛大约 50 米的空地上栖息，时而飞起，时而落入水中。

我们参观时，不知道从哪里飞来一只猛禽，野鸭发出警告，成群的野鸭从水中起飞，场面极为壮观，令人震撼！这是可遇不可求的，为了这一个镜头，我们等了好几个小时。大家不顾天寒冻手，手持照相机，朝着漫天飞舞的野鸭子一个劲儿地摁着快门，"咔嚓、咔嚓"，快门声响个不停。

过了一会儿，飞走的野鸭又都纷纷回到原来的栖息地。这个时候，野鸭的姿态更是婀娜多姿：有的收紧翅膀慢慢降落，有的刚刚落到水面上溅起了水花，有的盘旋在空中寻找降落地点。好一幅野鸭图！我们全神贯注，观察着它们的一举一动，时不时地摁动快门，把野鸭千姿百态的美丽瞬间摄入镜头。我在这次拍摄活动中收获也很大，拍到了一张由野鸭组成

作者拍摄的作品"兴"字

的汉字的照片，它们组成的是"兴旺"的"兴"字。

经过几年的采风和平时的积累，残疾人摄影爱好者们都积攒了很多好的作品。2017 年，吉林市残疾人摄影家协会研究决定，在吉林地区残疾人摄影爱好者当中广泛征稿，开展一次学习党的十九大精神之"我们的幸福生活"暨首届吉林市残疾人摄影大奖赛活动。

经过一个多月的征稿，我们收到了上百幅摄影作品，这些作品都来自残疾人摄影爱好者之手。我们把这些摄影作品放大并且装上了相框，布置在吉林市残联大厦的一楼进行了展览。

评选的时候，我们邀请了吉林市摄影家协会主席、副主席和秘书长当评委，采取了"双盲法"进行评选。"双盲法"就是评委不知道作品的作者是谁，作者也不知道评委是谁。

搞这样的摄影大赛就是为了鼓励爱好摄影的残疾人朋友走出家门领略大自然，活跃残疾人朋友的业余文化生活，激发他们对生活的热爱，体现自我价值，充分享受生活，使得更多的残疾人朋友参加到摄影队伍中来。所以，这次活动必须公开、公平、公正。开始展览那天，吉林市残联的领

作者参加第三届环球国际摄影巡回赛获得金牌的作品

导光临现场，与部分摄影作品作者代表一起欣赏了首届吉林市肢残人摄影大奖赛参赛的全部作品。

这次摄影大赛得到了吉林市残联的大力支持，从人力、物力到展览场所以及全部活动经费都由吉林市残联承担。这次活动极大地鼓舞了广大残疾人对于摄影艺术追求的积极性，同时也增强了他们的生活信心和对美好生活的向往！

094

为更好地营造全省残疾人全民健身氛围，开展适合肢残人特点的体育活动，吉林省残联决定再举办一次残疾人轮椅技能大赛。

这次活动由吉林省残联、吉林省肢残人协会主办，吉林市残联、吉林市肢残人协会承办。大赛的主题是"享受健康生活 共筑美好中国梦"。为了这次残疾人轮椅技能大赛，我们召开了多次会议，吉林市肢残人协会的全体人员都全身心地投入到这次活动中来。

这次活动得到诸多爱心企业的友情支持。上海晶多电子科技有限公司、上海赫珠实业有限公司、吉林省康馨电动轮椅专卖总店先后拿出了"上海晶多电动轮椅 400 型""铝合金电动轮椅 400L 型""超薄型锂离子电池一组"等产品作为奖品。

经过吉林市肢残人协会全体人员的共同努力，我们初步把比赛现场设置好了，又联系了运动员住宿的酒店。由于是肢残人，酒店的无障碍设施健全与否是我们做出选择的重要衡量指标。我们先后走访了几家酒店，最后选择了距离比赛会场 400 米的一家酒店。这家酒店整体条件比较完善，就是门前的无障碍坡道的角度有点大，大于20度角。我们经过研究，决定凡是住宿的残疾人运动员在出入酒店的时候，都按照2∶1的比例配置志愿者为他们服务，一直护送他们到比赛现场。这样的服务我们贯穿比赛整个过程，从报到接站开始，一直到比赛完毕。

2017年9月7日，吉林省第二届残疾人轮椅技能大赛在吉林市正式启动。来自全省各地的残疾人汇集在吉林市，近百名重度肢残人参加了比赛。在启动仪式上，吉林省残联副理事长在致辞中说："随着人们生活水平不断提高，轮椅已经走入了更多的家庭，熟练掌握电动轮椅，不仅能让残疾人的有效活动范围扩大，促进眼界开阔和精神愉悦，还能减轻家属的照顾压力，解放残疾人家庭的劳动力……"

举办此次比赛的主要目的是提高肢残人的出行能力，展示残疾人灵活运用轮椅的技能，丰富残疾人的精神文化生活，让肢体残疾人朋友走出家门融入社会。

比赛中设立的障碍物都是日常生活中常见的障碍物，有过门槛、过安全门、上下坡道、S弯、直角弯、360度转弯、定点停车等项目，比赛内容贴近生活，既增强了残疾人体质，又促进了残疾人对新生活的向往。

为鼓励参赛选手，大赛设电动轮椅男、女组，手动轮椅男、女组，共评出一等奖4名，另外，大会评出了大赛组织奖、精神文明奖、最佳参与奖。

来自延边朝鲜族自治州的比赛选手吴颖，20岁那年，由于意外伤害导致脊髓损伤，双下肢不能行动。比赛中，她娴熟地操作手动轮椅，迅速完成了所有规定动作，获得了现场阵阵热烈的掌声。

"我不是专业运动员，这些其实都是日积月累下来的，我也摔过很多次，技术水平都是'摔'出来的。我觉得轮椅就是自己的双腿，后半生都要依靠它，所以娴熟掌握很有必要。"吴颖说，希望广大残疾人朋友不要自卑，保持健康快乐的心态，通过自己的努力，克服困难，很好地融入社会生活中。

全体参赛的运动员克服残障带来的困难，发扬友谊第一、比赛第二的优良传统和作风，赛出了水平，赛出了风格。裁判员公平、公正，认真评判每一次比赛。

全省残疾人轮椅技能大赛为全省肢残人朋友扬起了新的生命风帆，选手表示将以优异的成绩迎接未来崭新的生活，将更加热爱生活，焕发动力，提升素质，增强能力，与全社会一道，共同创造更加幸福美好的未来！

我作为承办单位的主要负责人，需要协调的事情太多了，一会儿需要调音响，一会儿奖品的标签不齐全，一会儿省市电视台、广播电台的记者需要安排采访，这些都需要我亲自落实，只凭着我的病腿是完不成任务的。

当天我是"全副武装"：胸前挂着袖珍放大音响，头上戴着无线话筒，脚下骑着我的那个"小海豚"微型电动自行车。这些现代化的设备帮了我的大忙。各项工作都有专人负责，哪个位置有问题打个电话、发个微信，我骑着"小海豚"立马就能够到达，效率很高。我接待记者的工作也如期进行着，一会儿安排电视台记者采访省残联领导、省肢协领导，一会儿换个角度安排记者采访运动员代表、裁判员代表。

晚上回到家里虽然累了一点，我心里还是蛮高兴的，因为经过大家一起努力，我们如期圆满完成了吉林省第二届残疾人轮椅技能大赛！

095

2018 年 3 月末的一天，一位患者来到了诊所，他是被人抱下车坐在轮椅上推进屋里来的。只见他脑袋耷拉着，气管处插着一根管子，口水顺着嘴角往下流。经询问，我得知患者叫李光，37 岁，患双侧脑组织大面积梗死，刚刚从吉林市中心医院出院，就来到了诊所。我看到这种情况，与家属说明："我这里只是一个小诊所，条件有限，患者的情况不适合在门诊治疗，最好再到一家医院住院治疗，一直到把气管插管拔掉。我随时都能接收你们来我这里治疗。"于是，患者家属接受了我的建议，到另一家医院住院治疗了一个多月，于 2018 年 5 月初正式来到了我的诊所接受治疗。

李光再次来到诊所的时候，除了脖子上少了一个气管插管之外，其余的症状和上次来的时候一样：头挺不起来，向下耷拉着，舌头伸在口腔外边，顺着嘴角往下流口水。这么严重的脑梗死患者我也是第一次遇到，对于愈后我也没有多大把握，我向家属交代了愈后的相关事宜："我会竭尽全力，尽心尽力地治疗，至于说能够治疗到什么程度，我无法承诺，治好了，咱们大家都高兴，治不好，你们也别埋怨我！"

接诊之后，我认真地研究了他的病情，使用"五针疗法"为他治疗。"五针疗法"是我在临床针灸工作实践中，从国内众多的针灸方法中精心挑选出来的，临床疗效极佳。

每天我都精心地为李光选择特效的相关穴位进行治疗，等到他能吃点东西的时候，又为他配制了中药的汤剂，再加上手法康复治疗。当治疗到一个多月的时候，李光就能够含混不清地说话了，患侧的下肢也逐渐可以动了，大家都很高兴。又过了一个多月，李光就能下地稍稍地站立了。接近两个月的时候，他就能够推着小车向前行走了。总共治疗了 73 天，李光就能自己独立行走了。

李光夫妻俩非常勤劳，是进城里打工的农民工，两人学习了装修技术，起早贪黑地忙碌着，每天的工作量大都在 12 小时以上，由于不注意保护身体，再加上他有吸烟的嗜好，一下子累倒得了"脑梗死"（大面积）。这场大病花掉了家里所有的积蓄，他家也因病返贫了。

我得知他家的情况之后，治疗的后期就不要钱了，并且承诺一直为他治疗到完全康复。他们夫妻俩不好意思，仅仅治疗了 73 天就不来了。

时间过去 3 年之后，2021 年的年初，他的妻子向我借钱，说是大女儿上学的学费凑不上了，我慷慨地答应了她，把钱借给了他家。这笔钱他家好长时间没有还上，我意识到他家经济上确实遇到了困难，怜悯之心油然而生。我把他家的情况与妻子许艳华讲后，她也很同情，于是我们决定资助李光的大女儿一直到她读完大学。我不想因为她家里面经济困难，使孩子辍学，失去继续读书的机会，毁掉孩子的后半生；如果孩子可以继续读书就能改变她的命运以及家庭的命运。我在有能力的情况下，尽力帮助一些需要帮助的人，我的心灵也得到了净化与升华。还是应了这句老话"送人玫瑰，手有余香"，在有生之年尽量做点好事吧！由于我在经济上为李光家里解决了一些困难，他的病情又得到了恢复，现在李光已经能非常流利地说话了，还可以到菜市场买菜，为妻子、孩子们做晚饭，走路等情况也非常理想。

　　"百善孝为先"是中国流传几千年的经典古训，行百件善事不如在家给双亲倒一碗水。孝敬父母不一定要做出惊天的壮举，也不需要豪言壮语。回报父母也不单单是物质上的，更需要精神上的、情感上的。我今生的职业是老爸根据我的身体状况，慎重考虑，精心策划才确定的；我也因此没有成为家庭的包袱、社会的包袱，并且成为一名对社会有用的人，成为一名残疾人副主任医师。

　　老妈的勤劳为我们做出了生活的榜样。我的每次摔伤、手术，都深深刺痛着妈妈的心，妈妈背后不知流了多少眼泪！随着年龄的增长，我总觉得亏欠父母的太多了。总想利用各种方式来报答父母的养育之恩。我们一家六口人，原来只靠爸爸一人的收入维持着，后来妈妈用那单薄的身躯，筛沙子、抬大筐挣点工资贴补家用。我们兄弟姊妹四人分别找到了工作，又先后组成了家庭，如今我们四个家庭和谐幸福美满。

　　老爸从一位普通的农村大队党支部书记，升至主管整个吉林市郊区社队建筑材料的企业局的干部，他的人生轨迹体现了勤劳朴实、吃苦耐劳、宽以待人、严于律己、诚实守信、吃亏是福这些朴素的为人处世之道。老爸的为人处世之道，是我们一生当中享之不尽的精神财富。

　　为了报答父母的养育之恩，不给自己留下任何遗憾，我们在老爸、老妈的有生之年，尽量地为他们创造祥和的生活环境，让他们感受幸福的晚年。

　　我每个星期日的晚上都要安排好时间，骑着我的微型电瓶车，到老爸、老妈那里去陪着二位老人吃饭，每次过去都买一些他们爱吃的菜肴。

为了有点气氛，我儿子赵亮还专门为爷爷买了一盏纯锡制作的酒壶，每次陪着老爸、老妈喝一酒壶的白酒，半斤左右。

2014年，爸爸在一次体检的时候发现肺上长了一个东西，后来经过CT、核磁等反复检查，诊断为"肺癌"。当我听到"肺癌"这个病的名字时，我的脑袋"轰"的一声，一片空白，心里想：老爸怎么得了这种病呢？得了"肺癌"就意味着死亡！那样我就没有爸爸了。想到这里，我心里酸酸的，情不自禁地流下了眼泪。

我与妹夫（妹夫是吉化医院的内科主任医师）两个人经常研究我老爸的病情，由于肿瘤长的位置做不了手术，只能是保守治疗。我为老爸配了一些中药散剂，妹夫又找来了相关的信息。

有一种印度生产治疗肺癌的靶向药，当时还没有上市，只能求人通过民间渠道购买，每个月4000多元。于是，我就承担起了购买这种药物的责任。

我们兄弟姊妹四人，老爸在我身上操心最多，我总觉得我这一辈子怎么做也报答不了老爸的养育之恩。妹妹和妹夫给我送了几次钱，我都回绝了，并对他们说："目前我的经济条件还可以，老爸治疗、买药的钱都由我来出吧！"

自打老爸被诊断出肺癌，我就更加珍惜与老爸共处的机会了。每个星期日，我都会陪着老爸、老妈一起度过。老爸喜欢喝酒，我就陪着他们把国内名酒都喝个遍，了却我的心愿。于是，农历大年三十的晚上，我陪着老爸、老妈和弟弟、妹妹们一起喝茅台酒，正月初一喝五粮液，正月初五喝剑南春，正月十五喝泸州老窖特曲，二月二喝西凤酒，五一喝汾酒，七一喝洋河大曲，八一喝古井贡酒，中秋节、十月一喝郎酒、董酒，元旦喝双沟大曲酒。

父母的养育之恩，是我们永远也报答不了的。只要你尽心报恩，有朝一日父母离开了你，你没有遗憾就不会后悔！平时千万不要说"等我有时间的"，千万不要等，无论工作怎么忙，也要挤出时间，常回家看看，多陪陪老爸、老妈。

经过我们兄弟姊妹的共同努力，老人家延长了 4 年的生命。在老爸生命最后的一段时间里，我们大家都千方百计让他老人家开心、快乐。我每次回到家中，都向他汇报我诊所的一些有趣的事。最使他高兴的事，就是他大孙子与孙子媳妇领了结婚证。当他看到大孙子与孙子媳妇的结婚证时，他高兴地说："这是老赵家的人了！"

一次我俩聊天，他说："我这一辈子很知足，咱家从早年破产，只留下我和你姑姑我们两个人，到现在咱们这么一大家子人，你们个顶个都能够自食其力，我就很满足了！"

我说："爸呀！这些不都是你与我妈奋斗的结果吗？尤其是我，你给我选择的职业，使我受益终身。您现在是儿孙满堂，尽情地享受着天伦之乐，单纯从这一点上来讲，皇亲国戚也不一定能赶上您！"

老爸点了点头，笑着说："他们赶不上我！有的皇上都活不到我这个岁数啊，可是，我也没操那么多心呢，起码我有你们来陪伴哪！"说着，老爸表现出很自豪的样子。

在老爸生命最后的时刻，我们都尽量地来多陪一陪他老人家，最后，我们在细雨蒙蒙的清晨送走了我们那慈爱的爸爸……

我与爸爸的缘分只维持了 60 多年，心里万分悲痛。送走老爸之后，我写了一篇悼念爸爸的文章，今天我分享出来，用以寄托我对爸爸的无限哀思！

追思爸爸!

——沉痛悼念老爸赵玉厚

2017 年 9 月 8 日凌晨 3 点 52 分,慈爱的老爸爸永远地离开了我们。此时此刻,苍天哭泣,大地肃穆,群山低垂,松江流泪,伴随着绵绵细雨和隆隆的雷声,慈爱的老爸爸赵玉厚带着对人生的眷恋静静地走了!

——爸爸一路走好! 爸爸一路走好! 我们内心呼喊着。爸爸! 爸爸! 我们再也见不到您了! 我们哭泣着! 悲哀着! 伤痛着!

爸爸,是您给了我们生命,是您养育我们长大成人,是您教会了我们怎么工作,怎么生存。

爸爸,也是您教会了我们怎么为人,怎么处世,也教导我们什么叫爱,什么叫感恩,什么叫孝道,什么叫善良,什么叫包容。

您虽然没受更高等的教育,但是,在我们心目中,您就是我们的教授。在社会这所大学里,您传授给我们的都是人生真谛,让我们受益终身。

您虽然没有给我们留下金银财宝,但是,您留给我们的是取之不尽、用之不完的精神财富,是子孙后代的无价之宝!

您在白手起家的那张白纸上,画出了美好的图画。曾经,我们家一穷二白,四个不懂事的孩子要吃要喝,您宁可自己少吃少穿,也尽量满足我们这个家,您无怨无悔,任劳任怨,凭着老黄牛精神把我们养育成人,让我们个个建立了幸福的家庭。

我的职业是您高瞻远瞩为我设计的,能让我回报社会,"授人以鱼不如授人以渔",在我身上体现得淋漓尽致。

从 2017 年 7 月 6 日您病危开始,我们兄弟姊妹四家全力以赴,尽其所能地把您的生命从死神手中又挽留了两个月。

两个月里,我们四家争先恐后地为您精心照料,为您分忧解难,各自都怕孝敬得不全面、不周到。

临终关怀,精神慰藉,我们竭尽全力……

您的离去没有遗憾，寿终正寝……

爸爸放心吧，一切都会更好，家家都会更幸福！

安息吧，慈爱的老爸！

自打爸爸去世，我们就更加孝顺妈妈了。从老爸有病开始，我每年的春节休假从只休息一天，到连续休息五天。我总是陪着老妈喝点小酒，帮助她做点家务，为她捶捶背、捶捶腿，经常为她买好吃的，我们兄弟姊妹四家都是这样做的，我们的行为也深深地感染着下一代人。身教胜于言教。孙子、孙女们都经常来探望他们。尤其是我的二外甥女穆思彤，在我老爸病危的时候特意从新加坡飞回来看望他。住在长春的大外甥女穆思宇，买来了姥姥最爱吃的食品，一边喂姥姥吃，一边流泪。老爸与老妈是

2017 年，作者全家福

患难的夫妻，就在还差 16 天到老爸去世三周年的时候，老妈也永远地离开了我们!

对于爸爸、妈妈的离去，我们内心是非常悲伤的，但又是无奈的，我们也要顺应自然规律，接受现实，把对爸爸、妈妈的思念化为工作和生活的动力……

我于 2017 年光荣退休，"社区卫生服务站"于是换牌为"龙潭赵立志中医综合诊所"。

随着半身不遂和腰椎间盘突出患者增多，要求住院的患者也逐渐多了起来。

有很多患者从祖国四面八方赶到吉林市治疗疾病，由于我这里是诊所，没有住院病房，只能在门诊接诊患者，远道而来的患者不是住旅店就是在诊所附近租房临时住下，很不方便。

办一所能够收治病人住院的中医院是我多年的愿望，也是社会需求所致，所以我把尽快开办一所医院的事情提到议事日程上来了。

在三四年的时间里，我先后考察了吉林市的多个地点，都不如意。

最后还是选择了我老诊所隔壁新建的商业用房。

这里就是原来老江机的"甲乙楼改造项目"。

这个位置在吉林市龙潭区，是除了江北百货大楼中心地带以外的第二个繁华中心。原来江机医院所辖的职工与家属住宅区、吉化住宅区、原吉林电机厂住宅区，加上所在的龙潭区山前街道、新吉林街道，所辖人口至少达到六七万人。

北面所覆盖的农村有江北乡、金珠乡、乌拉街镇，再远一些有大口钦镇、缸窑镇、杨木乡等，这些乡镇都是我们医院能够覆盖的地区。

经过三年的谈判，我终于在2021年的春天谈下来了1500多平方米的二层楼房，并且与房主签订了10年的租赁合同。

又经过了吉林市龙潭区住建局、环保局、市场监管局、卫健局、吉林市规划设计院、吉林市审图中心等相关职能部门的审核、验收，所有手续置办齐全。

我与启动投资方签署了长期合作协议，资金及时到位，吉林市龙潭区赵氏中医院项目改造工程如期完工。

赵氏中医院位于吉林市龙潭区北部山前街江机中学对面，医院占地面积1500多平方米，是经吉林市龙潭区卫生局批准的一级中医院（城镇职工、新农合居民医疗保险定点医院）。它的前身是"赵立志中医综合诊

吉林市龙潭区赵氏中医院外貌

所"。龙潭区赵氏中医院的成立，填补了龙潭区民营中医院的空白。医院以弘扬中医文化为宗旨，继承并发扬老一辈中医中药学者的优秀传统，以仁爱之心、精湛的医术守护着一方百姓的健康。

为了方便半身不遂、腰椎间盘突出患者，医院又专门增加了电梯。医院的硬件和软件都是严格按照中华人民共和国一级中医院的规范设计的，每个房间的床头设置有呼叫器、床头照明、电源插座、吸氧装置等，整个医院都设置了无障碍设施、坡道、走廊扶手、电梯、无障碍卫生间等。全院覆盖无线网络，安装管理办公系统专用软件，主要科室安装有无线网络电话、化验室、心电图室、彩超室、药房等科室的数据，都通过网络进入赵氏中医院的服务器，完全实现数字化管理。

医院开设有中医内科、中医妇科、中医儿科、康复科、针灸科、西医内科、西医儿科，有心电图室、彩超室、常规实验室、生化实验室。医院还设有康复中心和住院病房，有床位 40 余张。

医院以科技兴院、守护健康、领先的医疗设备为立院之本，引进 12 导联心电图机、国家名牌乐普大型生化分析仪、全自动血常规分析仪、全自动尿液分析仪、全自动 C 反应蛋白分析仪、国内名牌"迈瑞"DC-38 彩色超声波诊断仪等设备。

医院服务理念为以人为本，亲情服务。

我们满足患者多方位、高品位的需求，待病人似亲人，不是亲人胜似亲人！让患者在最短的时间内达到最好的治疗效果，是医院永远的承诺。

医院以中医特色为主，兼顾西医和其他民族医药，运用中西医结合技术为百姓解决病痛。

龙潭赵氏中医院拥有一支具有良好职业素质的医护队伍，拥有一批德才兼备的学科带头人。

病区管理宾馆化，文明服务温馨化，做到 15 分钟服务圈，打造江城知名品牌，成为"百姓自己的医院"。

龙潭赵氏中医院专治中风偏瘫、半身不遂等疑难杂症，采用数字化康复设备，全面提升治疗中风偏瘫、半身不遂的疗效。

赵氏中医院用真挚的爱，呵护父老乡亲的幸福和健康。

尾声

历尽艰辛万苦，终于完成了此书。回想自己前半生的经历，悟出了几点体会，我写出来与大家分享：

1. 知识改变命运，有志者事竟成。我从一个身体残疾、不懂事的孩子，通过小学、中学文化课的学习，中专大学系统的专业课学习，乃至在工作中的继续学习，成为一名中医副主任医师，成为一名对家庭、社会有用的人，这些都是知识的力量。

2. 世上无难事，只要肯登攀。从刚参加工作专业知识贫瘠，抢救病人需要找人帮忙，到能够独立成功抢救心脏骤停的病人；从所写论文在吉林市宣读，到在世界针灸学术交流大会上进行交流，这些都是刻苦钻研的结果。

荣誉证书

3. 书中自有黄金屋，书中自有颜如玉。我身体虽然患有残疾，可是有聪颖的大脑和不断进取的精神。40 多年来，我不断地学习探讨，努力进取，创造了财富，享受着美好的生活。更为值得一提的是我娶到了美丽大方、聪明贤惠的妻子许艳华，这是我一生的福分。

4. 参政议政，传递社情民意。当选政协委员 15 年来，我尽心尽力，履职尽责，从路灯的增加到道路的修缮，从抗生素乱用到无障碍条例实施，体现出政府对于政协委员所反映民生问题的重视。

5. 业余爱好，让人生更精彩。发现身边的美，美景

2023 年 8 月，作者被吉林市人民政府
授予"最美医师"称号

就在我们身边。从跋涉半米深的积雪，到攀登 450 米高的凤凰山顶；从黎明之前准备器材，到利用无人机拍摄松花湖上日出平湖。热爱生活，热爱生命，把美丽景色留在瞬间！

6. 助人为乐，捐资助学。一个人做点好事不难，难的是一辈子做好事，不做坏事。从火场救火到帮助孤儿，从资助残疾人到资助因病返贫患者女儿，这是毛泽东思想鼓舞的结果，永远做一个有益于人民的人，这就是人生的价值。

7. 滴水之恩当涌泉相报，有恩不报非君子。我能够有今天的成果，离不开方方面面帮助过我的贵人们。对于帮助过我的贵人，我都以不同的方

式进行回报。人要有一颗感恩的心。

8.科学家富兰克林曾经说过："把别人对你的诋毁放在尘土中，把别人对你的恩惠刻在大理石上。"宽厚之心能包容大千世界，使千差万别、性格迥异的人和谐相处；宽厚之心能融化隔阂的坚冰，使人们变得亲密无间，使生活变得更加美好。

把别人对你的伤害写在沙滩上，随着时间流逝，海浪荡涤，不会留下一丝痕迹。这样既减少了痛苦，也保持了内心的宁静，又可以留下更多的朋友！

把别人对你的恩惠刻在石碑上，铭记在心里。滴水之恩，要涌泉相报！

2023年，作者全家福

后　记

　　我的心像雄鹰一样飞翔，即使折翅，也还是向着蓝天。

　　我的躯体无法飞翔，甚至奔跑都很难做到。但是，我让心灵展开双翅向着天空奋飞，即便是崇山峻岭、狂风暴雨也不能阻挡。这是真正的苦行者，蕴含着永远的活力，迸发着不息的激情，饱览着无数的高山大川、天光云影。

　　飞翔是我生命的写照。很多时候，我为了满足自己极度的渴望和方方面面的需求，在这飞翔的过程中加了各种姿势与花样，以便让自己的生命丰富多彩起来，让自己的生命更有意义。

　　我用自己时时想偷懒、不太听话的腿艰难地走着人生之路，并且让命运把自己引导到救死扶伤的牌匾之下站定。也就是说，我是一名悬壶济世、银针救人的医生。生命是相同的，而价值是不同的，甚至可能大相径庭、判若云泥。于是，努力使自己的生命实现最大价值，就成了我生命中不懈的追求。

　　此刻，我伏在案前，想在键盘上敲打出自己的时候，心中便有一种细微的成就感：虽苦，虽累，但值。这值使我感觉出这苦累过后的丝丝甜意与暖意。请朋友们原谅，我始终无法修炼到"不以物喜，不以己悲"的境界。一个有残疾的躯体并不可怕，一颗冰冷的心才令人生畏！所以，我觉得我是可以亲近的人，若不信，您做我的朋友试试。

　　只有在这个时候，我才真正认识自己，对周围的人满怀着感恩的心，了解我生命的真正意义，并且使之因此而焕发出勃勃生机。我要任凭这生命之双翅搏击长空，一展不可阻挡的魄力。让我和你成为朋友，越过一道道沟坎，向着理想的前方一同飞翔。

本书成稿的时候，得到了中国肢残人协会原副主席杜仲的热情关注和大力支持。没有他的积极鼓励，我就不可能有勇气完成拙作。中国作家协会会员、黑龙江省残疾人作家协会主席、国家一级作家代英夫看了原稿之后，提出了很多中肯的修改建议和宝贵意见，并为此书作序，使《我心飞翔》一书得到了完善与升华。此外，本书还得到了沈阳市残疾人作家协会主席赵凯和许多朋友的关注和鼓励，由于篇幅所限，我就不一一列举他们的姓名了。在此，向所有关心此书创作及出版的朋友们表示衷心的感谢！

作　者

2022 年 6 月 20 日于吉林